비
늘

비늘

임재회 장편소설

나무옆의자

차례

요술램프와
사라지는 책

영조는 결심했다는 듯 책을 팔아 반으로 나누자고 말했다. 내 귀를 의심했다. 헤어지자는 말보다 더 구체적으로 들렸다. 몸을 찢어 나누자는 말과 다르지 않았다. 풍족하지는 못했지만 꼭 돈 때문에 그렇게 말할 사람은 아니었다.

"활자의 시대는 이미 끝났어, 갔다고. 아무짝에도 쓸모없으니 팔자. 그게 깔끔해."

영조는 힘겹게 결론을 내린 것처럼 보였지만 단호했다.

먹고살기도 힘든데 소설이라니. 사랑이라니. 각자 살자. 한 명이라도 잘살아야지.

이렇게 내게 항변하고 있다는 걸 모르지는 않았다.

그리고 그 말은 이제 그녀도 지쳤다는 뜻이었다. 그건 나에 대한 실망감을 우회적으로 표현하는 말이었다. 팔리지도 않는 소설을 붙잡고 있는 남편에게 주는 아내의 마지막 경고 같은.

나는 아무 말도 하지 못했다. 책장에 빼곡하게 꽂혀 있는 책들이 나를 보며 한꺼번에 울음을 터트리는 것만 같아 귀를 틀어막고 싶었다. 그건 내 울음소리이기도 했다. 열네 평 공간에 가장 많은 자리를 차지하고 있는 것이 책이었다. 나는 그것을 이제야 깨달은 사람처럼 집 안을 둘러보았다. 문과 창을 제외한 벽을 덩굴식물처럼 온통 책이 뒤덮고 있었다. 그 안에서 벌레들이 기어 나오지 않는 것이 다행스러웠다.

"판다니, 누가 산대?"

나는 은근히 무시당하고 있다는 생각이 들었고 부아가 치밀어 물었다. 차라리 나를 내다 팔아라, 소리치고 싶은 걸 억지로 눌렀다.

"알라딘."

동화 속 요술의 램프라도 말하는 줄 알았는데 중고서점이란다. 후줄근한 기분이 싹 가시는 단어였다. 내 비루한 일상이 일시에 동화적 환상으로 비친다고나 할까.

영조는 이미 모든 것을 알아보고 말하는 것 같았다. 작업실을 하나 빌려 공동으로 쓰자고 제안했을 때처럼. 둘의 허접한 살림을 합친 뒤 결혼식은 나중에 올리고 혼인신고를 먼저 하자고 당차게 말했을 때처럼.

"다 팔면 얼마나 될까?"

"오륙백?"

"겨우?"

영조는 내 말에 픽 웃었다. 역시 세상 물정 모르는 사람이군. 분명 그런 빈정거림이 배어 있었다.

"그 정도면 최고의 가격일 거야."

내가 아는 그녀는 근거 없는 말은 하지 않는 신중한 사람이었다. 그녀는 자신의 말이 옳다는 것을 보여주기라도 하려는 듯이 책장에서 책을 하나 뽑아 들고 겉장을 훑었다. 꽤 쓸 만한 물건을 하나 골라 든 사람처럼 보였다.

"이런 시리즈 종류는 좀 쳐주는 것 같던데."

세계명작전집 가운데 한 권이었다.

"책이 총 몇 권쯤 될까?"

"2,698권. 문예지 빼고."

"셌어?"

나는 깜짝 놀라 몸을 반쯤 일으키며 물었다.

"그럼, 저게 우리에게 남은 총재산인데, 그것도 안 세? 저 포스트잇 안 보여? 사흘 걸렸어, 세는 데."

나는 오렌지색 포스트잇이 책장에 드문드문 붙어 있는 걸 그제야 발견하고 속으로 감탄했다. 그녀가 여전히 우리를 '우리'로 불러주는 것에 안도했다. 여전히 희망이 있다는 말일까. 꼭 헤어져야 하겠느냐고 다시 묻고 싶었다. 그 말이 목구멍까지 올라오다 스르르 잦아들었다. 면목 없었다.

"평균 구입가격 만이천 원이라고 따져봐도……."

나는 얼른 스마트폰을 꺼내 들고 계산기를 두드렸다.

"헉…… 삼천이 넘네!"

나는 그 많은 돈을 벽에 발라놓고 살아왔다는 사실에 감격해 소리쳤다. 듣도 보도 못했던 재산이 덜컥 발 앞에 떨어진 사람처럼 눈앞이 환해졌다. 툭하면 생활비 때문에 다투었던 일들이 해결될 것만 같았고 영조가 '이별'이라는 단어를 더 이상 입에 올리지 않을지도 모르겠다는 기대감이 뒤를 따랐다.

"그럼 적어도 천은 받을 수 있는 거 아냐?"

영조가 난감한 표정으로 나를 바라보았다. 연민과 혐오가 같이 담긴 눈빛이었다. 이를테면, '자기는 자존심도 없어? 그런 정신으로 앞으로 어떻게 먹고살래? 차라리 혼자 살아, 평생. 내가 내 눈을 찌르고 말지, 누굴 탓해. 내 결정이 옳아. 여기가 우리의 끝이야' 같은 말들이 환청처럼 들려왔다.

"그럼 겨우 20프로? 아무리 중고라지만, 거의 새거잖아?"

나는 억울했다. 어떤 책들은 흠집이라도 날까 조심스러워 함부로 페이지를 넘기지도 않았던 일이 떠올랐다.

"밑줄 친 거 안 되고, '증정' '드림', 누가 사인한 거, 다 안 된대. 돈이 안 되는 책이래!"

그녀는 돈이 안 되는 책이라는 말에 방점을 찍었다. 정작 하고 싶은 말이 그거라는 듯.

"벌써 다 알아본 거야?"

삼천만 원 정도의 재산을 도배하고 살고 있었다는 감격은 어디론가 사라지고 아끼던 책들이 중고시장으로 흘러들어가는 장면

이 상상되었다. 구겨지고 찢어지고 손때가 묻고 그것도 모자라 이리저리 구르다 밟히고 치이다 폐지로 전락한 후 끝내 소각되는. 인간의 운명과 다르지 않았다.

책을 판다고 생각하니 영조와 함께 건너온 사 년의 세월이 떠밀려가는 것만 같았다. 우리는 갖고 있던 책과 노트북을 들고 이 작은 빌라로 왔다. 각자의 원룸을 나와도 여전히 원룸이었지만 각자의 방보다 창도 많고 주방과 아주 작은 거실이 방과 분리되어 있어 위안이 되었다. 우리는 막막한 가운데에서도 희망을 잃지 않았다. 분명한 기대감보다 막연함이 안겨주는 희망을 사람들은 때때로 행복이라는 감정으로 오인한다. 나도 그랬다. 아마도 영조는 더 그랬던 것 같다. 우리는 돈이 중요하다는 걸 알면서도 돈 이야기를 하는 게 왠지 경박스럽거나 천박한 대화의 소재라고 여겼던 숙맥이었다. 돈 이야기가 나오는 순간부터 우리의 관계도 파국을 맞이할 거라고 내심 우려했고 가난을 검박함이라는 가치로 받아들였다.

"알라딘밖에 없나?"

나는 조금이라도 헤어짐을 늦추고 싶은 사람처럼 말했다. 질문을 던져놓고 보니 궁금하기도 했다.

"인터넷 다 뒤졌어. 참고서나 아동문학전집 아니면 새거여도 안 산대. 어떤 곳은 운송비를 우리가 지불하래. 책 가져가봐야 폐지 가격밖에 안 쳐준데. 내가 소설가 꿈을 일찍 접은 게 정말 다행이야. 겨우 폐지밖에 안 될 것을 평생 잡고 있을 뻔했어. 그리고 운송비라니? 배보다 배꼽이 더 크겠더라. 그나마 공정하고 깔끔하게 처분할 수 있는 곳이 알라딘이야."

영조가 차근차근 말했지만 나는 그녀가 얼마나 힘들게 자신의 꿈을 접었는지 알고 있었다. 문운이 없었던지 그녀는 번번이 최종심에서 탈락했다. 그래도 그녀는 자신의 작품에 자존감을 버리지 않았다. 심사평에 연연하지 않았으며, 그녀보다 일찍 등단한 내 앞에서 오랫동안 의연했다. 우리는 서로에게 가장 날카로운 독자고 비평가며 연인이고 동지며 부부라고 여겼다. 나는 세상에 이보다 더 완벽한 한 쌍은 없다고 자부해왔다. 영조도 나와 다르지 않다고 믿었다.

"뭐야, 정말 요술램프네. 책 하나 주면 돈 내주는?"

그곳에 책을 넘겨주면 돈을 준다? 현금인출기 같았다. 돈 없을 때 책을 하나 빼 들고 알라딘에 가서 현금으로 교환해 연명하는 삶. 그리고 그 상상은 자연스럽게 흑백영화처럼 내 머릿속에서 재현되었다.

나는 마치 60년대나 70년대의 가난한 소설가처럼 청계천 헌책방을 배회하고 있다. 긴 바바리코트에, 어깨를 약간 움츠리고, 손가락 끝에는 거의 다 타들어간 꽁초가 들려 있다. 헌책방을 몇 군데 기웃거리다 한 곳으로 들어간다. 책을 팔아 챙긴 꼬깃꼬깃한 지폐를 주머니에 찔러 넣고 오랫동안 천변을 걷는다. 국밥을 먹고 막걸리를 한잔 마시고, 다시 방으로 돌아가 글을 쓰고…… 또 며칠 있다 책 한 권을 옆구리에 찔러 넣고 천변으로 가고……. 쓰고,

팔고, 먹고, 쓰고. 그렇게 연명하다 겨우 어느 날 책 한 권을 출간하고……. 그 책을 누군가가 사서 읽은 뒤 나처럼 되팔고. 돌고 도는 종이의 운명.

"일단 팔 수 있는 것과 팔 수 없는 것을 분류해야 해."

영조는 내게 분류법을 대강 알려주고 일어섰다. 출근 시간이었다.

나는 그녀를 배웅하기 위해 함께 나왔다. 늘 그러는 것은 아니었다. 이렇게 배웅하는 날이 앞으로 며칠이나 될까. 감상적인 생각이 내 몸을 일으켰다. 그녀는 어젯밤 처음으로, 게다가 진지하게, 헤어지고 싶다고 말했다. 이유를 묻는 내게 그녀는 잠시 말없이 책 쌓인 벽을 응시했다. 나는 그녀가 무언가 말을 아끼고 감정을 절제하고 있다는 생각이 들었다.

"총체적인 거야."

그리고 그녀는 잠시 말을 멈췄다.

"불꽃이 허공으로 높이 치솟아 한순간 팡 터지듯 시작된 게 사랑이었다면 이별은 총체적인 그 어떤 것 같아. 불꽃놀이가 끝난 뒤 찾아오는 모든 것의 모든 것이라고나 할까."

내 탓만이 아니라는 말이었다. 이제 그녀도 어쩔 도리가 없으니 애쓰지 말라는 말처럼 들렸다.

그런 말을 들어서였을까. 나는 영조의 뒷모습을 하나도 놓치고 싶지 않았다. 막 보풀이 일기 시작한 머플러와 한쪽이 조금 더 닳은 구두 뒤축. 복숭아뼈의 곡선이 드러나는 발목. 어느 것 하나 소중하지 않은 게 없었다. 그녀는 계단을 내려가면서 머리를 빠르게 하나로 질끈 묶고 옷매무시를 가다듬었다. 흰 뒷목이 드러났다가 일순 사라졌다. 요양병원에서 노인심리상담자로 일하기에 그녀는 눈부시게 아름답고 젊고 날렵했다. 나는 그녀의 뒷모습을 보며 가슴이 뭉클해오는 걸 느꼈다. 사랑이었다. 의심의 여지가 없었다. 늘 저렇게 허둥지둥거렸겠구나. 때늦은 반성이 일었다. 그것은 내 삶 전체에 대한 참회 같은 거였고 나는 반성하는 인간의 모습이란 얼마나 순정하고 무기력한 것인가 다시 한 번 깨달았지만 '이별'이라는 아슬아슬한 감정의 기류를 함께 느끼고 있었다.

영조가 빌라를 벗어나 앞서 걸어갔다. 그녀가 전철역을 향해 종종걸음 치며 사라지는 뒷모습이 점점 작아져갔다. 늘 '다녀올게' '화이팅' '너무 다운되지 마' 같은 말들을 남기곤 했는데 아무 말도 없이 가버려서 어느 순간 나는 그녀를 길 위에서 놓쳤다.

나는 바로 올라가지 못하고 빌라 담벼락에 기대어 담배에 불을 붙였다. 담벼락에 누군가 함부로 버린 쓰레기들이 쌓여 있었고, 늘 지저분하게 느껴졌으며, 쓰레기를 내다 버린 인간들을 떠올리면 불쾌해졌다. 적어도 나는 몰래 쓰레기를 버리는 인간은 아니었다. 약속 이상의 생활 신조 같은 거였다. 쓰레기 같은 글을 쓰지 말자고 결심한 것과 다르지 않았다. 골목골목이 쓰레기 천국이라고 부르기에도 식상했다. 납작하게 접혀진 빈 박스들과 신문과 잡지를 노끈으로 질끈 동여맨 꾸러미는 폐지를 줍는 노인들이 득달같이 달려들 물건들이었다. 쓰레기 가운데 쓸 만한 쓰레기도 있다는 말이었다. 빌라 일층은 건축사 사무실, 지하는 이름도 들어보지 못한 극단 사무실, 이층과 삼층에 큰 원룸이 세 개씩 있었고 우리는 이층에 살았다. 신문 더미는 아마도 옆집 203호 남자가 버린 것만 같았다. 203호 현관에 날짜 지난 신문 서너 개가 자주 놓여 있었다. 무심코 지나치곤 했는데 아마도 남자는 사나흘에 한 번씩 집 밖으로 나오는 것 같았다.

나는 타들어가는 담배를 비벼 끄며 203호 남자의 모습을 애써 떠올려보았다. 누렇게 빛바랜 흰 러닝셔츠와 반백의 머리 그리고 파자마 밑으로 삐져나온 가느다란 발목. 그나마 그 모습도 한두 번 보았을까. 여름이었고 나는 현관문을 활짝 열어놓고 있었다. 203호 문이 스르륵 열리는 소리가 들렸다. 뭔가 둥둥 떠다니는 것처럼 늙수그레한 남자의 몸이 천천히 문 앞을 스쳐 지나갔다. 머리가 먼저 보이는 기이한 모습이었다. 팔다리를 길게 늘어트린 유인원처럼 남자가 약 20도쯤 몸이 앞으로 기울어진 자세로 천천히 지나갔다. 낡은 신문 묶음을 힘겹게 끌고 가느라 남자는 너무도 느리게 지나갔다. 남자가 지나가고 나서도 그가 남긴 이상한 기운이 복도에 오래 남아 있었다. 낡은 신문지 뭉치에서 흘러나온 텁텁한 냄새가 복도에 서성이고 있는 것처럼.

영조가 장난처럼 말했다.

"사나흘에 한 번씩 외출하는 남자. 여름에도 현관문조차 열지 않고 지내는 남자. 자기 나이 들면 꼭 203호 그 남자처럼 늙어갈 것만 같아."

영조는 단 한 번도 정면으로 남자의 얼굴을 본 적이 없었는데도 자꾸 안으로만 움츠러드는 나를 걱정해 에둘러 말한 것 같았다.

203호 앞에는 여전히 이틀 치의 신문이 바닥에 나뒹굴었다. 초인종을 눌러볼까. 묘한 호기심이 일었다. 인기척이 느껴지지 않았다. 초인종을 눌렀더니 얼마 후에 중년 남자의 탁한 목소리가 흘러나왔다. 한 발짝 물러나 문이 열리길 기다렸다.

"무슨 일이요?"

남자는 여전히 빛바랜 흰 러닝셔츠와 발목까지 내려온 파자마 차림이었다. 옷이라곤 그것밖에 없는 사람처럼. 나는 처음이라고 짐작되는, 남자의 얼굴을 정면으로 바라보았다. 눈두덩이 푹 꺼지고 살집 없는 얼굴에 주름이 제법 깊었다. 역광 때문에 반백의 머리가 남자를 더 초췌해 보이게 했다. 복 없이 늙은 얼굴이군. 도대체 영조는 이 남자의 어디를 보고 나를 떠올린 걸까.

"여기 신문이……."

현관 입구를 보니 낡은 슬리퍼 한 켤레가 전부였다. 짐작대로 혼자 사는 것 같았다. 남자가 내 손에 들린 신문을 받아 쥐었다. 남자의 손이 놀랍도록 따뜻해 이상했다. 얇은 피부 위로 푸른 정맥이 도드라져 보였다. 신문만 건네고 돌아서기가 좀 뭐해서 물었다.

"혹시…… 읽으실 만한 책이 필요하시면…… 좀 갖다드릴까요?"

나는 '팔 수 없는' 책들을 떠올리며 물었다.

"아뇨."

"아, 실은 책을 좀 정리하려고요."

나는 남자가 묻지도 않은 질문에 스스로 답하고 있었다. 남자는 잠시 말이 없었다. 뭔가 생각하는 눈치였다. 가령, 문을 그냥 닫을까, 문 앞에 서 있는 젊은 내게 한마디라도 할까.

"기증하세요. 나도 짐 정리할 때 저 건너편 아파트 단지 내에 있는 노인정에 기증했어요. 좋아하더라고요. 아니면 폐지밖에 더 되겠어요?"

"네?"

기증은 생각해보지도 않았다. 나와는 동떨어진 언어 세계에 존재하는 단어였다. 유명 인사나 할 수 있는. 높은 지위에 있는 사람이 저 아래 평민들을 위해 베푸는 선행 같은.

"어떤 책들인가요? 원예에 관한 거나 건강이나 꿈 해몽에 관한 정보가 실린 책들을 좋아하더라고요."

"그런 책들은……. 없었던 것 같아요."

남자는 무슨 말을 더 하려다 고맙다며 신문을 다시 움켜쥐고 문을 닫았다.

나는 방으로 돌아와서도 일이 손에 잡히지 않았다. 일단 팔 수 있는 것과 팔 수 없는 것을 분류하라는 영조의 말이 귓가에 맴돌았다. 지금 나에게 오륙백만 원은 분명 크고 귀한 돈이지만 오랫동안 소장했던 책들과 이렇게 이별할 수는 없었다. 그것만은 분명했다. 영조가 갑자기 책을 팔자고 한 이유가 여전히 납득이 가지 않았다. 다른 사람도 아니고 영조가.

나는 참지 못하고 통화 버튼을 눌렀다.

"바빠. 뭔데?"

"꼭 팔아야겠니?"

"꼭 지금 얘기해야 해?"

주위를 의식해선지 그녀의 목소리가 작아졌다.

"문자로 찍어 보내. 책 팔려는 이유."

전화를 끊고 한참이 지나도 영조에게는 아무런 연락이 없었다.

나는 책을 기증할 만한 도서관을 검색해보았다. 203호 남자의 말이 틀리지 않다는 생각이 들어서였다. 오륙백만 원으로 바뀔 인생도 아니었다. 차라리 몽땅 기증을 하는 게 낫겠다 싶었다. 동네 도서관이 있었다. 청소년문화센터에도 도서관이 있었다. 아니 도서관은 생각보다 무척 많았다. 책을 읽지 않아도 여전히 문학관과 도서관이 점점 늘어나는 기이한 현상이 이 도시에서 벌어지고 있었다. 골목마다 쓰레기가 점점 쌓이는 일과 다르지 않았다. 그 많은 책들이 어딘가에서 자리를 잡고 그럭저럭 살아가고 있다는 거였으니 다행스러우면서도 한편 징그러웠다.

"네, 그러니까, 제 말은요, 내가 책이 좀 있으니까, 그쪽에서 트럭을 한 대 가져와서 싣고 가라는 겁니다."

청소년문화센터 직원은 이제야 내 말을 완전히 이해한 것 같았다.

"과장님께 여쭤봐야 해요. 본인이 직접 가져오시지 않으면…… 방법이…….."

"직접이요?"

기증자에 대한 감사패까지 기대한 것은 아니었지만 직접 가져오라니. 실망스러웠다.

"오래된 좋은 책들이 얼마나 많은데요. 요즘은 팔지도 않는 희귀본도……."

"너무 오래된 책은 오히려 관리가 더 힘들어서요. 솔직히 그렇게 많은 책들을 놓아둘 공간도 없고요. 책 주시겠다는 주민들도 실은 넘쳐요. 그런데 받아보면 비슷비슷한 책들이라. 요즘은 전자책이 너무 잘돼 있어서요. 공간도 차지하지 않고, 학생들도 모니터로 보는 걸 더 좋아해서요."

"받겠다는 겁니까, 안 받겠다는 겁니까?"

"그러니까 본인께서 직접 가져오시면, 성의를 봐서라도 저희가 받아서……."

"뭐라고요? 적반하장도 유분수지, 지금 나보고 갖다 바치라는 말이네요? 그런 책은 돈 주고도 못 사요!"

나는 전화를 끊고도 화가 났다. 불과 몇 분 전만 해도 도서관에 영조와 내 이름을 기증자로 새겨 넣은 멋진 코너를 상상하며 뿌듯해했다. 젊은 부부가 생활고와 창작의 어려움을 겪다 헤어지며 함께 읽던 책들을 청소년들을 위해 기증한다는 상상은 얼마나 로맨틱한가. 그런 감정에 물을 끼얹는 통화였으니 당연히 화가 치밀었다. 다른 몇 곳에 더 전화했다. 이유는 조금씩 달랐지만 반응은 마찬가지였다. 영조가 말했던 그 '램프' 회사로 넘기거나 그곳에도 넘길 수 없는 책들은 결국 무게를 달아 폐지로 넘기는 수밖에 없었다.

나는 손에 잡히는 대로 책 한 권을 책장에서 빼어 들고 펼쳐 보았다. 이름이 익숙한 소설가의 장편소설이었다.

2008년 영조가 영조에게. 교보문고에서.

단아한 손 글씨를 눈으로 따라가며 나는 속으로 짧게 한숨을 내쉬었다.

영조와 나는 글과 맺은 인연이 깊다. 소설 창작을 배우는 글쓰기 학원에서(이 얘기는 나중에 자세히 하겠지만) 처음 만났다. 서너 번 얼굴을 마주쳤으나 별 특별한 기억이 없었다. 그러다 내가 대학원에 진학했을 때 그녀는 나보다 한 학기 먼저 입학해 선배가 되어 있었다.

우리는 '젊은 대학원생'에 속했다. 1학기를 다니고 있을 때 나는 운 좋게도 꽤 알려진 문예지 신인상으로 등단했고 전액 학비 면제 혜택을 받을 수 있었다. 우리는 소설창작 수업도 같이 들었다. 두 남녀의 성에 대한 억압과 환상을 다뤘던, 조금은 가볍고 코믹스러웠던 내 등단작에 비해 영조의 소설은 노인의 예리한 심리를 파헤치며 삶과 죽음이라는 묵직한 주제를 붙들고 있던 터라 나를 늘 긴장시켰다.

어느 날 수업이 끝나고 뒤풀이가 있었다. 가끔 있는 일이었는데 그날은 영조도 있었다. 3차까지 가서 보니 그녀가 내 옆에 앉아 있었다. 영조가 뒤풀이에 온 것도, 그녀를 지근거리에서 대하는 것도 아마도 내 기억으로는 처음인 것 같았다.

"장장 사십육 일을 내리 만났어."

연애에 빠졌다 헤어졌다는 선배가 혀 꼬부라진 소리로 말했다. 시를 쓰는 사람이었다. '시인'이라고 쓴 명함도 있었는데 그가 출간한 책들의 제목과 그의 블로그 주소가 적혀 있었다. 누가 봐도 1인 기업의 명함 같았고, 혼자 시를 쓰니 1인 기업이라고 해도 틀린 말은 아니었다.

"하루도 안 빠지고 사십육 일을 만났다는 것은 성실과 진실을 담보하지 않고는 불가능해. 글쓰기도 그래야 해."

그가 혼잣말을 하며 고개를 주억거렸다.

"결국 그 여자분이 선배에게 마흔여섯 편의 시를 남겨주고 떠난 거네요."

싸늘한 목소리의 주인공은 영조였다.

"뭐?"

연애에 빠졌었다는 선배가 술 깨는 표정을 지으며 고개를 들었다. 생각지도 않은 당돌한 질문이라는 눈빛이었다.

"그 여자분과 헤어진 게 서운하다는 말처럼 들리지 않고, 그렇게 시를 건져서 행복하다는 말로 들려서요."

영조가 목소리 톤도 바꾸지 않고 말했다. 대학원생 3차 모임에서는 무슨 얘기들을 나눌까 궁금해서 왔는데, '겨우 요거?' 그런 말투였다. 갑자기 분위기가 서늘해졌다. 연애에 빠졌다 헤어졌다는 선배는 자신의 말에 토를 단 사람이 새까맣게 어린 여자 후배라는 사실에 자존심이 상한 것 같았다.

"선배님에게는 시가 남고, 그 뮤즈에게는 뭐가 남나요? 그 뮤즈가 저작권이라도 갖게 되나요?"

영조의 말에 나도 모르게 움찔했다. 간지러운 데를 긁어준 것만 같았는데 뭔가 직설적이었다는 느낌을 지울 수가 없었다. 틀리면서도 맞는 말 같기도 했다. 술집 안의 공기가 허공에서 부딪치며 마찰음을 냈다.

"내가 시라도 써 남겼으니 그 여자가 뮤즈가 된 거지, 안 그래?"

"참 이해할 수 없는 나이들입니다. 예나 지금이나 문학 하는 사람들은……."

내가 뭐라고 말려볼 틈도 없이 선배가 손에 술잔을 들고 그대로 벌떡 일어서더니 휘청하며 다시 앉았다. 술은 영조의 머리 위로 쏟아졌고 잔은 그녀와 나의 어깨 중간 지점을 지나 날아가더니 바닥에 떨어져 깨졌다. 3차까지 가면 반은 늘 후회할 일로 끝난다는 말이 옳았다.

영조는 그 일을 계기로, 그녀는 아니라고 말하곤 했지만, 대학원을 관뒀다. 절대 후회하지 않는다며. 그 일로 인해 우리는 더 가까워졌다. 우리는 동갑이었고 모난 구석이 많은 사람이라는 공통점이 있었는데 글을 쓰는 힘이 거기에서부터 온다고 믿고 있었다. 그녀는 퇴근 후 가끔 대학원 근처로 나를 찾아와 만나곤 했다. 그리고 자연스럽게 그녀를 집까지 바래다주는 일이 잦아졌다. 나는 그녀를 바래다주고 집이 있는 파주까지 갈 수 없어 종종 찜질방에서 잤다.

"처음 고백하는 건데, 우리 그때 한동수의 수업 들었던 날, 집에 가서 「비늘」을 찾아 읽었거든. 나는 솔직히 「비늘」을 읽고 소설가가 되고 싶어졌어. 그 전까지는 소설 쓰는 것만 생각했는데 말야. 그 소설을 읽고 작가의 운명 같은 것에 대해 생각하게 되었어. 소설가는 결국 제 아픈 살점을 먹으며 사는 사람 같아."

영조의 말을 듣고 나는 하마터면 그녀의 손을 덥석 잡을 뻔했다. 푸른 칠을 한 대문 앞이었다. 담장 밖으로 장미 몇 송이가 얼굴을 내밀어 진분홍 꽃잎이 바람에 날려와 그녀의 콧잔등과 뺨에 살짝 닿았다가 흩어져 내렸다. 같은 소설가를 좋아하는 일은 허다하지만, 똑같은 작품 때문에 소설가가 되기로 결심했다는 말은 자주 듣는 얘기는 아니었고 그 작품을 이해하는 마음이 나와 몹시 흡사했기에 오랜 친구가 하는 말처럼 느꼈다.

기왕에 이야기가 알라딘에서 시작해 「비늘」로 뻗어나갔으니 「비늘」의 작가 한동수 얘기를 먼저 들려주고 싶은 충동이 인다. 아마도 긴 이야기가 될 것이다.

순결한
사기꾼

12월 31일. 신춘문예 당선기사가 떴다. 원고를 보냈던 신문사의 홈피로 들어가자 당선자와 당선작 제목이 떴다. 그리고 심사평을 읽었다. 내 작품은 예심도 통과하지 못했다. 혹시나 했던 감정이 절망으로 바뀌었다. 나는 컴퓨터를 끄고 밤길을 오래 걸었다. 그리고 다시 돌아와 컴퓨터를 켰다.

「비늘」. 한동수. 스물아홉 살.

진한 커피를 옆에 놓고 당선작을 읽어 내려갔다.

소설을 읽는 내내 나는 주변을 몇 번이나 두리번거렸다. 뭔가 비릿한 냄새가 나는 것만 같았다. 낯설고 비리고 끈적끈적한 점액질 같은 문장들. 비린내는 거기서 풍겼다. 나는 침을 삼키며 끝까지 읽어 내려갔다. 물고기의 긴 지느러미가 내 코를 살짝 건드리며 눈앞에서 유유히 사라지는 것 같았다. 잠시 정신이 고양되는 느낌마저 들었다. 감동이라는 단어로 설명할 수 없는 어떤 울림까지. 내가 소설을 입은 듯 작품 속에 온전히 젖어 들었다. 이게 정말 소설이구나. 잠시 그런 생각이 들었다. 아주 짧은 순간이었지만 느낌은 명료했다.

나는 소설을 두 번 더 읽었다. 내가 못 쓰거나 안 쓰거나, 차마 말할 수 없었던 이야기를 활자로 본 느낌은 섬뜩하고 경이로웠다. 질투심과 경외감. 그런 감정들이 내 안에서 차올랐다. 나는 무심코 옆방에 있는 아버지를 바라보았다. 아버지는 어둠 속에 앉아 체증을 가라앉히려는지 배를 쓸어내리며 끄윽끄윽거렸다. 그 소리는 내게 간혹 울음소리처럼 들리곤 했다. 소통되지 않은 세상 속에 살아가는 한 남자의 울음소리. 언제부턴가 나는 그런 아버지를 바라보는 한 소년의 내면을 종이 위에 옮길 수 있었고 그게 소설이라고 생각했다.

「비늘」을 다 읽은 나는 천장을 바라보고 누워버렸다. 집 안은 고요했고 아버지가 끄윽끄윽거리는 소리만 간간히 들려왔다. 어지러운 격자무늬 벽지가 눈에 들어왔다. 언제부터 저 무늬가 저기 있었을까. 그리고 나는 천장에다 이렇게 썼다.

내가 써왔던 것들은 소설이 아니었어.
한동수. 스물아홉 살. 나보다 겨우 네 살 많다니!

그해 삼월, 어느 문예지에서 신춘문예 당선작 특집을 다뤘다.

예상했던 대로 그의 작품에 대한 언급이 제일 눈에 띄었다. 누군가는 평론가들이 '칼질'하기 가장 좋은 작품이라고 말했다. 모든 평론가가 칼을 들이대고 쑤셨다. 그 어떤 칼도 깊숙이 박히지는 않았다. 오히려 칼질을 하면 할수록 소설은 새로 읽혔다. 새로운 육질이 드러나고 향내가 난다고나 할까. 질긴 생명력을 가진 작품이었다. 단연 돋보였으며 압도적이었다는 결론이었다.

왜 제목이 '비늘'이어야만 하는가에 대한 논의도 있었다. 그건 나의 질문이기도 했다. 토론은 빛났지만 난해한 결말이었다. 생선은 물론이고 바다 이야기조차 나오지 않던 소설 제목이 비늘이라니. 더욱 기이한 것은 '비늘'이라는 단어조차도 찾을 수 없던 소설이었는데도 불구하고 꼭 '비늘'이라고 제목을 붙여야 전체 이야기가 완성되는 듯한 기묘한 소설이었다. 여자가 자신의 눈을 찌르며 스스로를 단죄하는 부분에 이르러 왜 작가가 그렇게 제목을 지었는지 알 것도 같았다. 여자가 마지막에 보았던, 섬광처럼 스쳐 지나간 반짝거림이 그녀가 기억하게 될 세상에 대한 이미지였을 것이다.

한동수는 등단한 그해 여름에 소설집을 냈고 문예지를 펼치면 그의 소설을 어렵지 않게 발견할 수 있었다. 그는 첫 소설집으로 권위 있는 여러 문학상에 최연소 후보로 선정되었고 그해 겨울 또 한 권의 소설집을 내 나를 놀라게 했다. 믿을 수 없게도 그 모든 일이 일 년 안에 일어났다. 처음 있는 일이라고 평단은 입을 모았다. 질투와 함께 부러움이 일었지만 나는 그의 출발에 내심 박수를 보냈다.

일하고 소설 쓰고. 소설 읽고 소설 쓰고. 그때부터 내 청춘은 그렇게 흘러갔다.

어느 날 나는 아버지에게 요즘 소설을 쓰고 있다고 말했다. 뭘 한다고? 소설이요. 그래? 그러곤 한동안 아버지는 말이 없었다. 특별한 반응을 기대한 건 아니었다. 아버지를 보면 소설을 쓰고 싶어져요. 아마도 나는 그런 고백을 하고 싶었던 것 같았다. 그즈음의 아버지는 그 어떤 음식도 완벽하게 소화하지 못했다. 체중과 술을 달고 살았다. 체중이 술을 불렀고 술이 체중을 낳았다. 그 이상한 연결고리 안에서 아버지의 삶은 점점 이해하기 힘들어졌다. 누군가의 아버지 역할도 누군가의 남편 역할도 버거워 보였다. 이해할 수 없는 세상 속에 자신이 버려졌다고 말하던 아버지가 또 다른 누군가에게 이해할 수 없는 사람으로 되어가고 있는 이상한 논리였다. 그래도 아버지는 소설을 쓰려고 하는 내게 격려의 말을 해주고 싶었던 것 같았다. 이왕 쓰려면 잘 써라. 그렇게 말했다. 나는 아버지가 그때 내가 왜 소설을 쓰려고 하는지 깊이 이해한 사람 같았다. 마치, 네가 소설이라도 쓰면서 살아야 조금 덜 외롭겠구나, 그렇게 말하는 것만 같았다.

"아버지나 엄마 얘기는 하지 말아라. 세상에는 말하지 않고 숨겨 놓은 이야기 하나쯤은 있어야 덜 외롭다. 그 힘으로 오래 쓸 거다."

아버지의 부탁은 그것뿐이었는데 나는 언젠가 소설가가 된다면 평생 아버지의 그 말을 잊지 않아야겠다고 다짐했다. 아버지의 우려와 달리 아무도 강요하지 않았지만, 나는 집에서도 엄마 얘기를 꺼내본 적이 없다. 남겨진 몇 장의 사진 속에서 내게 엄마라는 존재가 있다는 것만 확인할 수 있었다.

아버지에게도 엄마가 돌아오기를 간절히 소망했던 한 시절이 있었다. 세상에는 말하지 않은 것인데도 불구하고 더 분명히 느끼게 되는 일이 종종 있다. 아버지가 툇마루에 앉아서 어둠이 짙어오는 마당 한끝을 오래 바라보는 모습을 본 적이 있다. 내가 바라본 것은 아버지의 등이었다. 시간과 어둠이 스륵스륵 내려앉던. 본 것은 그게 전부였지만 아버지의 그 모습은 엄마에 대한 그리움으로 내게 각인되었다. 이유는 없었다. 아버지의 체중은 아마도 그때부터 더 심해졌는지 모를 일이었다.

엄마는 세상 깊숙이 혼자 걸어 들어가 나오지 않았다. 가끔 외할머니를 통해 소식을 들었지만 감흥이 없었다. 엄마라도 지긋지긋한 집을 떠나 다행이라고 여기기로 했다. 그것은 용기가 필요한 일이었다고. 자신의 생에 대한 애착이 없었다면 불가능했다고. 나는 엄마를 그렇게 이해하기로 했지만 간혹 덧난 상처처럼 엄마가 떠올랐다.

생각지도 않은 곳에서 소설가 한동수를 직접 만나게 되었다. 어느 소설가가 운영하는 '소설가 양성 학원'(소설가가 소설가를 양성하는.

정말 그런 데가 있다)에 다니던 때였다. 그들은 소설을 '느끼게' 해주는 학원이라고 말하지만 등단 공식 비슷한 것들을 칠판에 적어놓고 분석을 할 때면 '가르친다'는 말이 맞았다.

그 학원을 소개한 후배는 나보다 먼저 등단을 했다. 1월 1일 자 신문에 대문짝만하게 그의 작품과 함께 사진과 인터뷰 기사가 실렸다. 가끔 같이 술 마셨던 학교 후배였다. 신문에서 본 그의 얼굴은 제법 작가다웠다. 한 손으로 턱을 괴고 있는 표정은 사뭇 진지했고 고뇌가 묻어 있었다. 명암이 자연스럽게 턱선을 타고 흘러내리는 흑백사진이었다. 많은 책들이 꽂혀 있는 서재를 배경으로 찍은 거였다. 언제 그런 사진을 준비했는지 놀라웠다. 동아리 모임이 끝나고 함께 술잔을 부딪치며 객기를 부리던 모습은 찾아볼 수 없었다. 나는 그를 아는데 그는 나를 모른다고 할 것만 같았다.

등단 비결을 물었다. 후배는 뜻밖의 이야기를 했다.

후배는 지난 이 년간 학원을 다니면서 소설의 기법과 등단의 지름길을 익혔다고 했다. 그 이 년 동안 내게 한마디도 안 했다는 배신감보다 '지름길'이라는 말에 귀가 솔깃했다. 세상에는 늘 '빠른' 길이 있다는 걸 증명한 것이다. 그때까지 나는 소설이란 어두운 골방에서 수행하는 맘으로 혼자 써야 한다고 믿었고 후배도 옳다며 맞장구쳤으니 단 한 번도 내 창작 방법에 대해 회의를 가져본 적이 없었다.

후배는 내 말에 고개를 저었다.

"형, 대학원 아무 소용 없어. 문예 사조, 소설론. 배워봐야 등단에 도움도 안 된다고. 독자들이 바뀌었으니 이제 습작 방법도 변해야 해요. 전략적이고 치밀하게."

등단하면 태도도 바뀌는 것일까. 나는 왠지 다급한 마음이 들어 따져 묻지 않았다. 정말 소설가양성학원이 존재한다는 사실이 의아할 뿐이었다. 앞에 앉아 있던 그가 살아 있는 증거였으니 믿을 수밖에 없었다.

"요즘은 발톱에 매니큐어 바르는 걸 가르치는 학원도 있고요, 간지럽게 귀지 파는 법을 가르치는 학원도 있고요, 모유 수유하는 것 가르치는 곳도 있고. 그러니 소설 쓰는 거 가르치는 학원이 없으라는 법은 없죠. 오히려 당연히 있어야죠. 안 그래요? 소설이 세상 들여다보는 건데 그 정도는 알고 있어야지, 참 형은!"

일리 있는 말이었다. 녀석은 언제부터 이렇게 말 잘하는 사람이 되었을까. 이미 세상을 한 눈으로 바라볼 수 있는 능력을 가진 사람처럼. 여유로운 어투가 정말 작가다웠다.

나는 결국 후배가 다녔다는 학원에 문의를 했다. 그렇다고 소설에 대한 순정이 퇴색된 것은 아니었다. 소설을 썼으니 소설가가 되고 싶었고 학원에 가는 것은 소설가가 되는 많은 방법론 가운데 하나라고 나 자신과 타협했으며 어떤 식으로든지 작가가 되고 나면 그때부터 좋은 글을 쓰리라 마음먹었다.

먼저 습작소설을 보내라고 했다. '수준'이 되어야 받아준다는 것이다. 아무나 받아주지 않는다는 말에 신뢰가 갔다. 등록만 해도 반은 등단한 거예요. 후배의 말이 사실인 것만 같았다. 나는 그

동안 써두었던 소설 가운데 그래도 조금 괜찮다고 생각이 드는 작품을 하나 골랐다. 읽고 또 읽고 수정에 수정을 거듭한 끝에 이메일로 전송했다.

기초반부터 시작하라는 결과가 나왔다. 그러니까 나는 초급 수준의 글을 소설이라고 생각하고 쓰고 있었던 것이다. 내가 조금 맥이 빠진 목소리로 흥미를 잃자, 상담자는 누구나 거치는 과정이라는 말로 나를 위로했다.

"기초반 다음은 무슨 반이죠?"

"서사 준비반이요."

정확히 뭘 가르치는 것인지는 모르겠지만 뭔가 대단해 보였다. 기초반만 건너뛰면 좋겠다는 생각이 들었다. 그러면 용기를 얻고 잘 쓸 것 같았다.

"이야기 푸는 방식은 좀 서툴지만…… 알맹이가 있는 글을 쓸 줄 아는 분 같아요…… 서사 준비반부터 넣어드릴게요. 더 열심히 쓰세요."

상담자는 선심 쓰듯, 마치 나의 심정을 이미 헤아린 사람처럼 말했다.

강의실에는 열 명이 앉을 만한 책상과 의자 그리고 칠판만이 있었다. 세상에 이토록 자금이 안 들어가는 사업도 있구나 싶었다. 이십대에서부터 오십대 초반. 백수부터 과외선생, 학원강사, 피자배달원, 학생, 주부까지 모두 열여섯 명이었다. 영조도 그 안에 있었다. 긴 머리를 질끈 동여매고 칠판만 바라보다 수업이 끝나면 바람처럼 사라졌던. 아무튼 그 많은 사람들을 보니 읽겠다는 사람보다 쓰겠다는 사람이 더 많다는 말이 사실 같았다. 모두 동지이고 동시에 '등단'이라는 한 가지 목표를 갖고 있는 경쟁자였다. 아무도 어떤 삶을 살았는지 서로에 대해 궁금해하지 않았다. 소설을 얼마나 잘 쓰느냐만이 중요했다. 우리에게는 유일한 공통점이 하나 더 있었는데 남의 소설을 읽기보다는 자신이 쓴 작품을 누가 읽어주고 등단에 필요한 적절한 코멘트를 해주기를 바랐다.

예정대로라면 내 소설에 대한 합평을 받기로 한 날이 다가왔다. 그날따라 대체 강사가 강의를 진행한다는 문자가 왔다. 새내기 소설가들이 수업을 한다는 말이었다. 그들은 우리 사회에 흔히 있는, 대학을 가기 위해 학원을 다니고 대학을 졸업하고 나서 다시 학원으로 돌아와 학생들을 가르치는 경로와 별반 다르지 않게, 어딘가에서 소설을 배워 소설가가 되고 다시 소설을 가르치러 온 사람들이었다. 두 달을 내리 다른 사람들 소설만 읽고 합평을 하며 눈 빠지게 기다려온 순서였는데 대체 강사라니. 새로 온 강사가 내 소설에 대해 뭘 알겠는가. 나는 실망감을 감추지 못했다.

강사는 내 나이 또래처럼 보였다. 시간이나 때우고 끝날 강의 같았다. 자신이 힘들게 등단한 얘기이거나 소설 쓰지 말라는 이상한 조언 같은 거 말이다.

강사가 꾸벅 고개를 숙여 인사했다. 목소리가 낯익었다. 전화로 상담을 해준 사람이었다. 그가 자신의 약력을 짧게 설명했다. 「비늘」이라는 작품으로 모 일간지 신춘문예를 통해 등단했다는 말에 작은 강의실이 후끈 달아올랐다.

「비늘」의 작가라고?

나는 거의 신음 소리를 낼 뻔했다. 그가 왜 이런 곳에…….

학생들에게 자기소개를 먼저 하라고 했다. 조금 유치했다. 그런데도 나는 이유 없이 긴장했다. 앞 사람이 이름 석 자와 한 문장으로 소설반에 들어온 이유를 말했다.

나도 그대로 따라 하는 우를 범했다.

"김재경입니다. 소설을 열심히 쓰고 싶어서 등록했어요."

그는 조금 안타까운 표정을 지으며 나를 잠깐 쳐다보았다. 그리고 메모지에 뭔가 적었다. 창의성 없음, 이라고 적은 게 분명했다.

열심이라니. 구차하기 짝이 없었다. 구구단을 외우는 것도 아니고, 소설 작법 필기시험을 준비하는 것도 아니고. 나는 촌스러울 정도로 열심히 글을 쓰는 학생들 가운데 한 명이라는 사실을 고백하고 말았다. 스스로 재주 없다고, '열심' 하나로 버티는 거라고 선언한 것이다.

"열심이라뇨? 소설이 무슨 구슬 꿰는 일입니까? 자알 써야지요."

그의 말에 수강생들이 와, 하고 웃었다. 나는 마치 사이비 교주를 섬기다 들킨 사람처럼 부끄러웠다.

"그렇지만 열심히 써서 소설가가 된 사람들도 있어요……. 저도 그 가운데 한 명이에요."

한 대 치고 달래는 사람 같았다. 정말 「비늘」을 쓴 한동수인가. 어법이 실망스러웠다.

맨 앞줄에 앉아 있던 여자 차례였다. 그녀는 뒤풀이에서 늘 부르짖던 '열심히'라는 단어를 사용하지 않고 자기소개를 길게 했다. 자신만의 세계를 탐구하고 싶다고. 열정을 저버릴 수 없다고. 소설이 세계를 구원하지는 않아도 자신은 구원해줄 거라 믿는다고. 시대의 조류에 휩쓸리지 않고 자신만의 독창적인 세계를 개척해나갈 거라는 당찬 포부도 밝혔다. 놀라웠다. 언제부터 여자가 그런 생각을 하며 소설을 쓰고 있었는지 모를 일이었다. 두서너 명이 박수를 쳤다.

강의가 시작되었다. 소설가 한동수는 내 소설에 대한 객관적 평을 들어본 일이 있느냐고 물었다. 나는 보태지도 빼지도 않고 들은 대로 말했다. 디테일이 있다. 묘사력이 뛰어나다. 생동감이 느껴진다. 스토리텔링에 강하다. 그런데 한 방이 없다.

그는 내 말을 들으며 생각에 잠긴 눈치였다.

"그러니까 그 말을 뒤집어보면, 디테일은 좋으나 하나의 덩어리로 만들기에 역부족이라는 말이고, 묘사력이 뛰어나다는 것은 자칫 설명조로 빠질 위험이 있으니 경계하라는 말이고, 스토리텔링이 강하다는 것은 그냥 이야기 자체만으로 남을 위험이 있다는 말이겠지요. 그래서 한 방이 없다는 거고. 진짜 소설 쓰시려면 달콤한 말에 영혼을 쉽게 뺏기지 마세요."

그는 내게 힘과 용기를 주었던 평들을 깔아뭉개는 것도 모자라 영혼 운운했다. 고작 오 분도 걸리지 않고 나와 내 작품을 폄하했다.

"내 말에 수치심을 느꼈다면 언젠가 등단은 할 것 같고요, 내 말에 분노를 느꼈다면 소설가가 되겠네요."

이건 또 무슨 말인가. 등단하면 소설가 아닌가. 그런데도 한동수라는 소설가의 입에서 나온 말이어선지 좀 다른 것 같았다.

"등단은 해도 모두가 소설가로 살아가는 건 아니죠. 등단은 절차고 소설가로 살아가는 건 선택이에요. 운전면허증을 발급받고도 매일 운전 안 하는 사람들이 있는 것처럼요."

한동수는 타고난 독설가였다. 말할 때마다 독이 뤄었다. 거침없고 게다가 도도했다. 믿기지 않는 것은 그런 모습이 재단한 옷처럼 그에게 너무도 잘 어울렸다.

그는 칠판을 등지고 앉아 내 소설을 읽으며 가끔 밑줄을 그었다. 강의실은 침묵 속에 빠져들어갔고 나는 점점 입이 바짝 타들어갔다.

"김재경 씨는 왜 소설을 써요?"

내 소설에 관해 그 어떤 이야기도 해주지 않고 묻는 첫 질문이라니. 식탁 앞에 앉은 사람에게 밥을 왜 먹느냐고 묻는 것과 같았다. 칼 든 사람이 칼 없는 사람에게 칼이 얼마나 유용한지 알고 있냐고 묻는 것처럼. 습작생에게 피와 살이 되는 질문이지만 가장 잔인한 질문이었다. 얼굴이 화끈거렸다. 일간지에 당당하게 700대 1의 경쟁을 뚫고 등단한 그는 작정하고 예비 소설가들을 한 명씩 없애기 위해 강의실에 나타난 저격수처럼 보였다. 쓰레기를 몰래 버리다 들킨 사람처럼 나는 아무 말도 못 하고 머뭇거렸다. 왜 소설을 쓰냐는 질문이 마치 "이따위로 쓰려면 왜 소설을 써요?"라고 들렸다가 "이따위로 살려면 왜 살아요?"라는 말처럼 확대해석되어 들리기 시작했다. 겨우 네 살 차이였는데 앞에 앉은 한동수라는 소설가가 인생 대선배처럼 느껴져 어렵기만 했다. 나는 정신을 집중하고 유명한 소설가들이 했던 말들을 떠올려보았다. 그럴싸한 말들이 나타나다 사라지기를 반복했다. 너무 긴장한 탓인지 그들이 한 말인지 내 생각인지 헷갈려 발설하지도 못했다. 더 솔직히 말하자면, 그 순간 어느 것도 내 가슴에 와 닿는 절실한 것이 없었다. 말들은 근사한데 모두 뜬구름 잡는 것처럼 여겨졌다. 내가 생각하는 소설 쓰기의 이유와 다른 것만 같았다.

"그럼 선생님은 왜 써요?"

누군가 물었다. 구세주가 나타난 기분이었다. 소설가 한동수는 내게로부터 시선을 거두고 질문한 학생을 바라보았다. 결혼하고 집에서 십 년 동안 살림만 하다 소설을 쓰기 위해 등록했다는 굵은 파마머리의 여자였다.

"정말 알고 싶어요?"

질문한 학생이 마치 이성에게 전화번호를 물어보다 거절당한 사람처럼 멋쩍게 웃으며 뒤를 돌아보았다. 나와 눈이 마주쳤을 때 재밌다는 표정으로 내게 살짝 미소 지었다.

"내 영혼이 가장 깊이 닿아 있는 곳이 소설이라는 땅이지요. 그래서 가장 소중하지요. 가장 소중하다고 여기는 것을 위해 전부를 걸어보고 싶었어요. 그래야 가치 있는 일이 될 것 같았어요. 가치를 만들어나가는 일은 아름답죠. 내게 소설만큼 더럽고 아름다운 것은 없어요."

더럽고 아름다운 게 소설이라니!

나는 속으로 헉하고 숨을 삼켰다. 내게 오랫동안 화두였던 맥베스 1막 1장에 나오던 대사를 소설에 견주어 말한 것이다.

강의실은 더 깊은 침묵에 빠졌다. 앞에 앉아 있던 여자가 뒤를 돌아보며 입술을 삐죽거렸다.

영혼이라니. 무당도 아니고.

아마도 그렇게 말하고 있는 것 같았다.

소설가 한동수가 나를 쳐다보았다. 아무런 감정이 실리지 않은 표정이었다. 다시 내 소설을 들추며 깊은 생각에 잠긴 표정을 짓더니 고개를 들었다.

"어느 여자 노숙자를 본 적이 있어요. 젊은 여자처럼 보이는데, 머리는 백발이더군요. 긴 머리를 뒤로 묶고 고개를 계속 땅에 떨구고 머리채를 흔들고 있었어요. 미국 어느 도시의 다운타운이었어요. 때가 낀 구부린 목을 봐버렸어요. 기분이 뭐 같더라고요. 못 볼 것을 본 기분이 들었는데 그러면서도 눈을 뗄 수가 없었어요. 반쯤 벗겨진 상의. 여자의 툭 불거져 나온 등뼈가 눈에 들어왔어요. 그것들은 참 질서 정연했어요. 처연하게 아름다웠다고나 할까요. 뭐랄까, 밤톨처럼, 복숭아씨처럼, 예기치 않은 곳에서 툭 튀어

나온 길처럼. 폐허의 현장에서 마주친 푸른 잎이라고나 할까요. 그 여자가 내게 다른 세상을 보여준 거죠. 타인이 보여준 내 삶인 거죠. 그 순간 소설이 내게 왔던 것 같아요. 그냥 그렇게 느껴져요. 실은 소설을 쓰기 전에 시를 썼는데, 그 순간, 시로 도저히 쓸 수 없는 어떤 것을 본 느낌이 들었어요. 그 긴 등뼈, 다 보지 못한 긴 등뼈 말이에요. 숨길 수 없는 슬픈 짐승 같은 뼈. 알지 못하는 그 여자의 삶. 내 상상 속에서 그 모든 게 펄펄 살아 움직이는 한 존재로 다가왔어요. 그런 걸 생각하다 써 내려간 게 제 등단작이에요. 태어나 처음 써본 소설이었어요."

모두 잠시 침묵. 누군가는, 속으로 제길! 또 다른 누군가는 뼛속까지 소설가로 보이는 한 인간의 영혼에 탄성.

그때 나는 결심했다. 당신의 소설을 영원히 내 소설의 전범으로 모시리라고.

첫 작품으로 등단했다는 믿을 수 없는 기사를 본 적은 있었어도 내 눈앞에, 그것도 10미터 안에서 직접 보고 듣는 건 처음이었다. 강의실에 앉아 있던 사람들이 의욕이 상실된 표정으로 마른침을 삼키는 것 같았다. 몇 년 동안 작품 하나 붙들고 고치고 다듬고 하는 사람들이었으니 무리도 아니었다. 그런데도 소설가 한동수와의 첫 수업은 내게 특별하게 각인되었다. 그는 내가 의식하지 못하고 쓴 부분들도 주제와 연결시켜 소설을 빛내주었다. 말할 때와는 달리 그는 소설에 대해 꽤나 냉철하고 논리적인 시각을 가진 사람이었다. 텍스트와 온전히 한 몸이 되어 독해하는 성실한 독자였다. 놀라운 해석력에 나는 고개를 끄덕거렸다.

수업이 끝나고 수강생 몇몇이 뒤풀이 제안을 했다. 영조는 오지 않았다. 나중에 들은 일이지만 영조는 그동안 들었던 소설 수업과 너무 달라 잠시 멍한 기분을 느꼈기에 여느 때처럼 바로 버스를 타지 않고 몇 정거장을 걸어갔다고 했다. 예상했던 대로 소설가 한동수는 약속이 있다며 홀연히 사라졌다. 누구도 대놓고 아쉬워하는 사람은 없었지만 뭔가 놓친 표정들까지 숨기지는 못했다. 우리는 강의실 건물 뒤편에 있는 술집으로 향했다. 뒤풀이 자리에서 가볍게 술잔을 기울인 적은 더러 있었지만 그날은 모두 뭔가 달랐다. 하고 싶은 말이 많은 표정들이었다. 누군가는 결연해 보였고 또 다른 누군가는 몹시 절망스러워 보였다.

처음엔 평소보다 조금 빠른 속도로 모두 술만 마셨다. 약속이나한 듯 말을 아끼는 사람들처럼 술자리가 조용했다. 안경 쓴 남자가 밖에서 담배를 피우고 들어서며 오늘 수업에 대한 감상을 물었다.

"처음 써본 소설?"

안경의 말이 끝나기 무섭게 너나없이 한마디씩 거들었다.

"지 자랑하나? 습작생들 앞에서? 인간성 끝이다. 내가 그 인간 소설을 사서 읽으면 손가락에 장을 지진다."

"억울하면 등단해라, 뭐 그런 말인 거야?"

"소설가는 타고나야 한다, 뭐 그런 말?"

"그게 어디 할 소리냐고?"

"자기가 천재라는 거야, 뭐야? 나, 정말 더 이상 못 쓰겠다."

"그래도 멋져. 순결한 사기성이 있잖아. 무릇 소설은 그래야 돼. 오늘의 은유를 잊으면, 소설과 이별이라고!"

파마머리 여자는 눈을 꾹 감고 말했다. 평소의 모습과는 달리 다소곳했다. 겸허한 마음으로 뽑았던 칼을 다시 칼집에 넣는 기사처럼 보였다. 소설 공부한 지 십 년째 접어들었다는, 공모에 보내는 작품 가운데 가끔 최종심에도 올랐다는, 그래서 미련을 버릴 수 없다는, 우리 반에서 가장 연장자인 여자였다. 그녀가 유일하게 소설가 한동수의 강의에 대해 좋게 말했다.

순결한 사기성?

소설가 한동수에게 딱 들어맞는 말인 것만 같았다.

"난 알 것 같아, 그 기분. 너흰 잘 모르지? 그러니 소설이 깊이가 없지."

그날 그 여자는 왕창 취했다. 등단하지 못한 자기 연민에 매료당한 듯 어느새 눈시울을 붉혔다. 결국 제 설움에 겨워 꺼이꺼이 울며 테이블에 얼굴을 묻었다. 술잔이 엎어지고 국물이 튀고 반찬 그릇이 쏟아졌다. 나와 어떤 남자가 여자를 부축해 나왔다. 나는 그녀가 슬퍼하는 이유에 대해 잠시 생각해보았다. 이해는 되었지만 눈물을 쏟을 만큼의 열정은 내게 없었던지 덤덤했다. 이름도 기억나지 않는 검은 스웨터 남자와 나는 택시를 부르기 위해 목청껏 외쳤다. 겨우 잡은 택시에 여자를 태워 보내느라 애를 먹었다. 여자는 생각보다 무거웠고 고집이 셌다. 나와 그 남자는 모두가 떠난 뒤의 자리가 어색해 담배 한 대를 나눠 피우고 더 이상 나눌 말이 없어 헤어졌다. 그날 이후 그녀는 수업에 오지 않았다. 나는 여전히 그 여자의 이름은 기억 못 하지만 그녀의 소설 후반부에 자주 등장하는 주인공의 이유 없는 사라짐과 그녀의 행동이 조금 닮았다는 건 기억하고 있다.

그날 밤 나는 무작정 걸었다. 가슴에 차오르는 감정들을 아끼고 싶었다. 밤바람은 서늘했고 술에도 취하지 않았다. 뭔가에 홀린 기분이었다. 뭔가에 발이 깊이 빨려 들어가는 느낌이었다. 자꾸 소설가 한동수의 말이 귓가에 맴돌았다. 그가 한 말이 어디론가 나를 끌고 갔다. 그는 다른 소설가들과 사뭇 다른 사람 같았다. 뭔가에 깊이 들린 사람 같았다. 소설에 붙들려 있으면서도 멀리 떨어져 있는 사람. 그 이중성이 좋았다. 소설가인데 소설가가 아닌 것만 같은 사람. 그럼 뭘까. 생각할수록 마음을 종잡을 수 없게 돼버렸다. 소설과 인간을 바라보는 그의 시선을 닮고 싶어졌다. 그 마음을 이기지 못하고 나는 집에 돌아와 이메일을 보냈다. 내 소설을 깊이 있게 읽어줘서 고맙다는 말로 시작했다. 소설에 관한 치기 어린 나의 마음을 두서없이 주절댔다. 길고 진솔한 얘기였다. 계속 소설을 쓰고 싶다는 결의가 담긴 내용이었다. 술을 마셨기에 가능했다. 아침에 그 이메일을 다시 읽어보고 나는 몹시 후회했다. 어찌 된 일인지 그는 오랫동안 내 이메일을 열어보지 않았다. 괜한 짓을 했다는 생각이 들어 며칠간 우울했다. 할 수만 있다면 컴퓨터 안으로 스며들어가 메일을 삭제하고 싶었다.

그러던 어느 날, 내가 이메일을 보냈다는 사실조차 잊어버릴 때쯤, 소설가 한동수가 아주 짧게 답장을 보내왔다.

　등단하지 않은 채 소설을 쓴다는 행위는 관념에 지나지 않아요. 등단하고 책 내면, 김재경 씨가 소설가라는 것을, 소설을 쓰는 사람이라는 것을, 소설을 쓰고 있다는 것을 사람들이 인정하게 되지요. 그리고 그 힘으로 계속 쓰게 되지요. 그러니 등단해야 해요. 기쁜 소식 있으면 연락해요. 술 살게요.

나는 너무도 흥분된 마음으로 그가 보낸 이메일 답장을 읽고 또 읽었다.
　순결한 사기성?
　그래도 좋았다.

종이의
운명

너무 멀리 나갔다. 이제 다시 책 파는 얘기를 해야겠다. 현실의 문제처럼 절실한 것은 없다. 영조와 나의 이야기이기도 했다. 그러니까 나는 그냥 단순한 '종이'를 파는 게 아니라는 말을 하기 위해 이렇게 긴 이야기를 하는 건지도 모르겠다. 우리의 손때가 묻은 영혼의 이불 같은 책을 파는 일이라고 말한다면 누군가는 코웃음을 칠 것이다.

책을 읽게 된 것은 어찌 보면 아버지의 주벽 때문이었다. 옆방에 아버지가 술에 취해 잠들어 있을 때 나는 티브이도 볼 수 없었다. 대신 스탠드를 켜놓고 소설책을 읽었다. 언제부터 그런 책들이 집에 있었는지 모를 일이었지만 그냥 늘 책장에 있었다. 아버지가 읽었던 것 같다. 어찌 되었든 내 상상력으로는 가보지 못한 세계가 거기 있었다. 바깥세상을 보여주던 유일한 창이었다. 창을 통해 본 세상은 맑고 푸르지만은 않았다. 오히려 바람 불고 천둥 치는 살아 있는 인간 세상이었다. 소설 속 인물들의 삶을 바라보며 나는 상대적인 행복이랄까, 다행스러움을 느꼈다. 적어도 나는 부모에게 살기를 느낄 만큼 그들이 내 인생에 개입되었다고 믿지 않았다. 그렇다고 자신을 세상으로부터 스스로 격리시킬 만큼 용기 있거나 소신 있는 사람도 아니었다. 또래보다 조금 더 외로움을 느끼는 유약한, 어찌 보면 평범한 사춘기 소년에 불과했다. 책은 밤마다 그런 나를 데리고 작은 방을 벗어나 어딘가로 갔다. 감동, 울분, 슬픔, 분노, 고독, 황홀, 비애라 불리는 감정들이 가슴을 적시는 소설이라는 이름의 광활한 대지였다. 나는 그 위에서 매일 밤 한 뼘씩 성장하는 느낌이었다.

그렇게 시작된 소설과의 인연으로 영조를 만났고 우리는 돈을 아껴가며 한권 한권 책을 샀다. 그렇게 구입한 책들이 지금 우리의 벽을 가득 채우고 있는 것이다. 머리맡에 스탠드를 켜고 각자 책을 펼쳐 들고 읽다 스르르 잠들곤 했다. 창밖으로 밤이 깊어갔고 우리는 이국의 어느 도시를 오래 걷다 온 사람들처럼 곤히 잠들었다. 그런 날은 대부분 일요일인 경우가 많았고 창밖으로 눈부신 햇살이 쏟아지거나 비나 눈이 내리는 아침을 맞이할 때 우리는 더할 나위 없이 행복했다. 영조가 자주 들춰 보던 책 가운데 하나는 어느 미국 시인이 프랑스와 스페인을 여행하며 그렸다는 드로잉집이었다. 그 안에는 일기와 편지글들이 펜과 잉크로 그린 섬세한 그림과 함께 수록되어 있었다. 영조는 내게 그 시인의 불행한 죽음에 관해 이야기해주었고 나는 조금 섬뜩했다. 사진이라고 말해도 믿을 만한 그림들은 시간이 오래 걸려 완성된 것처럼 섬세했다. 파리의 노천카페와 노점들, 그리고 동물, 구두, 우산 들이 실물 같았다. 작가는 그녀의 이름, '실비아'에서 느껴지는 것처럼 매우 섬세한 영혼의 소유자 같았고 그림도 그러했고 그 책을 넘겨보는 영조의 옆모습도 부드러운 곡선을 떠올렸다. 영조가 책의 한 구절을 읽어주었다.

『뉴요커』에 보낼 여덟 쪽 분량의 짧은 이야기를 어제 끝냈어. 꿈이라곤 안 꾸는 여자 이야기인데 꽤 재미있어. 팔리지 않을 수도 있겠지만 어떤 글이든 탈고하고 나면 이상하리만치 자신감으로 충만해져…….

"1956년. 그때의 작가들도 똑같은 심정이었나 봐?"
우리는 서로를 바라보며 그렇게 말하곤 했다.
드로잉집에는 영조가 책을 산 날짜와 함께 '실비아가 영조에게 키득키득'이라고 장난스럽게 적혀 있었다. 그날은 영조가 그림으로 기울어 있던 자신의 영혼을 글쓰기에 받치겠다고 결심한 날이었다고도 했다. 보이지 않는 것까지 표현하기에 그림보다 글이 더 좋은 도구라는 생각이 들었다고 했다. 글은 언어의 국경을 넘으려면 번역을 거쳐야 하므로 그림 그리는 일이 글 쓰는 일보다 덜 미개한 것처럼 느껴졌는데 영조는 나와 반대의 생각을 갖고 있었다.

모든 예술은 어떤 식으로든지 보는 이에게 가 닿으려면 자신만의 번역의 과정을 거쳐야 한다고 믿는 것 같았다. 나는 그녀의 말을 가끔 떠올리곤 했는데 옳은 말 같다는 생각이 들었다.

그런데 이런 책들을 팔라고?

차라리 영조에게 모든 책을 주고 싶었다. 차라리 그녀의 집 앞에 내다 버리라고 말하고 싶었다. 우리가 같이 사서 같이 읽은, 자식같이 키운 책들이라는 걸 잊지 말라고 말해주고 싶었다. 애인이 새로 생겨도 같이 읽으라고! 평생 나와의 이별을 후회하면서!

나의 생각을 비웃듯 영조의 문자가 내 상념을 깨며 날아들었다.

빈 박스 좀 구해봐. 많이. 팔 책들 택배로 보내야 하니까.

영조는 정말 맘을 굳힌 것 같았다.

언제부턴가 영조는 뭐든 혼자 생각하고 결정하고 통보하고 끝이었다. 독단적이고 단호한 성격의 사람으로 변해 있었다. 언제부터였을까. 그러고 보니 영조는 최근에 근무시간도 늘렸다. 말이 없어졌고 언제부턴가 내가 소설이나 문학에 대한 대화를 꺼내도 전혀 반응하지 않았다는 걸 깨닫게 되었다.

집히는 게 있었다.

쓰면 쓸수록, 읽으면 읽을수록 나의 한계를 느껴. 난 포기할래, 글쓰기.

그녀에게서 문자가 날아들었고 전화는 꺼져 있었다. '마지막'이라고 말했던 공모전에 떨어진 날이었으니 작년이었다.

"원 없이 소설에 미쳐봤다는 걸로 나는 만족하고 싶은데 잘 안되네. 뭔가 억울하고 속상해."

나는 소설에 충분히 매혹당했던 시간만으로도 가치 있는 일이라고 그녀를 위로했다. 그게 청춘이라는 말과 함께. 진심이었는데 그녀는 꽤나 자존심이 상한 눈치였다.

"여기에서 멈출 거야. 정말이야."

그녀는 정말 많은 것으로부터 멈추기 시작했다. 말수가 부쩍 줄었고 눈을 마주치지도 않았다. 나로부터도 멈춰진 사람 같았다. 직접적인 이유는 공모전에 떨어진 것 때문이었지만 그렇게 모든 걸 함부로 말하기에는 그녀가 너무도 심각해 보였다. 심사평에 버젓이 그녀의 이름이 거론되었으니 축하할 일이라고 했을 때 그녀는 진정성이라고는 찾아볼 수도 없는 세 치 혀로 자신을 놀리지 말라고 단호히 말했다. 나는 오래 생각하고 위로랍시고 했던 말이었기에 서운했다. 솔직히 내가 그녀에게 해주고 싶었던 말은 달랐다.

"소설가가 되었지만 소설다운 소설을 쓰지 못하는 나는 너 같은 무서운 실력을 갖춘 진지한 습작생이 제일 무섭다."

진심이었는데 나는 그녀에게 그렇게 말하지 못했다. 그녀의 눈에 나는 이미 습작생 다음 단계인 소설가였으니 그 어떤 진심 어린 말도 곡해될 여지가 있었다.

"꼭 소설 때문에 이러는 게 아니야. 내 청춘을 다 바친 한 세계가 이렇게 날 받아주지 않다니."

영조의 입에서 탄식처럼 흘러나온 말에 나는 정말 무슨 죄라도 지은 기분이었다. 소설가는 정말 그녀가 되어야 옳았다. 그녀의 독서량과 서늘한 문체는 열등감과 질투심을 느끼게 했다.

"그래, 노력만 갖고는 안 돼. 우리 그거 알고 시작한 거잖아."

"그럼 또 뭐가 필요해?"

우리의 대화는 늘 거기에서 끝났다.

내게도 힘든 시기였다. 책은 안 팔렸고, 청탁은 없었으며, 강의 자리마저 불확실한 상태가 지속되었다. 잡문을 쓰고 간간히 출판사를 통해 교정지를 받아 일했지만 생활비라고 하기에는 적은 돈이었다. 한 번도 부유하게 살아본 적이 없는 나로서는 불편한 생활이 아니었지만 영조에게도 그런 생활을 강요하고 싶지는 않았기에 헤어지자고 했을 때 아무 말도 할 수 없었다.

나는 싱크대 옆에 있던 빈 라면박스에 책을 넣었다. 소설책 열 권이 들어가자 꽉 찼다. 이 정도라면 도대체 몇 개의 박스가 필요하단 말인가. 나는 다시 책장을 둘러보았다. 그러다 동네 마트를 떠올렸고 그곳에 납작하게 높이 쌓여 있던 빈 박스들을 떠올렸다.

거리는 이미 오후의 햇살이 제법 따갑게 내리쬐고 있었다. 대낮에 동네 골목을 느리게 걷는 일이 얼마 만인가! 거리에 주차된 차가 많다는 사실과 개를 키우는 집이 의외로 많다는 사실도 새삼스럽게 알게 되었다. 나는 이곳에 살면서도 살아오지 않은 사람인 것만 같았다. 마트에 직접 가는 일도 거의 없었다. 전화나 인터넷 주문이 더 편했다. 소소한 것들은 집 앞에 있는 편의점에 가면 될 일이었다. 나는 직접 몸으로 부딪치는 것들이 줄어드는 것에 대해 생각하며 걸었다. 내 글도 영조와의 관계도 직접성이 결여된 결과인 것만 같았다. 나는 너무도 자연스럽게 영조와의 마지막 섹스를 떠올렸고 약 세 달 전의 일이었다는 걸 그제야 알게 되었다. 같은 침대를 쓰면서도 우리는 서로에게 고요했다. 인간이 직접성을 경험할 수 있는 것 가운데 최고의 행위가 섹스라는 것에 나는 반대할 마음이 없다. 한 인간의 몸이 다른 인간의 몸 안으로 들어가며 감정을 건드리는 일이라니. 직접성은 길들여지지 않은 감정이고 학습된 행위가 아니라는 사실에도 나는 속으로 고개를 끄덕인다. 점점 직접성이 결여된 시대에 살고 있다는 생각에 미치자 신발에 묻은 흙조차도 귀하게 여겨졌다.

나는 걸음을 멈췄다. 203호 노인이었다. 꼭 노인의 몸무게만큼 느껴지는 검은 봉지를 들고 나를 향해 걸어오고 있었다. 그 안에 뭐가 들어 있든 노인의 생명을 연장할 그 무엇이라는 생각이 들었다. 나는 반사적으로 꾸벅 인사를 했고 노인은 나를 보고도 무심한 표정이었다.

"어디 빈 박스 구할 데 있을까요? 책을 담아 정리하려고요……."

나는 빌라 주변에서 빈 박스와 폐지를 수거하는 노인들을 떠올리며 물었다. 운동도 되고 약간의 용돈벌이도 될 터였다.

"글쎄……."

노인은 뭐라고 말하려다 입을 다물고 몇 걸음 가더니 다시 되돌아보며 말했다.

"내 알아보리다."

나는 고맙다고 인사했다.

마트 직원은 빈 박스는 팔 수 없다고 했다. 내가 자주 마트를 애용하는 손님이라고 말을 한 후에야 서너 개 정도는 공짜로 주겠다고 했다. 나는 계산대 옆에 잔뜩 쌓인 깨끗하고 반듯한 빈 박스 더미를 눈으로 훑었다.

"이것도 파나요?"

"아……. 그거요, 고객님? 저희도 사서 써요. 뭐하시려고요?"

"네, 책을 팔려는데 박스에 넣어서……."

"아, 네. 책을 파신다고요……."

책을 팔기 위해 박스를 사러 마트에 온 나를 남자는 재밌어하는 눈치였다. 종이를 처분하기 위해 종이를 사러 온 내가 나도 우스웠으니 남자도 그런 생각을 하고 있을 터였다.

"우체국에서도 팔고, 여기에 전화해보세요."

남자가 전단지 하나를 쥐여주며 말했다. 사이즈별로 빈 박스 사진이 있고 가격도 적혀 있었다. 나는 집으로 돌아오는 길에 전화를 걸었고 상담자와의 긴 통화 끝에 적당한 크기의 박스를 100개 구입했다.

"테이프는요?"

상담원이 물었다.

"네?"

"책을 넣으면 무거워서 박스가 찢어질 수 있어요."

나는 테이프도 주문하고 통화를 끝냈다.

세상은 왜 이리 복잡하게 변해가는 걸까. 나는 어딘가에서 아직 주춤거리는데. 아버지도 늘 이런 심정이었을까. 한 달 전, 모처럼 아버지 집에 갔었다. 아버지는 그곳에서 버섯처럼 앉아 있었다.

가구점 앞에서 걸음을 멈췄다. 입구에 작은 의자가 하나 놓여 있었고, 국그릇만 한 재떨이가 그 옆에 보였다. 담배를 꺼내 들고 앉아 안을 살펴보니 제법 큰 가구점이었다. 소파, 수납장, 탁자, 책상, 침대, 여러 대의 에어컨과 가전제품 들. 간판을 보니 재활용센터였다.

문을 열고 들어서자 계산대 앞에서 전화를 받던 여자가 나를 향해 고개를 돌리며 계속 통화를 했다. 꽤 많은 종류의 가구와 가전제품들이 꽉 들어차 있었다.

나는 책꽂이를 팔고 싶다고 말했다.

"브랜드는요? 몇 년 된 건데요?"

"브랜드가……. 그게 인터넷으로 구입한 거라……. 삼 년 넘은 것들이라……."

초등학교 때 보루네오 책상 책꽂이를 끝으로 평생 브랜드 있는 책꽂이는 써본 적이 없는 것 같았다.

"책꽂이는 인기 상품이 아니에요. 가끔 카페 창업하시는 분이 인테리어로 책장을 한두 개 찾기는 하지만……."

"상태가 아주 좋아요. 단단하고."

여자가 명함을 하나 건네며 사진을 찍어 보내달라고 했다.

책꽂이 사진을 찍어 이름도 모르는 여자의 휴대폰으로 전송하고 처분을 기다려야 할 판이었다.

203호는 여전히 닫혀 있었고 우리가 떠나면 누군가 우리가 살았던 곳으로 이사 올 거라는 생각이 들었고, 203호 노인은 그것도 모르는 채 우리 현관문 앞을 유인원처럼 긴 팔을 늘어뜨리고 천천히 지나갈 것 같았다.

책이 가득 꽂힌 책장을 찍어 사진으로 보니 멋스러웠다. 나는 총 여덟 장의 사진을 재활용센터 여자에게 전송했다. 조금 전에 방문한 사람이라는 짤막한 소개와 함께.

초인종이 울렸고 나가보니 203호 노인이었다. 손에 빈 박스 두 개가 들려 있었다. 어디에서 구했냐고 묻자 노인은 밖에서요, 라고 말하고 돌아섰다. 빈 박스를 잠시 물끄러미 바라보고 있는데 문자가 들어왔다는 신호음이 울렸다. 재활용 여자였다.

앤티크가아니네요수거는가능해요.

그냥 달라는 짧은 말을 왜 이리 길게?

앤티크? 앤티크!

오늘 들어본 말 가운데 가장 치욕적인 단어 같았다.

중고서점 홈페이지 검색창에 제목을 넣고 책의 상태를 표시하면 구입 가격이 떴다. 정말 요술 램프였다. 인기 있는 책들은 혹은 그런 작가들의 책은 중고시장에서도 맹위를 떨쳤다. 묘한 호기심이 발동했다. 내 첫 책의 제목을 검색란에 입력했다. 일 초가 지났나? '천 원'이라고 떴다. 이미 중고시장에 여덟 개의 재고가 있다는 친절한 설명과 함께. 그리고 손에 집히는 대로 동료 작가의 책 제목을 입력했다. 어떤 책은 '매입불가'라고 떴다. 뭐야? 중고시장에서도 안 받아주는 책? 그의 문체와 소설적 주제에 고무적이었던 나는 실망감을 감추지 못했다. 누군가의 치부를 몰래 들여다본 듯했다. 재고가 너무 많은 이유 때문에 매입을 보류하는 것 같았다. 베스트셀러 작가인 A의 책 제목을 입력했다. 매입가가 육천 원이라고 뜨자 정신이 번쩍 들었다. 내가 보지 못한 것들을 독자들은 분명히 보고 있는 무엇이 있는 것만 같았다. 그게 뭘까. 처음 몇 페이지를 읽다 던져놓은 책이었기에 미련 따위는 없었지만 내가 뭔가 중요한 것을 놓치고 있는 것만 같았다. 나는 잠시 망설이다 A의 필체로 쓰여진 '문우, 재경에게. 멋진 소설로 만납시다!'라고 적힌 첫 페이지를 가위로 정교하게 오려내고 판매 버튼을 꾹 눌렀다. 육천 원이 내 구좌에 쌓였다. 카프카의 책도 천 원. 조지 오웰의 책도 천 원. 오에 겐자부로의 책도 천 원. 그리고 약 2인치 두께의 레이먼드 커버의 『어느 작가의 생』은 '매입불가'라고 떴다. 시집은 더 난감했다. 대부분 '매입불가'였다. 찾는 사람이 없으니 그냥 줘도 싫다는 말이었다.

　물티슈보다 쓸모없는 책들. 그것들이 내 책장에 있었다니!

　나는 이 기막힌 시장의 논리에 기운을 다 뺏기고 담배만 피워
댔다.
　글을 써서 뭐 하겠다고, 참. 나.
　글 따위는 다시는 쓰지 않겠다고 선언한 영조가 현명한 사람
이었다.

　이번에 소설집을 냈다는 후배 민이 술이나 한잔하자는 전화를
걸어온 건 늦은 오후였다. 오 년 동안 써서 모은 단편들을 엮어 작
품집을 냈다고 했다. 나는 마치 약속을 기다리고 있었던 사람처럼
망설임 없이 집을 뛰쳐나왔다. 나는 그가 앞으로 받게 될 인세를
대강 가늠할 수 있었고 총 몇 권의 책을 팔 수 있는지 짐작이 갔으
며 몇 개월 후에 중고시장에서조차 단돈 천 원도 못 받다가 결국
그의 책이 폐지로 처분될 거라는 걸 상상하느라 마음이 무거웠다.
　"단순히 글 생산자로 머무르지 말고, 적극적으로 책의 운명에
대해 알고 작품을 써야 된다는 거야."
　내가 무슨 말을 해도 민은 알아듣지 못했다.
　"야, 선배. 정말 변했다. 나는 글 써서 돈 따위는 벌지 않겠다고
작정하고 쓰는 거야."

"변했다고, 내가? 아니. 나는 그냥 뭔가 불분명했던 것들이 요즘 보이기 시작해. 그래, 변했지. 변해가고 있어. 변해야 돼. 네가 그 글 쓴다고 오 년 동안 고생했다며…… 억울하지도 않아? 작품 쓰면서 쏟아부은 그 고통의 시간들?"

술이 빠른 속도로 혈관 속을 파고들었고 스스로 내가 흥분했다는 걸 알면서도 제어가 되지 않았다.

왜 우리는 스스로에게 분노하지 않는가.

내 안에서 뭔가 치밀어 오르고 있었다. 불분명한 적과 싸우고 있는 기분이 들었고 그 누구에게라도 그런 기분을 터트리고 싶었다.

"선배, 예전에 내 당선 소감 기억나? 멋있었다며?"

민의 목소리가 제법 차분했다. 그러고 보니 얼굴도 핼쑥해 보였다.

"톨스토이의 작품 첫 문장을 인용했었지. 행복한 가정은 모두 비슷한 이유로 행복하지만 불행한 가정은 모두 이유가 다르다고. 내가 글을 쓰는 이유를 찾은 기분이었어. 난 내 글들이 내 불행한 가족의 은밀한 고백서라고 썼지. 다 하지 못한 말들. 이제 겨우 쏟아내고 내 가족과 화해하고 더 나아가 인간을 이해하게 되었어. 난 가벼워졌다고. 돈까지 벌리면 더 좋지만. 하하."

술이 깨는 기분이었다. 갑자기 민이 뚜벅뚜벅 혼자 걸어가는 모습을 뒤에서 훔쳐본 기분이 들었다. 그의 어깨를 두드리며 격려라도 해줘야 할 텐데 그런 용기까지는 없었다.

민이 책을 펼쳤다. 검정 사인펜의 뚜껑을 이빨로 꽉 물어 열었다. 짙은 녹색의 첫 페이지를 펼치며 고개를 들고 나를 쳐다보았다.

"뭐라고 써줄까, 형?"

"그걸 내가 정해?"

"아니……. 그냥. 그 어떤 말도, 쓸 말이 없는 것 같네. 아, 옛날에 내가 술 마시고 형에게 지랄 떨면서 소리쳤던 거 써줄까?"

민이 장난스럽게 웃었다.

"그래 좋다. 나태해질 때마다 펼쳐 보며 칼을 가마. 꼭 써야 돼. 한 글자도 놓치지 말고. 김재경, 개새끼! 꼭 너 같은 소설 써라! 맞지?"

나는 민이 휘갈겨 쓰는 모습을 물끄러미 바라보며 눈으로 따라 읽었다.

조금 먼저 쓰고 운 사람이 조금 나중에 쓰고 울 사람에게.
박 민.

다른 약속이 있어 일어난다는 민에게 나는 악수를 청했다. 내 주머니에 있던 현금 2만 3천 원을 꺼내 억지로 그의 주머니에 쑤셔 넣었다. 쓰느라 고생했다. 밥이라도 사 먹어. 내 말에 그가 맑게 웃었다. 그는 무거운 짐을 부려놓고 정말 먼 길을 떠날 사람처럼 보였다. 나는 그가 그토록 맑은 눈동자를 가진 인간이라는 것을 처음 안 사람처럼 그의 눈동자에서 눈을 뗄 수가 없었다. 한참을 울다 눈물을 그친 눈빛이었다.

집으로 돌아오는 길에 나는 영조에게 전화를 걸었다. 신호음이 여러 번 들렸는데도 받지 않았다. 이별은 단호하게. 평소의 그녀다웠다.

얼마 지나 영조에게서 문자가 날아들었다.

친구네서 며칠간 있기로 했어. 책 팔고 돈 받으면 반은 내 계좌로 입금해줘. 집 보증금도 반. 미안해. 혼자 정리하게 해서.

며칠 동안 책을 분류해 박스에 채워 넣고 택배 기사의 방문을 받느라 분주했다. 책꽂이에 빈 자리가 늘어만 갔다. 듬성듬성. 그런 소리들이 들리는 것만 같았다. 책으로 꽉 찼던 방이 점점 헐거워졌다. 그렇게 내다 판 책들이 이미 100개의 박스를 훌쩍 넘어섰다.

자신을 그 지역 담당자라고 소개한 택배 기사는 나흘간 하루 이삼십 개의 박스들을 트럭에 실어 날랐다.

"엘리베이터도 없으니…… 이층이라 다행이네요."

사흘째 되던 날, 나는 그에게 물을 한 병 권했고, 마지막 박스가 나가던 날, 마침 점심으로 라면을 끓이고 있었기에 아직 식사도 못 했다는 그를 억지로 불러들여 젓가락을 쥐여주었다. 처음에 그는 어색해하더니, 내가 그와 비슷한 또래처럼 보여서인지 면발을 힘차게 집어 올렸고, 서로의 입속에서는 후루룩후루룩 소리가 흘러나왔다.

"아, 이렇게 책이 많아서……. 공부하시는 분인가 봐요?"

"아니요……. 그냥. 어쩌다 그렇게 됐어요. 혹시 뭐 가져가고 싶은 책 있으면 골라보세요."

"아, 혹시 애들 볼 동화책…… 같은 건 없죠?"

"아, 자녀분 줄 거요?"

"아니 조카가……. 집에서 엄마가 조카를 보는데, 책이 있으면 좋겠다 싶어서요."

나는 고양이 삽화가 그려진 책을 하나 집어 들었다. 삽화가 이야기보다 더 좋다며 영조가 즐겨 보던 책이었다.

"애들이 보기에 그림이 좀 어둡다. 그죠? 왜 이렇게 무섭게 그렸을까, 이 고양이들?"

"정말, 애들이 보기에 좀 무섭겠네요."

그래도 택배 기사는 고맙다며 책을 가져갔다.

모든 박스가 나가고 집이 비어 있을 때 영조에게 전화가 왔다. 그녀와 처음 데이트를 하던 날처럼 정말이지 심장이 조금 뛰는 것이 느껴졌다.

"반은 내 계좌로 보내줘. 나……. 여행 가려고. 휴직서 냈어."

"영조야, 같이 가자."

난 진심으로 있는 힘껏 그렇게 말했다. 어디든 그녀와 갔다 돌아온다면 모든 게 다시 시작하는 마음으로 잘될 것만 같았다. 그녀는 한참 대답이 없었다. 답을 기다리던 몇 초가 몇 시간 같았다.

"아니. 꼭 혼자 가보려고 해. 이번 기회가 마지막이 될지도 몰라. 생각은 여러 번 했지만 실천에 옮긴 적은 단 한 번도 없었던 혼자만의 여행이야. 내가 아끼던 책들을 팔아 여행을 간다고 생각하니 뭔가 치유되는 기분이 들어! 내가 스스로에게 얼마나 나태하고 성의 없었는지……. 아무튼 난 떠날 거야. 그리고 정말 생각이라는 걸 해보고 싶어. 어떤 결과를 낳든, 내가 하고 싶은 일을 하며 살아도 정말 괜찮은 건가 하고. 내가 내게 묻고 싶다고."

영조는 그리고 몇 마디 더했다. 나는 속으로 그래, 그래 영조야. 다녀와. 다녀와서 나랑 더 깊이 사랑하자고 외쳤다. 그녀에게 내 마음이 전달될 리 없었다. 영조에게 필요한 건 혼자만의 시간이었다. 충분히 존중해주고 싶었다.

"재경, 당신도 아끼던 책을 팔았으니 뭔가…… 뭔가, 힘이 되어줄 만한 것을 찾아봐."

전화를 끊고 나서도 나는 진정되지 않았다. 갑자기 내 주변에 아무도 없는 느낌이 들었다. 영조가 마지막으로 남긴 말이 자꾸 귓속에 맴돌았다.

"뭔가 힘이 되어줄 만한……."

아끼던 책을 팔아 여행을 간다는 영조. 그녀가 내게 수수께끼라도 던져준 걸까. 갑자기 눈앞이 환해지는 느낌이 들었다. 이게 끝이 아니었다. 뭔가 다른 시작이 찾아온 것 같았고 두근거렸다. 최근 들어 느껴보는 감정 가운데 가장 희망적인 떨림이었다.

"아끼던 것을 팔았으니, 뭔가 힘이 되어줄 만한……. 힘이……."

나도 모르게 혼자 중얼거리며 서성거렸다. 동수 선배의 얼굴이 불쑥 솟아오르다 사라졌다. 책을 팔아 만든 돈으로 그를 만나러 간다? 이 얼마나 멋진 일인가. 왜 나는 진작 그런 생각을 하지 못했을까. 나는 마음이 급해졌고, 영조가 내게 혼자만의 시간을 선사하기 위해 이별을 가장한 것인지도 모르겠다는 엉뚱한 생각마저 들었다.

　처음부터 다시 시작해보라는 채찍 같은 거. 그것이 소설이든 사랑이든.

떠나거나
남거나

우리가 사는 세상은 생각보다 작고 좁았다. 그게 때로는 불편하지만 도움이 될 때도 있었다. 동수 선배를 찾는 일을 떠올렸을 때 나는 주변에 그와 가까이 지낸 인물들을 더듬어보았다. 막상 누구에게 먼저 물어야 할지 막막할 정도로 떠오르는 사람이 없었다. 이정도로 인간관계가 없었다니. 선배의 성품은 알고 있었지만 놀라웠다. 그 흔한 페이스북도 트위터도 하지 않는 것 같았다.

민이 여행을 떠난다며 공항에서 문자를 보내왔을 때 혹시 한동수와 연락이 닿는 사람을 아냐고 물었다. 한동수의 학교 후배이니 어찌 연락이 닿을 수도 있겠다 싶었다. 답은 한참이 지나 왔다. 탑승 직전이라는 문자를 통해. 옛날 이메일 주소를 안다며 확인해보라는 말도 함께. 예전에 내가 알고 있던 그 주소였다. 연락을 멈춘건 선배가 아니라 나였던 것 같았다. 나는 그에게 안부를 묻는 짧은 이메일을 보냈다. 그와 인천공항에서 헤어졌던 날이 마지막이었다.

한동수는 더 이상 강사로 나오지 않았다. 나도 얼마 지나 그 학원을 다니지 않았다. 답답하고 조바심에 가득 찬 날들이 흘러갔다. 나는 그때 아주 잘사는 집 중학생 녀석을 가르치고 있었는데 그 녀석의 부모님이 내가 대학원생이었다면 소개할 곳이 제법 많다는 얘기를 했다. 과외 선생도 대학원은 나와야지……. 꼭 그 한마디 때문은 아니었지만, 아무 기대도 없이 아버지에게 말했는데 첫 등록금을 선뜻 대주시겠다고 했다. 아버지에게도 내게도 제법 큰돈이었다. 나는 모은 돈이 좀 있다고 말했다. 그래도 아버지는 첫 학기 등록금은 내주시겠다고 했다. 내게는 새로운 세계가 필요했고 대학원이 좋은 돌파구가 되어줄 것 같았다. 그곳에서 영조를 다시 만났으니 결과는 기대 이상이었지만 대학원 진학까지 꽤 고민이 깊었다.

그해 나는 대학원을 다녔고 연애를 했고 소설을 썼다. 생각해보면 내게 가장 행복한 시간이었다.

어찌 되었든, 소설가 한동수를 만나고 나서 무섭게 소설에 몰입했다. 정상에 꽂아놓은 붉은 깃발처럼 그는 존재 자체만으로도 계속 나를 자극하며 어딘가로 끌어올렸다. 쓰고 찢고 삭제하는 게 일이었지만 그렇게 지새운 밤들을 지나 새벽을 맞이할 때면 뭔가 모를 벅찬 감정에 오래 새벽길을 걷곤 했다.

등단이라는 과녁을 향해 쏘아올린 많은 화살은 멀리 날아가지 못하고 부러졌다. 점점 과녁이 보이지 않았다. 그러던 어느 날 허공을 향해 쏘아올린 그 많은 화살 가운데 어느 하나가 거짓말처럼 과녁에 맞았다. 문예지 신인상이라는 이름의 과녁이었다.

소설가가 되고 소설가들의 크고 작은 모임에 가는 일이 많아졌다. 어느 소설가의 출판기념회 자리도 그런 연유로 가게 되었다. 거기에서 뜻하지 않게 소설가 한동수를 다시 만났다. 나는 단박에 그를 알아보았고 그는 고개를 갸우뚱하더니 천천히 나를 기억해 냈다. 나는 조금 수줍게 등단 사실을 알렸다.

"알지. 알지. 이 바닥이 이렇게 좁아."

내가 등단했다는 것을 전부터 알고 있었다며 반가워했다. 나는 드디어 내가 그토록 갈망하던 집단에 발을 딛게 되었다는 뿌듯함을 느꼈다. 그런 소속감은 내게 어떤 정체성을 부여했고 오랫동안 움츠러 들었던 어깨가 조금씩 펴지는 것 같았다.

아무튼 등단작 하나뿐인 내가 끼기에는 조금 어색하고 어려운 자리였다. 어두침침한 술집에 이름만 듣던 소설가와 시인들도 있었다. 기분 좋은 술자리 덕분에 나는 소설가 한동수를 '동수 선배' 라고 부르기 시작했고 그도 자연스럽게 내게 말을 놓았다. 술이 약했던 나는 졸음을 참아가며 끝까지 자리를 지켰다. 사람들이 다

떠나고 선배와 둘만 남게 되었다. 문학 이야기는 자연스럽게 가족 이야기로 바뀌었다. 그에게 형이 하나 있는데, 중학교 때부터 미국 유학을 갈 만큼 똑똑하고 자신과는 비교할 수 없을 정도로 멋진 남자라고 했다. 부모님이 그런 형을 돌보고 싶어 오래전에 건너갔다고 했다.

"그럼 한국에 혼자세요?"

"그런…… 셈이지?"

"형은 자주 만나나요?"

"가끔. 아주 가끔. 형을 길에서 만나도 아마 모르는 사람처럼 그냥 스쳐 지나갈지도 몰라. 자주 못 봐서."

그런 형제도 있겠구나 싶어 나는 고개를 끄덕였다.

"차기작은…… 언제 나와요?"

그의 두 번째 책이 출간되고 꽤 오랜 시간이 흘렀다는 생각이 들었고 딱히 할 말도 없었기에 물었다.

"차기작? 글쎄……. 내 소설은 이제 낡았어. 누가 찾아 읽겠어?"

나는 그의 얘기를 들으며 놀랐다. 자신의 소설을 낡았다고 표현하는 사람이 바로 내가 선망해 마지않던 소설가 한동수라니. 이제 겨우 '등단'의 관문을 통과한 내게는 이해 못 할 일이었다. 겨우 한 고개 넘어 숨을 돌리려는데 더 큰 언덕이 가로막고 있는 느낌이었다.

"소설을 통해 더 이상 무슨 말을 할 수 있을까? 솔직히 나는 무섭고 징그러워. 쓴다는 행위 말이야. 내가 끼적이던 문장들이 활자화된다는 걸 생각하면 꾸다 만 악몽처럼 등이 서늘해. 삼 년째 단편 하나 붙들고 퇴고를 하고 있어. 어떨 땐 문장 하나를 붙들고 몇 시간을 매달려 있을 때도 있고. 매일 맘에 들고 매일 맘에 들지 않아. 폐기하지도 못하고 발표하지도 못해. 지독한 병이야."

"무슨 단편인데요?"

"제목이 '형'이야. 고루한 얘기야."

나는 그게 자전적 소설이냐고 물으려다 말았다. 그날 우리는 전철 정류장까지 같이 걸었고 언제 다시 만나자는 말 없이 헤어졌다.

동수 선배를 다시 만난 건 어느 스터디 모임에서였다. 문예지에 발표된 신작들을 읽고 서로의 의견을 나누는 그 합평회는 나와 같은 문예지 출신 소설가가 이끄는 모임이었다. 동수 선배가 그 모임 회원이라는 건 알았지만 나는 그가 그렇게 불쑥 오리라고는 예상하지 못했다.

그것도 모임이 거의 끝날 때쯤 동수 선배가 들어섰다. 술에 취해 있었다. 옷매무새도 말투도 흐트러져 있었다.

"야, 너희들은 쓰고 싶은 거 다 쓸 수 있어? 나는 글 한 줄에도 부모가 걸리고 형제가 걸리고 애인이 맘에 걸려 다 못 써. 겨우 쓴다는 게, 정작 하고 싶은 얘기 근처만 맴돌고 만다고. 어정쩡 흉내만 내다 끝난다고."

사람들이 하나둘 일어섰다. 상대해봤자 피곤하다는 눈치였다. 이미 이런 일은 많이 겪어본 사람들 같았다. 차분했던 분위기가 어수선해졌고 모임은 그대로 끝났다. 누군가는 안타깝다는 시선으로 또 다른 누군가는 관심 없다는 표정으로 사라졌다. 나는 선배를 부축해 나왔다. 흐릿한 불빛 때문인지 그는 무척 수척해 보였고 횡설수설했다. 자꾸 벌들이 윙윙거리는 소리가 들린다며 귀를 잡아 뜯었다.

"우리가 쓴 그 많은 소설들은 다 어디에서 울고 있을까. 벌들의 윙윙거림처럼 누군가의 뇌리에 남을 수 있을까? 소설이라니? 이렇게 괴로운데 겨우 소설이라니?"

우리는 희붐한 인사동 골목길을 빠져나와 종로3가까지 걸었다. 그가 몹시 취해 있어 혼자 보내기 걱정스러웠다. 그날 우리는 쉽게 헤어지지 못했다. 소설 이야기 때문이었는지, 그가 갑자기 미국에 있는 형이 보고 싶다며 엉엉 울었기 때문이었는지, 한국을 떠나고 싶다는 말을 불쑥 뱉어서인지, 아니면 그 모든 것에 관해 어떤 결론도 내릴 수 없는 막막함 때문이었는지.

"어디론가 숨어들어가 익명의 소설가로 살아가고 싶어. 모든 상황 속에서도 놓지 않은 유일한 것이 소설이었다고 언젠가 말할 수 있는 그런 소설가가 되고 싶다고."

그는 계속 혼잣말로 중얼거렸다.

굳이 집까지 데려다주겠다는데 그는 차도까지 들어가더니 택시를 세우고 홀연히 사라졌다.

그 후로도 나는 그와 가끔 마주쳤다. 스터디 모임이나 출판 기념회 같은 모임이었다. 그는 여전히 불쑥 나타나 분위기를 망쳐놓

고 홀연히 사라지기 일쑤였다. '진상'이라는 말도 아깝다며 누군
가 자리를 박차고 일어섰다. 선배를 대놓고 막는 사람은 없었지만
그가 들어서면 슬슬 일어나 자리를 피하는 걸로 대답을 대신했다.

　　나 한국 떠난다. 클클. 여행이 아니라 이민!

　어느 날 나는 그에게서 뜻밖의 문자를 받았다. 미국에 홀어머니
가 있다는 얘긴 들었지만 그곳으로 이민을 갈 생각은 추호도 없
다고 버릇처럼 말하던 사람이었다.
　나는 전화를 걸어 언제 떠나느냐 물었다.
　"오늘."
　알다가도 모를 사람이라는 생각도 들었지만 그를 배웅하기 위
해 인천공항까지 갔다.
　"갔다 올게. 온다고, 돌아온다고. 방문비자 받았어. 잘 지내. 촌
스럽게 공항까지 배웅 나오냐?"
　선배는 그렇게 말했지만 내심 내가 온 것을 반가워하는 눈치였
다. 다른 사람들에게는 알리지 않았는지 배웅 나온 사람은 달랑
나 혼자였다. 나는 그가 들고 있던 작은 트렁크를 보며 물었다.
　"혹시, 대작이라도 쓰러 가는 거야, 선배?"
　"어? 그 생각은 나도 안 해봤는데. 좋은 아이디어야."
　그는 정말 그런 생각은 해보지 않은 것처럼 눈을 반짝였다. 내
가 뭐라고 말을 이어가기도 전에 그의 눈빛은 금방 시들해졌지만.

우리는 공항청사 밖으로 나와 담배를 피워 물었다. 나는 그의 빛바랜 청바지와 그 밑으로 삐져나온 운동화 끈을 멀뚱하게 바라보았다. 발이 작은 사람이었구나. 그가 연약하고 왜소하게 느껴졌다. 그가 어느새 서른 중반을 훌쩍 넘겼다는 사실이 새삼스러웠다. 화려하게 문단에 나왔다는 사실이 무색할 만큼 이제 그의 소설에 대해 얘기하는 사람은 거의 없었다. 세상이 너무 빠르게 우리 곁을 스쳐 지나갔고 어떤 식으로든지 우리가 그를 몰아내는 것만 같아 조금 안타까웠다. 그가 한국을 떠난다고 한들, 누구 하나 아쉬워하거나 궁금해할 것도 아니었다.

감상적인 생각이 담배와 함께 타들어갔다. 이별치고는 좀 비루했다. 리무진 버스가 들어와 사람들을 쏟아놓고 사라졌다. 그들은 모두 어딘가로 바삐 흩어졌다. 그는 내게 늘 '소설가' 한동수로 존재했는데 그날은 아니었다. '인간' 한동수를 그때 만난 느낌이랄까. 그가 소설가가 되지 않았다면 조금 더 멋지고 행복한 사람이 되었을지도 모르겠다는 생각이 들었던 것도 그런 이유였다.

"배웅 나온 애인도 없어?"

내가 우스갯소리로 물었지만 진심이었다. 그의 주변엔 가끔 시나 소설을 쓰는 여성 작가들 몇이 있었다. 모두 스쳐가는 인연이었던 것 같았다.

"인터내셔널 애인을 만들어야지. 피로 섞이는 거, 혼혈주의가 가장 아름답고 인간적이야. 그 어떤 문장보다 더 모던해."

그가 호기 있게 말하더니 주머니에서 담뱃갑을 꺼내 내게 건넸다.

"재경, 나 괜찮은 거지?"

그가 나를 빤히 쳐다보며 물었다.

"뭐가요?"

"소설을 쓰다 만 인생. 제일 거지 같아!"

"계속 쓰면 되잖아요."

"외국에서?"

"다시 온다며? 요즘엔 작품도 외국에 나가서 많이 쓴대요."

"그렇지……? 참, 나 후졌다. 후줄근해. 그렇지?"

나는 그의 뒷모습이 사라질 때까지 그 자리에 서 있었다. 그가 빠져나간 유리문이 열렸다 닫혔다 할 때마다 소설가 한동수와 함께 나눴던 추억이 스틸 컷처럼 펼쳐졌다. 내 청춘의 한 부분이 뭉텅 잘려나가는 것 같았고, 어느 순간 내가 조금 성장한 것처럼 느껴졌으며 동시에 쓸쓸한 감정이 밀려왔던 이상한 날이었다.

영조의 페이스북은 조용했다. 일주일에 한 번, 그녀가 연재하던 「삽화가 있는 요양원 풍경」도 더 이상 볼 수 없었다. 페친들의 글 속에서도 그녀의 소식은 빠져 있었다. 어디로 간 것일까. 아무도 궁금해하지 않는 것 같았다. 뉴스가 넘쳐나는 세상에 한 인간이 긴 여행을 떠났다고 해서 누군들 궁금해할까. 그것도 아니라면 그녀의 행방을 나만 모르는 걸까. 목적지를 묻지 않은 게 후회스러웠다.

집을 팔아야겠다는 아버지의 전화를 받았다. 아버지의 집은 내 기억 속 첫 집이었다. 그 집에서 나는 가족이라는 단어를 배웠고 젖을 물었고 걷고 뛰었다. 주변에 원룸 건물이 죽죽 들어서느라 오래된 양옥으로 지어진 우리 집은 볕이 거의 들지 않았다. 어둠과 습기가 집 안 곳곳을 파고들었다. 아버지의 체증도 그 집에서 시작되었다. 나는 대학원을 다니면서 집을 나왔다. 내 몸과 마음도 검게 물들일 것 같은 그 집이 싫었다.

아버지는 옆집을 헐고 오층 빌라를 지은 개발업자에게 드디어 설득당한 눈치였다. 차라리 잘되었다 싶었다.

"어디 작은 집이라도 알아볼까요."

아버지는 내 말에 고개를 저었다. 오랜만에 면도를 했는지 턱 주변이 푸르스름했다. 그제야 나는 방 안을 다시 둘러보았고 이미 많은 물건이 버려졌다는 걸 알게 되었다. 도와드리지 못해 미안한 생각이 들었다.

"육촌 형님네도 혼자고 나를 오라고 하니……. 못 이긴 척 가서 살아볼까 한다."

이제 건강이 허락하지 않아 즐기던 술도 거의 못 마신다고 했다.

"농사라도 지으시겠다는 말인가요?"

서류 정리나 사무 처리라면 몰라도 농사라니. 아버지는 지난 이십 년 동안 작은 회사 사무원으로 일했던 경력이 전부였다. 그것마저도 십 년 전에 관두셨다.

아버지는 내 말에 적당한 답이라도 찾으려는 사람처럼 손바닥으로 방바닥을 쓱쓱 문질렀다. 언제부터 아버지는 손으로 방바닥을 쓸어내리는 버릇이 생긴 걸까. 당신의 생에 켜켜이 쌓인 먼지라도 털어내고 싶은 걸까.

아버지는 내게 필요한 물건들이 있으면 가져가라고 했다. 나는 없다고 했다.

"그럼, 다 버려야겠구나."

아버지는 조금 실망한 듯 말했다.

"글 써서 밥은 먹냐?"

아버지는 다시 손바닥으로 방바닥을 쓸어내며 물었다. 마치 내게 안 좋은 대답이라도 나올까 걱정하는 것 같았다.

"그래야지요."

"그래야지."

우리는 아무 말 없이 어둠이 깃들기 시작하는 마루에 앉았다. 반쯤 열어놓은 대문 밖 골목은 아직 어슴푸레했다. 골목보다 십분은 먼저 어둠이 찾아드는 집이었다. 어디선가 똑똑 물 떨어지는 소리가 들렸고 좁은 골목길을 어떤 차가 속도를 줄이지 않고 지나가는지 어느 아주머니가 "그렇게 빨리 지나가면 쓰요?"라고 핀잔을 주는 게 바로 옆에서 말하는 것처럼 크게 들렸다. 고향으로 내려갈 결심을 해서인지 아버지는 더 이상 끄윽끄윽하고 체증 소리를 내지 않았다. 그건 다행스럽고도 이상한 몸의 반응이었다.

나는 아버지에게 일주일간 여행을 갈 거라고 말했다. 책을 팔아 경비를 마련했다고 했다. 아버지가 준 책도 있었다고 했다. 아버지는 내 말에 무슨 의미라도 담긴 듯 헤아려보려는 사람처럼 손으로 방바닥을 쓸었다. 나는 일어서서 집 안을 둘러보았다. 내가 돌아오면 이 집은 사라지고 없을 것이다. 아버지는 내가 집에 들른 진짜 이유를 아는 사람처럼 가만히 고개를 주억거리며 방바닥을 손으로 계속 쓸었다.

부활절에
온
손님

차이나타운은 뭐든 많았다. 네 가지만 꼽으라면, 사람, 음식, 꽃 그리고 이 모든 것으로부터 나오는 쓰레기.

거리는 풍성하고 활기찼다. 방금 지나쳐온 거리의 한적함이 무색할 정도였다. 공기는 무겁지도 가볍지도 않게 많은 것들을 실어 날랐다. 귀에 닿았다가 흩어지는 이국의 언어들까지. 굽고 찌고 볶는 냄새가 대기 속에 떠다녔다. 믿을 수 없는 꽃향기에 두리번거렸다.

충 낮은 오래된 건물의 그림자가 바닥을 검게 물들이고 있었다. 굵은 붓으로 먹물을 듬뿍 찍어내 그린 것 같은 짙은 그림자였다. 햇살은 물빛처럼 투명해 믿기지 않았다. 채소, 과일, 딤섬, 밀크티, 국수, 무무, 조개로 만든 팔찌, 목걸이, 모자, 꽃, 비치 타월. 가게들이 순서를 바꿔가며 얼굴을 내밀었다. 가게마다 할머니라고 불러야 어울릴 법한 여자들이 손님을 기다리고 있었다.

동수 선배의 어머니는 앞만 보고 걷고 있었다. 붉은색으로 쓴 한문과 영어 간판, 알아들을 수 없는 언어들, 금빛 물감을 뒤집어 쓴 용 그림, 도살당한 붉은 고기들, 푸르고 붉은 치파오. 그 사이를 무심히 지나쳐갔다.

좁은 골목길로 들어서자 지린내가 진동했다. 내다 버린 쓰레기 처럼 노숙자들이 길바닥에 앉아 있었다. 어느 남자 노숙자와 눈이 마주쳤다. 이 섬의 원주민처럼 몸집이 컸다. 그림자도 크고 짙었 다. 섬뜩할 정도로 흰자위가 붉게 충혈되어 있었다. 나를 위아래 로 훑어보는 시선이 곱지 않았다. 술이나 마약에 취한 걸까. 나는 무의식적으로 주머니에 손을 넣고 지갑을 꽉 움켜쥐었다. 흙이 잔 뜩 묻고 올이 풀린 바짓단 밑으로 남자의 맨발이 삐져나와 있었 다. 크고 더러운 발이었다. 찐빵 하나를 올려놓은 높이만큼 발등 이 부어 있었다.

나는 남자의 시선을 애써 피하며 빠르게 걸었다. 남자의 눈빛이 내 등 뒤에 악령처럼 달라붙은 것만 같았다. 세상 모든 것이 탐탁 지 않다는 눈빛이었다. 내게 이유를 따져 묻는 눈빛이었다. 지루 하고 권태로워 견딜 수 없다는 무기력한 눈빛. 내가 느껴보지 못 한 권태로움의 강도였기에 조금 두려웠다. 나도 모르게 헛기침이 나왔다. 길을 잘못 든 기분이었다.

"차이나타운은 다 이래."

조금 앞서가던 선배 어머니가 나를 힐끗 돌아보며 말했다. 내 기분을 읽은 듯했다. 비둘기 떼가 갑자기 뭐에 놀란 것처럼 우우 하늘로 날아올랐다. 구름 한 점 없는 하늘이 깊은 바다 같았다. 새들은 바닷물로 뛰어드는 물고기처럼 시야에서 금세 사라졌다.

더럽고도 아름다운 곳이구나.

나는 혼자 중얼거렸다.

이 섬에서 보낼 시간은 더럽고도 아름다운 것이거나 아름답고도 더러운 것이 될 것 같았다.

우리는 나지막한 목조건물들 앞을 지났다. 낡고 오래된 건물들이었다. 아래층에는 상점들이 있었고 빼곡하게 걸린 빨래가 보이는 위층은 살림집 같았다. 붉은색으로 페인트칠한 처마나 기왓장, 금방 금가루를 묻혀놓은 듯한 황금빛 간판들, 둥근 목조로 된 창틀, 그리고 외벽 한 귀퉁이에 챙, 퉁, 정, 리, 팽의 성씨가 깊게 새겨져 있었다. 소유주를 대대손손 알리고 싶었던 건물 주인들 같았다. 1902년, 1894년, 1907년, 1889년. 친절하게도 건축 연도로 보이는 숫자들까지.

선배 어머니는 익숙한 길을 걷는 사람처럼 자박자박 앞으로 걸어갔다. 꽃이 장식된 모자를 쓰고 노란색 체크무늬 칼라가 선명한 원피스를 입은 모습이 부활절 예복다웠다. 노숙자와 쓰레기 더미 속에서 그녀는 도드라졌다.

신호등이 어느새 빨간불로 바뀌었다. 우리는 걸음을 멈추고 파란불이 켜지길 기다렸다. 막 벗어난 차이나타운은 내 등 뒤에 웅크리고 있었고 바로 길 건너 맞은편에 파란색 유리 외벽으로 된

고층 건물이 길게 이어졌다. 신호등을 사이에 두고 두 개의 세계가 펼쳐져 있는 듯했다. 그것은 너무도 극명하게 달랐다. 나는 슬그머니 등 뒤의 거리를 되돌아보았다. 몇 분 만에 백 년의 시간을 걸어서 통과한 기분이었다.

"자, 건너자."

그녀가 내 손을 더듬어 잡으며 말했다. 건조하고 앙상한 나뭇가지가 내 손안에 쥐인 것 같았다. 마른 손이었지만 따뜻했다. 그녀는 다시는 안 놓을 사람처럼 내 손을 꼭 움켜쥐었다. 백 년 전에 놓친 손을 이제 겨우 잡은 사람처럼 간절함이 느껴지는 손길이었다. 나는 조금 어색한 기분이 들었지만 놓지 않았다. 많은 이야기가 꿈틀거리는 거리를 선배와 이렇게 걸었겠구나, 하는 생각이 들었다.

"어머니, 이곳을 자주 걷나요?"

"자네는 부활을 믿나? 자네가 내 아들 같아서 진심으로 묻는 말이네."

그녀는 내 질문과 상관없는 엉뚱한 말을 쏟아냈다. 우연이었는데, 그날은 부활절이었고 그녀는 부활절에 도착한 나를 특별한 손님처럼 여기는 것 같았다.

"아, 글쎄요. 저는 적어도 지금 어머니의 말을 믿어요."

"그게 정말인가? 죽었던 게 되살아난다는 걸 믿는다고? 그런데 정말 신비하지?"

그녀의 발걸음이 조금 빨라졌다. 내 손을 잡은 손에 힘이 느껴졌다.

짙은 회색빛 유리 건물들이 방금 물기를 걷어낸 것처럼 반짝였다. 태양과 정면으로 마주한 자리는 하얗고 둥글었다. 오래 마주보면 눈이 멀 것 같았다. 유리로 만든 거대한 미로에 갇힌 기분이었다. 무심결에 잡고 있던 손을 나도 모르게 꼭 쥐었다.

길은 다시 백 년 전 그 어디쯤으로 흘러가서 우리는 어느 허름한 식당 앞을 지나가고 있었다. 비프스튜 냄새가 밖에까지 흘러나왔다. 노숙자들을 위한 무료급식소 같았다. 긴 줄은 끝이 보이지 않았다. 차례를 기다리고 있던 어떤 여자가 줄에서 빠져나와 벽으로 다가갔다. 부스스한 긴 머리가 몸의 절반을 뒤덮고 있었다. 거대한 검정 망토를 입고 있는 것 같았다. 여자는 계속 이마를 벽에 찧어대며 몸을 흔들었다. 얼굴은 머리에 가려 보이지 않았다. 급식을 기다리는 사람들의 눈길이 모두 그 여자에게 고정되어 있었다.

나는 여자가 벽에 머리를 찧는 이유를 생각하며 걸었다.

"약쟁이야."

동정과 분노가 반반 섞인 선배 어머니의 목소리에 나는 흠칫했다. 우리는 성당을 향해 가는 길이었다.

몇 시간 전 입국 절차를 마치고 출구 밖으로 나왔을 때 동수 선배는 보이지 않았다. 마중을 나왔을 거라고 기대했는데 당황스러웠다. 인천공항에서 1달러짜리를 25센트 동전으로 환전해온 것이 그나마 다행이었다. 공중전화 부스는 공항청사에서 나오자마자 바로 오른쪽에 있었다. 신호가 가자 남자가 전화를 받았고 나는 목소리를 듣자마자 선배임을 금방 알아차렸다. 그는 내가 도착했다는 사실이 믿기지 않는 것처럼 정말이냐고 물었다. 준비하고 나가는 데 시간이 걸리니 무조건 택시를 타라고 했다. 혼자 택시를 타고 오라는 말은 예상하지 못했다. 그는 십오 분 안에 도착하는 가까운 거리니 걱정하지 말라고 했다. 도착하면 바로 건물 앞에서 기다리겠노라고. 잘 왔다, 잘 왔어. 중간중간 반가운 기색이 없는 것은 아니었다.

택시 안에서 마른 풀 태운 냄새가 났다. 큰 몸집의 운전수는 손님이 없을 때면 몰래 대마초를 태우는 모양이었다. 그는 게으르게 시동을 걸었다. 주소가 적힌 종이를 건넸더니 힐끗 쳐다보며 고개를 끄덕였다. 운전대를 잡은 손에 살집이 두둑했다. 재수 없이 끌려가면 소리도 못 지르고 당할 것만 같았다. 선배가 사는 아파트가 공항과 멀지 않은 게 다행이었다.

"여기에 살아요?"

"아뇨. 방문객입니다."

내 말에 운전수가 고개를 끄덕였다. 이목구비를 보고 억양을 들어보니 폴리네시아 출신 이민자 같았다. 태평양 연안에 있는 수많은 섬 가운데 하나에서 온.

건물 밖 어디에도 선배는 보이지 않았다. 나는 삼십 층은 족히 되어 보이는 아파트 건물을 올려다보며 택시에서 내렸다. 옆 건물의 그림자가 닿은 곳은 짙은 회색빛이고 햇빛에 노출된 곳은 페인트칠이 바랜 밝은 비둘기빛이었다. 빌딩 외벽에 창문들이 보이지 않았다면 거대한 회색 플라스틱 밀폐 용기라고 불러도 어울렸다. 어떤 창에서는 찢어진 커튼이 바람에 휘날리고 있었다. 자꾸 바라보고 있자니 심란했다. 현관 앞에 앉아 있는 노인들의 표정도 그랬다. 나이가 들면 인종이 무색한 것일까. 그들은 인종을 딱히 구분할 수 없을 정도로 비슷한 얼굴들을 하고 있었다.

이 아름다운 섬에…….

비행기가 착륙하기 전에 바라보았던 섬을 떠올렸다. 녹색 카펫을 펼쳐놓은 것처럼 푸른 산과 들. 코발트색 물빛과 물에 씻은 모래만 뿌려놓은 듯 길게 이어진 희고 깨끗한 모래사장. 수평선 너머의 연보랏빛 구름까지. 그림엽서에서 튀어나온 풍경처럼 완벽했는데 내가 발을 디디고 서 있는 곳은 달랐다.

노인들이 나를 바라보고 있었다. 방금 택시에서 트렁크를 들고 내린, 멀리서 온 외부인의 냄새를 맡고 있었다. 그들은 어쩌면 나를 보는 게 아닌지도 몰랐다. 그들은 그냥 눈을 뜨고 앞을 보고 있었을 뿐이었다. 그들 중 한 명이 옆에 앉은 노인에게 뭐라고 말했다. 굳이 성별을 따지려고 한 것은 아니었지만, 오래 들여다보고 나서야 그들이 모두 여자라는 사실에 조금 놀랐다.

이곳은 대체 어디인가.

이상한 곳에 내린 기분이 들었다. 이상한 일들이 나를 기다리고 있을 것 같았다. 환영 인사치고는 좀 고약하다는 생각도 들었다.

건물 외벽에 적힌 '1245 Smith Street'를 확인하고 나니 조금 안심
되었다. 몇 층 몇 호에 사는지 물어보지 않은 것이 후회스러웠다.

왜 선배는 이런 곳까지 흘러들어온 것일까.

택시에서 내린 지 십 분 넘게 흘러간 듯했다. 경비원이 나를 경
계하는 눈빛으로 관찰하고 있었다. 피부가 흰 젊은 동양남자. 이
방인의 냄새를 물씬 풍기는 옷차림과 여행용 트렁크. 나에게 친
절을 베풀 이유가 없었다. 내가 먼저 다가갔다. 휴대전화라도 있
으면 빌릴 요량이었다. 선배의 이름을 대고 친구라고 했다. 한국
에서 온 친구. 복잡한 관계를 간단히 설명하기에 영어는 참 적절
했다. 작은 아버지, 삼촌, 외삼촌을 그냥 '엉클'이라고 부르고 작은
엄마나 큰엄마 외숙모도 그냥 '앤티'라고 부르면 통하는 곳. 경비
원은 "똥수?"라고 되뇌더니 고개를 끄덕이며 환하게 웃었다.

엘리베이터에서 내리자 경비원이 복도 왼쪽에 있는 아파트를
가리키며 손가락 하나를 치켜들었고 오른쪽을 가리키며 손가락
두 개를 치켜들었다. 원 베드룸과 투 베드룸을 설명하는 거였다.
선배는 원 베드룸 쪽에 살고 있었다. 복도 곳곳에서 눅눅한 냄새
가 나는 것 같았다. 카펫은 육중한 체구의 경비원 발걸음과 내 트
렁크 바퀴 소리를 충분히 삼킬 만큼 두툼했다. 드문드문 뜯겨나간
곳은 먼지가 쌓여 푸석거렸고 커피나 주스를 쏟은 자국들은 그대
로 말라 굳어 있었다.

벨을 눌렀고 기다렸다는 듯이 현관문이 활짝 열렸다. 시간이 흘
러가다 갑자기 역류한 것 같았다. 눈을 크게 뜨고 나를 바라보는

남자. 오래전 서울을 떠났던 선배의 얼굴이 거기 있었다.

"야, 너! 정말 진짜 왔구나! 정말 잘 왔어. 정말 반갑다."

선배가 나를 숨 막히게 덥석 끌어안았다.

"마중도 안 나오고, 이런 환영이라니요?"

내 투정에 그는 웃기만 했다. 볕에 그을린 얼굴. 귀를 덮은 덥수룩한 곱슬머리. 헐렁한 티셔츠와 반바지. 반바지 아래로 삐져나온 두 다리. 목소리를 듣지 않았다면 나는 그를 알아보느라 이 초간의 시간이 필요했을 것이다. 경비원이 자신의 임무는 마쳤다는 듯 어깨를 으쓱해 보였고 선배가 그의 등을 툭툭 치며 생큐 했다.

선배는 당연히 집에서 만나기로 한 사람처럼 나를 맞이했다. 마중 나오지 않은 것에 대한 설명도 없었다. 생각해보니 그는 늘 그런 식이었다. 앞뒤 다 자르고, 설명도 없고, 이유 없이 당당했고. 그런데도 미워할 수 없게 만드는 재주가 있었다. 신배처럼 그런 모습이 어울리는 사람을 나는 본 적이 없다.

커다란 접시에 담긴 샐러드와 빵, 반쪽으로 가른 주홍빛 파파야 그리고 달걀 프라이. 그들은 아침을 먹는 중이었고, 나는 도착하자마자 아침식사 테이블에 마주 앉게 되었다.

"부활절에 온 손님이라니. 주님이 보내주신 선물이네."

선배 어머니는 커피를 따르며 말했다. 키도 작고, 눈도 작고, 얼굴도 작았다. 바라보기 안쓰럽게 나이 든 여자였다. 나이 드는 것은 줄어드는 것이라는 것을 온몸으로 보여주듯 손도 발도 작았다. 그녀는 분홍색 롤로 머리를 돌돌 말고 주방을 왔다 갔다 했다. 외출 준비 중인 것 같았다. 건물 앞에 앉아 있던 노인네들과 달리 생기가 느껴졌다.

선배는 늦게 일어나 이제야 아침을 먹는 거라고 말했다. 그는 크림치즈와 블루베리잼을 바른 잉글랜드머핀을 우걱우걱 씹었다. 내가 알고 있던 선배가 아닌 다른 사람이 내 앞에 앉아 있는 것 같았다. 볼과 턱 주변에 조금 늘어진 피부. 강렬한 태양 때문일까. 그가 급속도로 늙어버렸다는 생각도 들었다. 홀어머니와 같이 밥 먹고, 같이 걷고, 같이 자고, 같이 티브이를 보느라 빠른 속도로 노인이 되어버린.

"한국이랑 여기가 열아홉 시간 차이 나잖아. 내 계산으로, 내일 도착할 거라 생각했어. 네 전화 받고도 엄마에게 네가 온다는 얘기를 하느라. 어쩌나 꼬치꼬치 묻는지. 내려가는 걸 놓쳤어. 부활절에 손님이 온다고 얼마나 좋아하시는지. 정말 미안."

듣고 보니 이해가 되었다. 한국에서 13일 밤에 출발했는데 도착은 같은 13일 오전 열시였으니.

"내 소식 묻는 사람들 없지?"

그는 커피를 홀짝이며 내게 물었다. 마치 그게 가장 궁금하다는 듯이.

"뭐야, 정말 궁금하긴 했던 거야?"

"응?"

내 말에 그가 씩 웃었다. 턱 주변에 수염이 더 까칠해 보였다.

"외국 여자와 결혼해서 혼혈 딸을 키우며 알콩달콩 살고 있을

줄 알았어요. 어디선가 칼을 갈며 대작을 쓰거나."

"그래? 외국까지 와서 또 뭔 소설이냐?"

반도 마시지 않은 커피가 다시 채워졌다. 벌써 세 번째 리필이었다. 커피를 물처럼 마시는 기분이 들었다. 커피를 너무 많이 마신 탓인지, 시차 때문인지 약간 현기증이 일었다.

"오늘은 내가 미리 양해를 구할게. 선약이 있어. 그래도 혼자 있지 말고……. 아……, 그래. 구경 간다고 생각하고 성당이나 다녀오는 게 어때? 우리 어머니 모시고."

이해 못 할 모자였다. 그를 만나 할 수 있는 많은 일을 상상했지만 도착한 첫날에 성당은 없었다. 그는 나를 매일 만나는, 동네에 같이 사는 후배 정도로 여기는 듯했다. 긴 시간을 단박에 이어주는 친근함이었다.

"걸어서 이십 분 거리야. 거기 가면 파이프오르간이 있어. 소리죽인다."

모자는 식사가 끝난 후 성호를 긋고 식사 감사 기도를 드렸다. 나는 조금 어색하게 둘을 지켜보았다. 선배가 성호를 긋더니 엄지손가락 끝을 입술에 갖다 대며 가볍게 키스를 했다. 한 끼니에 대한 성스러움. 그런 표정이 그의 얼굴에 피어올랐다. 내가 몰랐던 그와 마주 앉은 기분이 다시 들었다.

천주교 전례에 대해 나는 문외한이었다. 미사, 고백성사, 밀떡봉헌 같은 단어들과 자주 앉았다 일어서는 복잡한 미사 예절이있다는 것 정도가 내가 아는 전부였다.

아파트 내부를 그제야 둘러보았다. 내 시선은 벽에 먼저 닿았다. 기도문이 적힌 액자들과 성모와 예수의 상본들. 이름을 알 수 없는 성인들의 사진까지. 마치 거대한 생선의 몸을 감싼 비늘처럼 액자들이 벽을 빼곡하게 덮고 있었다. 골고타 언덕을 오르는 예수의 등 뒤에서 침을 뱉는 군중의 표정은 너무도 생생해 섬뜩했다. 성물로 가득 찬 방 하나, 거실 그리고 주방. 오래된 수도원에 들어와 있는 것 같았다.

화장실 문과 거울에도 기도문이 부적처럼 덕지덕지 붙어 있었다. 손을 씻으면서 거울에 붙어 있는 기도문을 눈으로 읽었다. '따뜻한 말 한마디가……' 누군가의 말 한마디가 용기가 되기도 하지만 상처가 될 수도 있으니 말조심을 구하는 기도였다. 돌아서서 문을 열려고 봤더니 '내 아들에게 지혜를 주시고 마음이 맑고 목표가 고상한……'이라고 시작하는 아들을 위한 기도문이 붙어 있었다. '목표가 고상한……'이라는 문장 앞에 잠시 시선이 머물렀다. 목표가 고상한 삶은 어떤 삶일까. 욕심 없는 삶을 말하는 걸까. 알 수 없었다. 아들에게 지혜와 용기를 가져다달라는, 그러니까 어머니가 아들을 위해 올리는 기도문인 것은 분명했다.

어디를 봐도 동수 선배의 흔적이 보이지 않았다. 흔한 책 한 권도 없었다. 어항 옆에 있는 성서가 집에 있는 유일한 책인 것 같았다. 책 한 권 없는 선배의 집이라니. 그를 떠올리면 책이 있는 공간이 함께 연상되었는데 그가 사는 곳이 아닌 것 같았다. 식탁 의자에 걸쳐진 선배의 티셔츠가 유일하게 그가 현재 이곳에 머물고 있다는 사실을 증명해주고 있었다.

살고 있지 않고 잠시 머무는 집.

그랬다. 내가 이 집에 들어서면서 처음 느꼈던 이상한 기류는 그것이었다. 어느 곳에도 정착하지 못한 채 붕 떠 있는 서늘한 그의 두 발을 본 것 같았다. 여전히 그는 아무 곳에도 도착하지 않은 사람 같았다. 미완의 문장들처럼 그의 영혼도 어딘가를 계속 떠돌고 있는 것처럼 느껴졌다.

"굉장하지? 야, 저거 봤어?"

그가 한쪽 벽을 가리켰다. 교황 사진과 함께 친필증서 같은 것이 들어 있는 액자였다.

"프란치스코 교황님이 우리 엄마에게 축복을 내려준, 친필 사인이 있는 증서야."

나는 깜짝 놀라며 정말이냐고 물었다. 아무리 신심이 두터워도 그의 어머니는 평신도 아닌가. 그런 평신도에게 교황이 보낸 축복의 증서라니. 천주교에 대해 아는 게 별로 없는 나로서도 그건 특별한 일이라는 생각이 들었다.

"한인 성당이 이곳에서 40주년을 맞이한 기념으로 묵주기도 400단 올리기 기도 모임이 있었나 봐. 그걸 다 수행하고 받은 증서래. 같이 참가한 사람이 100명 정도였는데 끝까지 남은 사람은 겨우 다섯 명도 안 된대. 우리 엄마 무섭지?"

그는 어머니의 신심에 정말 감탄하는 사람처럼 말했다.

성당은 번잡한 차이나타운을 벗어난 곳에 있었다. 시장 골목을 약간 벗어난 곳이었지만 성당 주변은 여전히 번잡했다. 주변에 앉아 있는 노숙자들 때문인 것 같았다. 그들의 긴 머리와 긴 수염. 흡사 거리의 예수 같았다. 부활의 기쁨을 자신들에게도 조금 나눠달라는 눈빛이었다. 누군가는 우쿨렐레를 켜며 노래를 흥얼거렸고 까무잡잡한 피부의 젊은 여자는 젖이 절반쯤 드러나는 깊게 파인 옷을 입고 거울을 보며 눈썹을 다듬고 있었다.

선배 어머니는 선글라스와 모자를 벗고 가방을 열었다. 복주머니처럼 생긴 붉은 동전주머니를 꺼내 그들에게 다가가 일일이 동전을 나눠주었다. 한 노숙자가 그녀를 기억하는지 손바닥을 펼치며 인사를 건넸다.

우리는 성당 깊숙이 들어가 앉았다.

"오, 베로니카! 발비나! 수산나도 왔네."

선배 어머니는 다소곳한 모습으로 성당 안으로 들어오는 초로의 여인들을 보고 반갑게 손을 흔들었다. 작은 목소리로 그들의 이름을 일일이 불러주었다. 이국적인 이름들과 다르게 평범한 '한국 아줌마' 부대였다.

"Jesus, Jesus. Today, tomorrow, Jesus……."

단순한 가사지만 그래도 영어 성가인데 그녀들은 곧잘 따라 불렀다. 복잡한 미사전례도 영어로 따라 했다. 그녀들이 들고 있는 미사전례 책은 다 한국어라는 사실이 놀라웠다. 입과 눈이 따로 노는 사람들 같았다. 미사가 진행될수록 나른해졌다. 언어가 다르니 구원이 구원일 리 없었다. 자꾸 고개가 앞으로 꺾였다. 색유리를 통과한 햇살이 성당에 앉아 있는 사람들 머리 위로 무늬를 그리며 흩어졌다. 죽었던 예수가 살아나셨으니, 죽음이 지배하고 다스리던 이 세상에 생명의 빛이 도래하여 모든 어둠과 절망을 몰아낼 것이다. 신부는 아마도 그런 설교를 하고 있는지도 모를 일이었다.

신부는 코와 뺨이 붉은 백인이었다. 그는 커다란 고목처럼 두 팔을 벌리고 서서 미사가 끝나고 성당을 나서는 신자들을 일일이 포옹했다. 선배 어머니가 내 팔을 슬며시 끌며 신부 앞으로 다가갔다. 나를 '한국에서 온 방문객'으로 소개했다. 태어나 처음으로 성직자와, 그것도 외국 사제와 포옹했다. 그의 품은 뜨거운 습기를 가득 담은 증기차 같았다. 이마 주변에 몇 가닥의 머리카락이 땀에 들러붙어 있었다. 발목까지 덮은 사제복 때문인 것 같았다.

부활절 예식은 여기서 끝이 아니었다. 선배 어머니와 그녀의 친구들은 정해진 예식처럼 성당 근처 맥도날드로 자리를 옮겼다. 부활절 계란을 먹어야 한다는 게 이유였지만, 아마도 그녀들은 미사가 끝나면 맥도날드로 몰려가 그날 있었던 미사에 대한 총평을 하는 듯싶었다. 나도 역시 거기까지 따라가게 되었다. 나이 많은 여자 넷에 둘러싸여 노랗게 물들인 계란 껍질을 까며 앉아 있었다.

계란을 입에 넣으면서도 그녀들은 속사포처럼 떠들어댔다. 한국의 날씨부터 정치, 경제까지 심지어 특정 연예인들의 사생활까지. 폭넓고도 세세했다. 한국에서는 들어보지도 못한 얘기들이 현재형으로 떠돌고 있었다. 모든 이야기들도 부활하는가. 그런 의문이 잠깐 들었다. 곤혹스러운 것은 자신들이 알고 있는 내용들에 대한 사실 여부를 나에게 따져 묻는 거였다. 그들은 내가 한국에서 방금 왔다는 이유 하나로 모든 질문에 대한 정답을 알고 있는 사람처럼 나를 대했다. 나는 그녀들이 묻는 질문에 최대한 성실하게 대답하고 싶었다. 그런데 막상 뭐라고 말하려고 하면 대답할 기회를 주지 않았다. 그녀들은 그냥 묻고 바로 다른 이야기로 넘어갔다. 이상하면서도 다행스러웠다.

"멍게, 멍게 비빔밥. 어제 티브이에 나오던데. 침이 넘어가더라."

"〈6시 내 고향〉?"

"봤어? 여기서는 그런 맛 못 느껴. 먹어봤지요, 총각도? 산지에서 먹어야 돼. 요즘엔 다 양식이래잖아, 그치요?"

발비나라는 여자가 내게 결혼 유무나 나이도 묻지 않고 '총각'이라고 불렀고 다른 여자들도 동의하는 것 같았다. 그녀들은 내게 질문을 던져놓고 계속 다음 화제로 넘어가길 반복했다. 질문의 형식에는 한 가지 공통점이 있었다. 대답을 기다리지 않는 질문이라는 것. 자신의 궁금함을 털어놓는 자체에 질문의 목적이 있는 듯했다. 그녀들의 어법이 신선했다. 에너지가 느껴지는 목소리가 지루함을 밀어냈다. 그들은 한국에 대해 나보다 더 잘 알고 있는 것 같았다. 오히려 내가 묻고 그들의 대답을 경청하는 게 더 어울릴 것 같았다.

그들은 한국 사회에 대한 부정적인 대화를 나눌 때면 목소리가 유난히 커졌다. 한국을 떠난 자신들의 결정이 옳았다고 여기는 것 같았다. 특정 정치인과 특정 정당에 대한 의견도 똑같았다. 성경 공부를 하듯, 뉴스나 신문의 내용들을 같이 나누고 학습하는 사람들처럼.

"아까 봉헌한 사람, 젤뚜루따지?"

몇 초의 침묵이 지나간 뒤에 그들은 다시 성당 이야기로 화제를 돌렸다. 수산나라고 하는 여자가 일어나 커피 잔을 모두 모아 리필을 해서 쟁반에 받쳐 왔다.

"왜 하필 부활절 때 검정 모자를 쓰고 왔을까?"

선배 어머니가 정말 알 수 없다는 표정으로 물었다.

"그 여자가 처음부터 천주교 신자가 아니었대. 남편 죽고 이곳으로 와서 미국 남자와 재혼했잖아? 그 남자가 그렇게 신심이 깊대."

"그 여자 복이지. 남자가 직업도 좋다던데? 공무원인가? 그런데 왜 검정 모자를 썼냐고, 부활절에. 검정 미사포를 써도 그런데……. 불경스러워."

선배 어머니는 여전히 그 점이 궁금해 못 견디겠다는 표정이었다. 검은 그림자가 자신의 화사한 원피스 자락에 묻기라도 한 것처럼 옷을 툭툭 털어냈다. 모처럼 즐거웠던 부활절이 젤뚜루따 때문에 반감된 게 아쉬운 사람처럼 보였다.

"둘 사이에 아이도 있나?"

베로니카, 발비나, 수산나 그리고 선배 어머니, 마리아까지. 그들은 약속이나 한듯 봉헌한 여자의 검은 모자 이야기에서 멀리 달아났다. 정작 그들이 알고 싶어 하는 것은 그것이 아니라는 듯.

"없지. 마흔 훨씬 넘어서 재혼했을걸?"

"그럼, 애 안 생겨?"

"참 자매님은……."

제일 젊어 보이는 수산나가 짓궂게 웃으며 나를 힐끗 보았다.

그들은 미사 뒤풀이 시간을 미사 시간보다 더 좋아하는 것 같았다. 흉될 일도 아니었다. 어두침침한 성당 안에서 맥도날드를 상상하는 일. 햄버거의 기름진 냄새와 커피와 프렌치프라이를 떠올리는 것. 수다 떨 생각으로 외국어 미사 시간을 견디는 사람들이라고 해도 무슨 상관인가. 분명 내 눈에는 맥도날드에 들어서는 순간 그들의 얼굴이 더 환해진 것 같았다. 생기가 돌고 침이 고이는 얼굴들이었다. 신에게 봉헌하고 인간들끼리 갖는 뒤풀이 아니던가.

그녀들의 이야기는 다시 검은 모자를 쓰고 성당에 온 여자의 이야기로 되돌아갔다.

"그 남편이 아침이며 저녁이며, 요리를 다 한다네. 참 복도 많지."

"전에 그 여자네 집에서 구역 모임이 열려서 가봤는데, 남편이 여자보다 더 싹싹하게 집안일도 하고 사람들을 대하고 그러던데."

"그래도 난 미국 남자랑은 못 살 것 같아."

"아구, 별걱정 다 하시네."

모두 까르르대며 웃었다.

변명

"하수종말처리장. 기억나지? 우리가 언젠가 양평에서 보았던 그 이정표. 정말 끔찍한 단어 조합이야. 마트에서 냉동염장절단생선 이라고 적힌 생선 토막을 집어 들었을 때의 느낌과 조금도 다르지 않아. 너무 끔찍해. 나는 가끔 그 생선이 세 번 죽임을 당했다는 생각이 들어. 절단, 염장, 냉동, 이 셋. 생각해봐, 그 말. 하수, 종말, 그것도 서러운데 처리장이라니. 그 말은 마치 쓸모없는 것들의 마지막 집합지라는 말 아니야? 그것도 세 번이나 강조해서. 이 거리에 그 이정표를 걸어놓으면 잘 어울릴 거야. 이곳은 문명에 의해 하수종말처리장으로 전락한 곳 같아. 아침과 밤이 너무도 다른 세계가 공존하는 곳이거든. 잠시 우울할 때쯤 성당의 종소리가 들려오지. 기막힌 타이밍이야. 다운타운은 그런 곳이야. 극단적으로 표현하자면, 비타민과 마약을 양손에 들고 하나를 선택해 살아가는 사람들의 거리라고나 할까. 오피스 걸과 홈리스 소녀, 스카이라운지의 은은한 조명과 눈빛이 풀린 마사지팔러들이 손님을 기다리는 지하, 성직자와 창녀, 도서관과 사창굴, 24시간 문을 여는 피트니스, 살을 빼기 위해 운동하는 사람들과 굶주림에 쓰레기통을 뒤지는 사람들. 모두 함께 공존하는 곳이 다운타운이지. 해가 지면 다운타운은 다른 세계로 바뀌지. 전복을 꿈꾸지 않는 사람들이, 전복 따위에는 관심도 없고 불가능하다는 것을 이미 알아버린 사람들이 하나둘 거리로 나오지. 그들은 모두 다른 사연을 갖고 있지만 '희망 없음' 또는 '희망 모름'이라는 공통점이 있지. 사람들은 그들에게 호칭을 붙여줬어. 집이 없는 사람들, 홈리스라고. 언제부터 인간을 분류할 때 집이 기준이 되었을까? 집이 있는 사람과 없는 사람으로 나뉘어졌을까? 집이 있는 사람들의 기준으로 보면 그들은 당연히 집이 없는 사람들이니 홈리스가 맞지. 사실 나는 언어가 휘두르는 권력이나 폭력 같은 것에 대해, 그 끔찍한 것에 대해 지금 말하고 있는 거야. 우리 모두는 홈리스일 거야, 언젠가는 어떤 식으로든지. 아무튼 홈리스들은 오피스 사람들이 빠져나간 고층 건물 주변에 하나둘 모습을 나타내지. 바퀴벌레들처럼 어둠을 타고 이동하며 이 도시를 점령하는 시간이야. 서로가 서로의 먹이가 되어주는 공간이지. 자비나 동정 따위를 네가 떠올린다면 나는 분노할 거야. 내어주는 게 아니라 뜯고 뜯기는 살벌한 곳이니 아름다운 거래는 아니라는 말이야. 이 모든 게 이 거리에서는 흔하디흔한 에피소드에 불과해. 인사이드면서 아웃사이드인 곳. 전혀 어울릴 것 같지 않은 두 세계가 바로 눈앞에 공존하고 있지. 다운타운은 그런 곳이야. 바로 내가 사는 곳이지. 나는 소설을 쓰지 않아. 이곳은 하루하루가 소설보다 더 소설적이지. 소설을 써야겠다는 생각이 들지 않아. 내가 왜 더 이상 소설을 쓰지 않느냐는 네 질문에 대한 나의 긴 대답이야."

동수 선배는 소설보다 더 리얼한 세계에 압도당한 사람처럼 말했다. 현실이 가상공간이 된 것 같은 착각이 드는 현실. 모든 것이 눈앞에 펼쳐져 있으니 더 쓸 필요가 없다는 말이었다. 하수종말처리장을 언급할 때 그는 스스로를 아무 희망도 없는 존재처럼 여기는 듯했다.

우리는 목적지를 정하지 않고 무작정 걸었다. 퇴근 차량들이 도로를 가득 메우고 있었다. 무더운 오후였다. 어디론가 종종걸음치며 사라지는 사람들의 얼굴에 피곤함이 느껴졌다. 짧은 미니스커트를 입은 여자가 한 손에 스타벅스 커피를 들고 내 곁을 빠르게 스쳐 지나갔다. 진한 커피 향이 훅 하고 대기를 건드리다 사라졌다.

이야기가 다시 이어졌다. 그의 목소리가 차량들 소음 속에 묻혀 잘 들리지 않았다. 나는 그의 곁에 바짝 붙어 걸었다. 서쪽으로 기우는 금요일 오후 여섯시의 햇살이 강렬했다. 한국은 토요일 오후 한시가 되었을 시간이었다. 우리는 한국보다 열아홉 시간 더 느리게 가고 있는 거리를 걷고 있는 셈이었다.

"처음부터 도서관을 가기 위해 길을 나선 건 아니었어. 아파트를 나와 정처 없이 걷다가 다다른 곳이 그냥 그곳이었을 뿐이야. 어깨엔 노트북컴퓨터를 둘러메고. 아마도 나는 조용한 카페나 도서관 같은 곳을 찾고 있었을 거야. 쓰지는 않았지만 어떤 강박이 있었던 것 같아. 내가 놀 줄도 모르는 인간이라는 걸 그때 알았어. 이곳이 비치가 좀 좋아? 그래도 그곳에 갈 생각은 안 해봤으니, 참 나라는 인간. 다 팽개치고 물속으로 뛰어 들어간다고 말릴 사람도 없었는데 말이야. 얼마나 미련해. 허구한 날 걷기만 했다고. 오래된 성당 건물과 몸이 뒤틀린 채 바싹 말라가는 나무들을 보면서. 마치 걷기 위해 이 섬에 온 사람처럼. 그러던 어느 날 오페라극장처럼 생긴 건물 앞에 도착했어. 직감적으로 도서관이란 생각이 들더군. 내 짐작이 맞았어. 그 건물은 놀랍게도 1941년 12월 7일, 일본이 진주만을 공격했을 때 희생된 사람들을 기리기 위해 설립된 도서관이었어."

그가 건너편 건물을 가리켰다. 그 도서관이라고 했다. 작은 신전이나 오페라극장을 떠올리게 하는 외관은 고풍스러웠다. 건물 앞에 펼쳐진 잔디밭은 넓고 푸르렀다. 검정색으로 칠한 창틀과 길고 좁은 문들이 중세의 어느 건물을 떠올리게 했다. 도서관은 다음에 나 혼자 가보라고 했다. 길만 알려준 셈이었다.

"죽은 이들의 영혼이 어슬렁거릴지도 모르겠다는 엉뚱한 생각이 드는 도서관이야. 개인 소유의 대저택처럼 도서관치고는 단아하지. 큰 'ㅁ자형'으로 지어진 이 층짜리 건물이거든. 천장이 높으니 밖에서 보면 오 층은 족히 되어 보이지. 천장에는 금빛 색종이로 접은 학 모양의 모빌이 걸려 있고 이층으로 오르는 계단을 제외한 벽에는 책들이 빼곡하게 꽂혀 있어. 책꽂이를 퀼트로 표현한 대형 벽걸이도 걸려 있고. 일층 내부를 가로질러 정원이 내다보이는 유리문을 열고 나가면 정원이 있고 야외용 책상과 걸상이 있어. 발코니가 있는, 작은 성 같은 느낌을 주는 고풍스러운 건물이야. 모든 창은 정원을 향해 열려 있고. 야자수가 휘청거리며 바람에 흔들리는 모습도 보이고. 새소리가 도서관 내부까지 흘러들어오지. 아주 맘에 드는 도서관이었어. 나는 비로소 매일 와도 물리지 않을 장소를 발견한 기분이 들었고 그곳이 도서관이라는 사실에 안도했어. 마음 붙일 곳이 없었거든. 도서관 건물도 마음에 들었고. 엄마네 아파트에서도 가깝고. 나는 그날부터 도서관으로 매일 출근하다시피 했어. 이상하게 글을 안 써도 책을 안 읽어도 책이 있는 그곳이 가장 마음이 편했어. 나는 도서관 구석구석을 돌아다녔어. 책꽂이에 꽂혀 있는 수많은 책을 펼쳐 보고. 오래된 책들의 책장을 넘기는 일이라니. 뜻도 모르는 책들을 넘기는 일이라니. 그러다 내가 아는 작가의 책이라도 나오면 어찌나 반가운지. 세계문학전집에서 만났던 낯익은 작가들 말이야. 출판물 디자인은 한국이 최고더라. 여기서 보는 명작들 펼쳐보면 허접해. 책장넘기는 소리라도 들으러 간 거야. 차르차르 삭삭삭. 사각사각."

그는 길을 걸으면서도 쉼 없이 말을 했고, 손으로 책장을 넘기는 시늉을 하며 "차르차르 삭삭삭. 사각사각" 했다. 나는 그의 그런 모습들이 참 생뚱맞기도 하고 내가 알던 그와 다른 사람인 것만 같아 자주 힐끗거렸다.

"참, 책을 팔았다고? 멋져! 아주 멋져! 그런 일은 누구나 할 수 있는 게 아니지. 그러니까 너는 한 세계를 깬 거야."

"형 방에서 가져온 책들도 포함되어 있었어. 알려줘야 할 것 같아서 한 말인데 멋지다고요?"

"적어도 다음에 책을 살 때 팔아치운 책들보다 좀 더 나은 책을 사겠지. 참, 더 좋은 책이라는 게 세상에 있나? 허, 참. 아무튼 한 세계를 팔아치우고 생긴 돈으로 여행을 왔다니. 네 소설보다 네가 더 멋지다."

생각하지 못한 반응이었다.

"언제부턴가 도서관에 들어설 때마다 시체 냄새가 나는 것 같았어. 하와이를 습격한 일본군에 의해 희생된 사람들을 기리는 마음으로 설립된 도서관이라는 생각의 연장이었지. 그러다 내 형을 떠올렸지."

그는 갑자기 말을 멈추고 지나가는 차량들을 무심히 바라보았다. 뜻밖에도 그는 형 이야기를 하고 있었다.

"오래전 형이 실종됐어. 아니 실종되었다고 믿고 있지."

"예전에 내게 말했던 그 형이요?"

"형이 한 명이니, 그 형이지. 오랫동안 실종 상태였었지. 나는 이제 형의 죽음을 받아들이지만 엄마는 아닌 것 같아. 처음엔 누군가 차라리 내게 형이 죽었다고 말해줬으면 좋겠더라고. 죽음보다 받아들이기 더 힘든 것이 실종이야. 애도할 수 없는 죽음이라고나 할까. 실체 없는 슬픔이라고나 할까. 대놓고 울 수도 없는. 내가 직접 겪기 전까지 실종이라는 단어는 나와 아무 연관 없이 먼 곳에 존재하는, 감흥 없는, 단지 기호에 불과한 언어였어. 그래서 실감하지 못했는데 가상의 공간에 있던 그 단어가 어느 날 내 일상에 뿌리를 내리며 자꾸 커가는 거야."

그는 자신이 뱉은 말을 되새김하는 사람처럼 또 말없이 걸었다. 거리를 걸으며 대사를 읊조리는 가난한 연극배우 같았다. 흰색 반팔 티셔츠, 체크무늬 반바지, 발가락이 삐져나온 슬리퍼, 귀를 덮은 곱슬머리, 수염이 조금 자란 턱, 햇볕에 그을린 표정 없는 얼굴. 약간 고개를 앞으로 숙인 채 걷고 있었다. 영조가 틀렸다. 내가 나이 들면 203호 남자처럼 늙을 거라던 말. 선배야말로 삼십 년 후에 203호 남자와 판박이가 될 것 같았다.

그는 지금 내게 무슨 얘기를 들려주고 싶은 것일까. 형에 대한 상실감. 소설이 떠나간 공허. 그것도 아니라면, 연약한 것들과의 긴 싸움에 관한 이야기일까. 그것은 나의 이야기이기도 했다.

나는 더 듣고 싶었다. 언젠가 영조를 다시 만나면 나는 오늘 이 시간의 내 감정에 대해 오래 말할 수 있을 것만 같았다. 태양이 이글거리는 이국의 거리에서 듣는 어두운 이야기의 낯섦과 친근함에 대해.

"형은 정말 사라진 걸까. 죽은 걸까. 나는 아무 결론도 내릴 수 없었어. 생과 사의 중간 지점에 형이 있다는 생각이 들 때면 나는 몹시 우울했으니까. 어떤 부채 의식이 나를 옭아맸지. 어찌 되었든 나는 떠도는 영혼들에 대한 생각을 멈출 수가 없었어. 사람들이 도서관 문을 닫고 모두 사라지면 구석구석에 웅크리고 있던 죽은 이들의 영혼이 기어나오는 것 같은 상상. 이 도시의 노숙자들처럼 말이야. 아니, 그건 상상이 아닌 사실일지도 몰라."

"나도 그런 상상을 해본 적이 있어. 밤이 되면 도서관은 죽은 자들의 차지가 될 거라는. 죽은 이의 영혼이 책꽂이에서 책을 하나씩 뽑아 들고 다 살아보지 못한 이야기를 밤새 적어놓고 아침이 되면 사라질지도 모르겠다는 상상."

"그렇지? 내 말을 이해하는 사람이 있구나. 참 잘 왔다."

그제야 우리는 다시 만난 사람들처럼 서로의 어깨를 꽉 움켜쥐었다 놓았다.

"형의 소식을 들을 때까지 엄마가 한국으로 가지 않겠다고 고집이셔. 평생 어미 노릇도 제대로 못 해봤다고."

"그래서 이 섬에 눌러살았던 거예요?"

"처음엔 그런 이유였지. 그런데 바뀌었어. 나는 이런 불확실성, 그리고 변화하는 상황들에 몸을 맡기기로 했어. 그래, 난 이 섬이 좋아. 살고 싶다고, 여기에서. 그건 분명해. 나의 어떤 논리도 엄마의 모성애를 이길 수 없다는 걸 알아. 그렇다고 홀로 남겨둘 수도 없었고. 오랫동안 중간 어디쯤에 내가 붕 떠 있는 것 같았지만 이제 좋아졌어."

나는 쉽게 입을 열지 못했다. 소설을 쓰면서 내가 겨우 터득한 것 가운데 하나는 겪지 않은 일에 대해 함부로 말할 수 없다는 것이었고 그건 내게 삶의 철학처럼 새겨졌다. 직접 몸으로 부딪치며 느낀 정서는 픽션의 문장으로 흉내 낼 수 없는 고유함이 있다는 것도.

그래도 동수 선배가 정착한 곳이 하와이라니. 나는 조금 의아했었다. 무심코 지나치다 놓쳐버린 상점 간판을 다시 읽는 기분으로 '하와이'라는 단어를 중얼거렸다. 사진과 방송으로만 접해본 그곳은 내게는 영원히 신혼여행의 장소이고 낙원이라는 말이 먼저 떠오르는 화려하고 아름다운 섬이었다. 아무리 생각해도 그와 어울리는 곳이 아닌 것 같았다. 독주(毒酒)와 페치카와 긴긴 겨울이 이어지는 동유럽의 어느 도시가 더 어울릴 사람이었다. 그러니 그는 낙원에서 사는 것이 아니라, 내 눈에는 아름다운 유배지에 잠시 머물고 있는 것처럼 보였다.

"나도 엄마도 따뜻한 곳이 필요했어. 미국을 떠날 수도 없고 한국으로도 갈 수도 없는 상황이야. 우리 모자가 택한 곳이 바로 중간 지점인 하와이야. 이곳은 한국으로 되돌아가고 싶은 나와, 계속 미국에 남아 형의 소식을 기다리는 엄마와의 타협 지점이기도 하지. 세상은 공평해서 이런 중간 지점이 존재하더라."

부연의 설명이 없더라도, 선배가 말한 '따뜻한 곳'이라는 말은 마음의 위안을 주는 곳이라는 것으로 해석되었다.

나는 그가 한국을 떠나고 계절이 두 번 바뀐 뒤 한국에 남아 있는 짐을 좀 처분해달라는 연락을 받았다. 그가 떠나기 전에 살았던 삼 층 빌라를 찾았을 때는 눈발이 희끗희끗하게 내리는 겨울이었다. 그의 방은 이층에 있었는데 도배를 새로 하여 방은 옛 주인을 잊은 채 화사해 보였다. 신혼부부로 보이는 남녀가 화장실과 주방 청소를 하느라 부산을 떨었다. 담배 냄새가 은은하게 풍기던 집에서 락스 냄새가 풀풀 났다. 꽁초가 가득 담긴 빈 술병 하나가 현관문 앞에 있는 쓰레기 더미 속에서 얼굴을 내밀고 있었다. 옛 주인의 흔적이었다. 선배의 책과 짐은 이미 박스에 담겨 밖에 나와 있었다. 나는 인근 부동산 사무실에서 알려준 이삿짐센터에 연락해 1톤짜리 트럭을 빌렸다. 기사는 책짐은 돌짐처럼 무겁다며 약간의 돈을 더 달라고 했다. 나는 돈을 더 내는 대신 기꺼이 같이 운반을 돕겠다며 조수석에 앉았다.

대충 300권쯤 되는 분량의 책이었다. 제목만 듣던 귀한 책도 있었다. 가장 무거운 박스 하나를 마지막으로 열었다. 출력한 종이가 가득 들어 있었다. 대강 훑어보니 습작 소설 같았다. 나는 그것들을 꺼내 들었다. 원고들을 대강 읽고 일일이 앞뒤를 맞춰가며 정리해 분류했다. 완성작이라고 부를 수 있는 것이 세 편 정도 되었다. 이미 제목까지 붙여진 작품들이었다. 나는 그것들을 천천히 읽어 내려가면서 주인 잃은 글의 주인은 누구일까 하는 생경한 느낌에 사로잡혔다.

선배가 갑작스럽게 한국을 떠난 뒤 소문이 무성했다. 궁금증과 추측 그리고 확인되지 않은 소문들. 늘 그렇지만, 그 어느 것도 확인된 사실은 없었다. 술자리에서 시작된 의문은 술자리가 끝나면서 자연스럽게 사라졌다. 그나마 그를 기억하는 사람들이 많지 않아서 자주 벌어지는 일도 아니었다.

시간이 흐를수록 나는 그가 자발적으로 돌아오지 않는 삶의 방식을 택했을 거라는 생각이 들었다. 그건 사소하면서도 특별한 일이었다.

"「비늘」이라는 소설 읽어본 적 있어?"

후배들과 만난 자리에서 내가 물었다. 안다는 사람이 아무도 없었다. 예상은 했지만 실망스러웠다.

"언제 작품인데요? 요즘 단편 발표하고 한 계절 지나면 아무도 안 읽어요, 선배."

눈망울이 초롱초롱한 여자 후배가 눈을 똑바로 뜨고 말했다. 그것도 모르냐는 말투였다.

"너는 대성하겠구나."

내가 빈정거리듯 말했는데 그녀는 분노하지 않았다.

그녀를 원망하지 않았다. 나도 다르지 않았다. 새로 나온 문예지에 실린 단편 아니면 거의 안 읽었으니까. 눈여겨보는 작가들의 작품만 읽기에도 시간은 너무 빨리 흘렀으니까.

그런데도 나는 자신에게 몹시 화가 나 있었고 흥분된 목소리로 떠들어댔다.

"소설이 뭐 유행 상품이니? 한 계절 지나면 진부해지는 거야? 유효기간 있는 음식이냐고?"

모임은 썰렁하게 끝났고 나는 내가 던진 질문이 유치하다는 생각이 들어 스스로에게 불쾌했다.

시간이 흐를수록 나는 동수 선배가 돌아오기를 기다리면서 또 한편으로는 영원히 돌아오지 않기를 바라는 이중적인 사람이 되어갔다. 그가 다시 돌아와 소설이나 끼적이고 있는 것보다 미지의 장소에서 떠도는 삶을 영위하는 것이 어쩌면 그에게 더 어울릴지도 모르겠다는 생각이 들었다. 그리고 그날 밤 나는 선배에게 짐을 정리했다는 내용과 함께 그의 안부를 묻는 이메일을 보냈다.

동수 선배,

가장 힘들었지만 가장 행복했던 시간은 습작할 때였던 것 같아. 그때는 '등단'이라는 넘어야 할 고지가 보였으니까. 목표가 있었다고나 할까. 그것만으로도 소설 쓸 이유가 분명히 존재했어. 소설만 생각했고 소설만 보였던 그 시간은 내게 다시 오지 않겠지. 소설가가 되니까 소설이 보이지 않고 소설가만 보여. 소설가의 이름으로 책이 팔리고 출판사 명성에 따라 작품성이 매겨져. 독자들은 고급스러운 상품을 선호하고. 고급스러운 상품은 모두가 알아주는 상품을 의미하지. 고급스러움은 정말 존재하는 걸까. 단돈 만 원을 써도 확실성에 기대고 싶어 하는 대중심리겠지. 그들을 이해할 수 있어. 내가 쓸 때는 소설이지만 내 손을 벗어나는 순간 옷이나 신발 같은 상품이 되어버린다는 사실을 나는 너무 오래 지나 알게 되었어. b급 소설가의 투정이라고 생각해줘. c나 d가 아니라 다

행이라는 말은 하지 말아줘, 선배. 그건 너무 잔인해. 이 세상
에는 오직 a와 b만 존재해. 극소수의 a를 제외한 모두는 b야.
사람들은 b에 대해 궁금해하지 않아. 자신들이 비록 b급 인생
이라도 a라는 상품을 골라. 상품만이라도 a급을 고르려는 그
마음, 이해해. 조금이라도 a급 삶을 흉내 내고 싶은 그 마음.
그래도 나는 오늘 뭔가를 썼어. 나의 b에 대하여. 지치지 않
고 썼다고. 그게 중요해. 소설인지 일기인지 모를 글들이야.
하루라도 쓰지 않으면 밥을 먹을 자격이 없는 사람같이 느껴
질 때가 있다고 선배가 말했지? 나도 요즘 그런 병이 들었나
봐. 충분히 앓고 싶어. 단체로 그런 병에 걸리면 조금 덜 외로
울까? 써도 불안하고 안 쓰면 더 불안해. 이런 증세를 뭐라고
부르지? 그런데 선배는 살아 있는 거야?

내가 보낸 이메일을 그는 열어보지 않았는지 답장은 없었다.

스토리 맨

우리는 다운타운을 지나 잔디밭이 푸르고 넓은 주정부청사 건물 앞에 이르렀다. 건물 입구에 평생을 한센병 환자를 위해 살다 갔다는 데미안 신부의 동상이 세워져 있었다. 동상 머리 위에 새똥이 하얗게 앉았다. 축복 같은 새똥이라는 생각이 들었다. 청사 건물을 에워싼 인공 연못에 물고기가 살고 있었고 팔뚝만큼 큰 것도 펄떡거렸다. 믿기지 않을 정도로 수심이 낮았다. 건물은 마치 호수 위에 떠 있는 것처럼 보였는데 이곳이 섬이라는 특색을 넣어 설계된 건물 같았다.

퇴근 시간이 지난 청사 건물 주변은 건물의 긴 그림자에 가려져 서늘했다. 도시 한복판이라는 사실이 믿기지 않을 만큼 새들의 울음소리가 청명했다. 바람이 불 때마다 나뭇가지에서 샛노란 꽃잎들이 색종이처럼 가볍게 흩날렸다. 다닥다닥 이어진 편의점과 식당과 휴대폰가게와 커피숍들이 순서를 바꿔가며 늘어선 거리에 익숙한 내 눈에 이 풍광은 아름답고 평화로웠다.

해가 지기 시작했고, 사위는 차분해졌다. 목덜미를 스쳐 지나가는 바람이 쾌적했다. 우리는 잎이 무성한 나무 아래 자리를 잡고 앉았다. 바닥에 깔린 잔디가 따뜻한 온기를 품고 있었다. 새 떼가 약속이나 한 듯 주변에 있는 나무로 한꺼번에 날아들었다. 남자 하나가 우리를 향해 가까이 걸어오고 있을 때까지 나는 주변 풍광을 보느라 의식하지 못했었다. 키가 크고 몸이 호리호리한 남자였다. 나이는 육십대? 아니면 나이 들어 보이는 오십대? 반백의 짧은 머리. 그가 우리가 앉아 있는 곳까지 다가왔을 때 그의 이목구비가 또렷하게 눈에 들어왔다. 약간 돌출된 입과 긴 인중, 짙은 눈썹과 커다란 눈. 동양과 서양이 경계 없이 적당히 버무려진 얼굴이었다. 호리호리한 몸과 달리 강렬한 시선은 거칠고 야성적으로 보였다.

동수 선배가 반갑게 그를 알은체했다. 반바지와 반팔 티셔츠 밖으로 드러난 그의 팔다리에 온통 문신이 새겨져 있었다. 문신은 알파벳으로 새겨진 길거나 짧은 문장들이었다. 피부가 늘어진 곳에 새겨진 문신은 지우개로 드문드문 지워버린 문장처럼 흐릿했다. 그의 종아리와 팔 근육이 움직일 때마다 활자들이 꿈틀거렸다.

"헤이, 피터."

선배가 반갑게 그의 이름을 불렀다. 그리고 나를 친구라고 남자에게 소개했다. 나는 자리에서 일어섰다. 그가 손을 내밀며 악수를 청했다. 한 팔로 내 어깨를 감싸며 반갑게 나를 포옹했다. 그의 몸에서 오래된 책 냄새 같은 게 물씬 풍기다 사라졌다. 다락방의 무겁고 짙은 냄새가 떠올랐다. 한곳에 오래 머문 사물들이 뿜어내는 냄새처럼 깊고 강렬했다. 아마도 그와의 첫 만남은 냄새로 기억될 것이다.

피터는 중국, 포르투갈 그리고 일본과 독일계 피가 흐르는 이민 4세라고 자신을 소개했다. 섬세하면서도 투박하고 단정하면서도 자유로워 보이는 그의 얼굴에 대륙과 섬이 다 담겨 있었다. 많은 민족의 피가 섞인 종합예술의 결과가 자신이라고 그가 말했다. 나는 쉽게 납득이 가지 않았는데 생각할수록 멋진 말 같았다.

"아, 이거? 마이 스토리."

내가 그의 문신에서 눈을 떼지 못하자 그가 웃으며 말했다.

"이야기를 몸에 새기는 남자라고?"

나는 그를 다시 쳐다보며 흥미로운 눈초리로 말했다. 아무렇게나 받쳐 입은 헐렁한 빨간색 티셔츠와 카키색 반바지 차림의 모습은 소년 같으면서도 한 세상을 다 여행하고 돌아온 노인처럼 보였다. 웃을 때마다 선명해지는 눈가의 굵은 주름들이 적어도 나와 선배보다는 한참 위인 것 같았는데 강렬한 태양 아래 오래 살다 보면 청년들도 그렇게 변할 것이다.

선배가 나의 호기심을 눈치챘는지 그에게 나이를 물었다.

"하나, 둘, 셋……."

피터가 손가락을 하나둘 능청맞게 구부리더니 머리를 긁적였다.

"몰라. 몰라."

간단한 한국어는 선배에게 배웠다고 했다.

나는 피터에게 공원의 주인처럼 보인다고 말했다. 마치 대저택에 사는 사람이 정원을 활보하듯 걸어와 손님을 맞이하는 것처럼 보인다고.

"홈리스. 홈리스."

피터는 '한국식' 영어 발음으로 자신을 가리켰다. 그가 잠을 자는 곳이라며 손가락으로 한쪽 구석을 가리킬 때까지도 나는 그가 농담을 하고 있다고 생각했다. 공원 한쪽 모퉁이에 주차장으로 내려가는 계단이 있는 곳이었다. 마트에서 쓰는 카트에 자질구레한 것들이 잔뜩 실려 있는 것이 눈에 들어왔다. 카트 아래 뭔가 꿈틀거리고 있었다. 푸들과 말티즈 혼혈처럼 보이는 개가 우리를 향해 고개를 들고 있었다. 피터가 휘파람을 불자 꼬리를 오래 흔들었다. 피터는 공원에서 밥도 먹고 잠도 자고 친구도 만나고 개도 키우는, 개가 있는 노숙자였다.

피터가 나에게 "여행하는 중"이냐고 불쑥 물었을 때, 나는 조르바가 떠올랐다. 그것은 소설의 '나'가 조르바를 처음 대면했을 때 던진 질문과 같았다. 피터는 '산투르'라는 악기가 담긴 보따리를 끼고 있는 대신 옆구리에 두툼한 책 한 권을 끼고 있었다. 영화 〈조르바〉에 등장하는 앤서니 퀸의 모습과 어쩐지 닮은 것 같았는데 나의 시선을 빼앗은 것은 엉뚱하게도 손가락처럼 긴 발가락이었다. 슬리퍼 밖으로 삐져나온 짙은 구릿빛 발. 지상의 모든 흙을 한 번쯤 다 밟아본 것처럼 거칠고 건조해 보였다. 고목의 뿌리가 흙을 뚫고 나와 발이 된 것 같았다. 발만 보면 일흔쯤 되어 보였지만 건강해 보이는 구릿빛 두 다리는 그를 끌고 어디든 자유롭게 다닐 것처럼 신뢰가 갔다.

피터는 끼고 있던 책을 깔고 앉았다. 표지가 누렇게 바랜 책이었다. 내가 손가락으로 가리키며 무슨 책을 읽고 있느냐고 물었다. 그가 깔고 앉은 책을 꺼내 들었다. 표지 상단 부분이 찢겨져 있었다. 굵은 고딕체로 쓴 제목이 내 눈에 들어왔다. 'Zorba the Gre……'. 믿기지 않는 우연이었다. 아무 책장을 펼쳐 읽을 때마다 매력적인 문장으로 가득했던 책. 그 어떤 소설 속에서도 조르바를 따라잡을 만큼 매력적인 주인공을 나는 여태껏 보지 못했다. 그런데 그 책을 지금 피터가 더러운 엉덩이로 깔고 앉았다.

그는 깔고 앉았던 책의 어느 한 페이지를 펼치더니 진지한 목소리로 한 대목을 읽어 내려갔다.

"'나는 아무것도 두려워하지 않는다. 나는 자유다.' 그 대목 같은데?"

내가 선배에게 물었다. 그가 고개를 끄덕였다.

"그런데 왜 저자가 인상을 저렇게 구겨?"

"자기 소설에 나오는 어떤 구절과 너무도 닮았대. 자기는 결코 『조르바』를 읽고 쓴 적이 없었대. 가끔 하는 말이야."

"소설가야? 가끔이라니? 표절피해증?"

나는 생각나는 대로 질문을 던졌다.

우리 셋은 그늘을 찾아 앉았다. 면도도 안 하고 나왔는데, 셋 중에 내가 가장 깔끔해 보였다. 하얀 팔뚝과 종아리는 병약해 보일 정도였다.

나는 피터의 오른쪽 손목에서부터 시작되는 짧은 문장의 문신에서 눈을 떼지 못했다. 피터가 팔을 내밀더니 늘어진 피부를 당기며 천천히 내게 읽어주었다. 선배는 이미 그 문장을 외우고 있는 사람처럼 유려하게 번역해 들려주었다.

마지막 남은 자의 선택은 옳고 그름의 문제가 아니라 언제나 최선만이 있을 뿐이다.

피터는 자신의 소설에 나오는 문장이라고 했다. 선배의 설명에 의하면 이 세상에 남겨진 마지막 인간은 어쩔 수 없이 어떤 선택을 하기에 이를 것이고, 그 선택은 어떤 것이든지 최선이기에 존중받아 마땅하지만 언제나 옳은 결과를 만드는 건 아니라는 말이라고 했다. 마지막 남은 자가 꼭 지구에 남은 마지막 생존자를 일컫는 말도 아니라고도 했다. '마지막'이라는 말은 살아 있는 모든 인간들에게 한 번쯤 절박하게 찾아오는 그 어떤 순간이라고. 그러니 최선만이 있을 뿐이라는 말 같았다.

피터의 말을 들으며 무언가 내 머릿속을 빠르게 스쳐 지나갔다. 각자의 이야기를 품고 살아가고 있는 우리의 모습이었다. 나는 아

끼던 책을 팔았고, 영조는 떠나갔으며, 아버지는 오래 살던 옛집
을 정리했다. 후배 민은 힘든 가족사를 한 권의 소설책으로 엮고
어디론가 훌쩍 가버렸고 가족과 떨어져 유인원 같은 모습으로 살
아가는 203호 남자의 문 앞에는 오늘도 신문이 쌓여 있을 것만 같
았다. 동수 선배와 그의 어머니도 모두 내가 맞이하는 순간들 속
에 꿈틀대는 또 다른 나인 것만 같았다. 모두 최선이라는 시간을
향해 살고 있었다.

"그런데 왜 새겼어요?"

내가 물었다.

"나는 고독한 에고이스트니까."

자신이 쓴 문장들과 운명을 같이하겠다는 말처럼 들렸다. 나는
단 한 번도 그런 마음을 품고 글을 써본 적이 없었다. 부러움보다
부끄러움이 앞섰다. 아직 끝까지 가보지 못했다는 자괴감이 함께
일었다. 그것이 소실이든 사랑이든.

"자기가 쓴 문장이 영원히 사라지지 않길 바라는 염원 같은
것?"

점점 더 흥미로웠다. 나는 피터의 오른쪽 팔꿈치를 자세히 들여
다보았다. 정성스럽게 새긴 긴 문장이 팔꿈치 둘레를 둥글게 감싸
며 작은 원을 그리면서 돌돌 말려 있었다. 팔목에 새겨진 문장보
다 좀 더 선명했다. 나는 그것들을 천천히 읽어 내려가며 뜻을 헤
아려보았다.

Although plants bud in the spring, the seeds of
childish and innocent I sowed have not germinated
yet.

초록이 움트는 봄인데, 내가 뿌린 천진함과 순수의 씨는 아
직 싹트지 않았다.

"이것도 당신 소설에 나오는 문장인가요? 당신의 얘기를 듣고
싶어요. 몸에 새겨진 글을 다 읽고 싶다고요."

나는 흥분한 사람처럼 말했다. 나에게 얼마나 머물거냐고 피터
가 물었다. 일주일 일정으로 왔다고 말했다.

"너무 짧아! 한 인간의 생을 겨우 일주일 안에?"

피터가 과장되게 고개를 저으며 호탕하게 웃었다.

피터가 선배의 어깨를 툭 치더니 손을 내밀었다. 선배가 지갑에
서 10달러짜리 한 장을 꺼내 건넸다. 피터가 백팩을 둘러메고 일
어섰다.

"벌써 가는 거야?"

나는 그가 혹시 내 말에 불쾌감을 느꼈는지 궁금해 선배에게
물었다.

"손님 왔다고 맥주라도 사 오겠다네."

"자주 교류하는 친구야? 선배는 문신 다 봤어? 참 독특한 사람
이네."

"교류는……. 자주 마주치는 정도야. 팔과 다리에 있는 건 봤지."

"등에도 있을 거 아냐?"

책의 한 페이지가 등에 가득 새겨져 있을 것 같았다. 한 인간의 몸과 함께 사라질 문장들이었다.

"쟤 안 올지 몰라."

"무슨 말이야?"

"가끔 맥주 사 올 테니 돈 달라고 하는데 그 돈 갖고 뭘 하는지 안 올 때도 많아."

"그럼 알면서도 준단 말이야? 돈을?"

마약이라도 사면 어쩌려고? 나는 그렇게 물으려다 말았다.

"가끔 정말 맥주를 사 들고 오기도 하니까."

선배는 누워서 두 팔을 머리 아래 넣고 눈을 지그시 감았다. 만사가 귀찮다는 표정이었다.

"그런데 정말 소설가야? 정말 자기 문장이야? 소설책 제목은 뭐야? 한국에도 번역됐나?"

나는 궁금함을 억누르지 못하고 물었다. 동수 선배의 대답은 둘이었다. 예스와 노. 어떤 것이 예스고 어떤 것이 노인지 몰랐다. 어떤 것이 노이고 어떤 것이 예스라도 상관없다는 말처럼 들렸다.

"좀 쉬면서 이 섬에서 우리가 뭘 하며 지낼까 생각해보자."

종일 볕을 골고루 받은 잔디밭은 따뜻했다. 따뜻한 습기가 등짝에 전해져왔다. 건식사우나에 들어와 누워 있는 기분이었다. 누워서 보는 푸른 하늘이라니. 오랜만이라는 생각이 들었다. 미풍이 간지럽게 얼굴을 쓰다듬었다. 낙원. 노숙자와 개가 살고 있는 낙원. 피터가 무슨 연유로 노숙자가 되었는지 모르지만, 나는 무거운 생각에 빠지고 싶지 않았다. 조이고 당겨진 감각과 신경이 맥없이 풀리며 편안해졌다. 원시적인 공간과 시간 속을 유유히 떠도는 것 같았다. 나를 구속하고 있는 것들이 느슨하게 풀린 것만 같았다. 자유라는 것일까. 영조도 잘 있겠지. 멀리에서.

선배도 편안한 모습으로 눈을 감고 있었다. 이런 안락함 때문에 이 섬에 머무는 것일까. 이미 그는 이런 안락함이 주는 게으름에 익숙한 사람이 되어버린 듯했다.

그 밤의
독서

영조는 오늘따라 많은 사진과 긴 글을 페이스북에 남겼다. 와락
반가운 마음이 들었다. 그녀가 안정을 되찾아가는 거라고 여기고
싶었다. 같이 있을 때보다 그녀를 더 깊게 느낄 수 있었다. 서로의
일상을 여전히 공유하고 있으니 이별조차도 완벽하지 못한 세상
에 살고 있다는 생각이 들었지만 감사할 일이었다.

　유적지 근처 작은 마을을 담은 사진들이었다. 모든 것이 정지되
어 있는 것처럼 고요하고 수상해 보였다. 푸른 하늘 아래 탑들이
빼곡했다. 누군가는 탑이 기원의 산물이라고 하지만 사진으로 본
그곳은 황량했다. 벽은 무너지고 탑들은 부서져 있었다. 무너진
탑 위로 나무가 뿌리를 뻗고 있었고 벽돌 틈으로 풀들이 무성했
다. 부처는 얼굴과 어깨 반이 부서진 채로 겨우 가부좌를 틀고 있
었다. 그녀의 내면을 담은 사진들을 보고 있는 기분이 들었다. 폐

허의 공간 속에서 그녀가 마주친 것들은 상실감이었을 것이다. 우리가 함께했던 시간마저도 사라졌다는.

사진은 더 있었다. 성수기가 지난 관광지처럼 문 닫은 상점이 늘어선 골목 시장. 연극이 끝난 무대 세트처럼 스산해 보였다. 폐허의 공간 속에서도 어린아이들이 뛰놀고 있었다. 아이들을 지켜보는 젊은 엄마들은 먼 곳에서 온 사람처럼 신비해 보였고 그 얼굴 위로 나도 모르게 영조의 얼굴이 겹쳐졌다. 낡고 오래된 것들 사이에 생뚱맞을 정도로 깨끗한 하얀색 탑들과 금가루를 묻혀놓은 듯한 번쩍번쩍한 탑들은 공장에서 바로 찍어낸 것처럼 매끈해 플라스틱 장난감 같았다.

그것은 모두 시간의 얼굴들이었다. 영조는 서울과 멀리 떨어진 그곳에서 흘러간 시간과 다가올 시간을 함께 보고 있는 것 같았다. 영조가 셔터를 누르던 순간의 마음도 그랬을 것이다. 상실감이 자리한 곳에 새로운 것들을 받아들이는 사람처럼. 굳이 과거 현재 미래라고 말하지 않아도 좋을 것들이었다.

나는 그녀의 페이스북에 올라온 긴 글을 모두 읽고 깜박 잠이 들었다. 깨어 보니 새벽 두시가 되어가고 있었다. 여전히 잠이 오지 않았다. 영조의 또 다른 글이 페이스북에 올라와 있었다. '그밤의 독서'라는 제목의 글이었다. 읽다가 나는 눈가를 적시고 말았다.

밤마다 빛나는 문장 하나씩 빚었는데

나는 책을 버리기로 했네
글의 뿌리를 뽑아버리기 위해

뽑아도 뽑아도 안 뽑아지는 게 있네
버려도 버려도 안 버려지는 게 있네
우리가 손때 묻히며 밑줄을 그었던 그 밤들이
뱀처럼 내 목을 쓰다듬던 서늘한 그 문장들이

그래도 나는 다시 돌아가지 않으리
그 밤의 연인으로
그 밤의 독서로

검정,
소년
그리고 구원

피터의 몸에 새겨진 글과 간밤에 영조의 페이스북에 올라온 글이
나를 다시 깨우는 아침이었다.

나는 선배에게 피터에 대해 물었다.

"도서관에서 처음 만났어. 그 어떤 것을 해도 불안하고 초조하
고 무기력해졌을 때였어. 남들은 아름답다고 하는 이곳이 난 불편
하고 싫었거든. 청춘을 고스란히 받쳐 소설에 미쳤던 내가 타국
에서 과연 무엇을 할 수 있을까. 한창 그런 고민을 하고 있을 때였
어."

선배는 말에 굶주린 사람 같았다. 자신의 얘기를 누군가 들어주
길 간곡히 기다려온 사람 같았다. 나는 어느 순간부터 그의 말을
들으며 동시에 손으로 받아 쓰고 있는 느낌이 들었다.

동수 선배의 이야기는 3인칭으로 떠돌며 내 귓속을 파고들었다.

동수는 걸으면서 생각했다.

'도대체 왜 나는 이곳에 있지? 왜 이곳이지?'

동수는 한국을 완전히 떠난 것도, 그렇다고 이곳에 정착한 것도 아닌 어느 중간 지점에 몸을 걸치고 있다고 느꼈다. 몸이 길게 늘어져 마치 손끝은 부산 어디쯤에 닿아 있고 발끝은 이 섬 어딘가에 겨우 걸치고 있는. 그는 길게 늘어진 자신의 몸을 상상하며 걸었다. 몸통은 이미 태평양 어디쯤에서 고기밥이 되었을지도 모를 일이었다. 남은 것은 팔과 다리뿐. 불안은 그곳으로부터 온 것 같았다.

동수는 볕이 잘 드는 창가에 앉았다. 언제부턴가 도서관에서 뜻 모를 책을 뒤적이는 게 일과가 되었다. 가끔 기증자, 또는 전 주인의 흔적이 남아 있는 책들을 발견할 때도 있었다. 연인의 모습이 만화처럼 그려진 로맨스 소설 첫 장에는 격정적인 손 글씨로 써 내려간 짧은 메시지와 함께 붉은 립스틱 자국이 선명했다.

도서관에는 모두 열두 대의 공용 컴퓨터가 있었다. 한참 기다려야 순서가 왔다. 다음 사용자를 위해 두 개의 대기의자가 놓여 있었는데, 늘 빈 가방이 놓여 있거나 기다리는 사람이 있었다. 그나마 유선 인터넷이라도 된다는 게 다행이었다. 동수는 어느 날 짧은 기다림 끝에 컴퓨터 앞에 앉았다. 집중은 오래가지 못했다. 역겨운 냄새 때문에 속이 울렁거렸다. 눅눅하게 썩은 걸레 냄새. 방금 자리에서 일어난 행색이 초라한 남자의 뒤끝 때문이었다. 털이 무성한 남자의 손에 여러 개의 검은 비닐봉지가 커다란 포도송이처럼 축 늘어져 들려 있었다. 동물의 사체일까. 섬뜩하고 더러웠다. 세균덩어리. 동수는 자판기를 두드리던 손가락을 바지에 대고 세게 문질렀다. 자판기에 남자의 끈끈한 체액이 묻어 있는 것만 같았다. 결국 참지 못하고 의자를 박차고 일어섰다. 의자가 바닥에 끌리는 소리가 끼익, 하며 정적을 깼다. 자리를 완전히 벗어나기도 전에 그가 앉았던 의자에 누군가 커다란 백팩을 턱 내려놓았다. 순서를 기다리고 있던 다른 남자였다. 살이 몹시 쪄 의자가 부서져 내릴 것처럼 작아 보였다.

화장실 문 앞에 어떤 남자가 엉거주춤한 자세로 서 있었다. 투명 비닐장갑을 끼고 종이로 책상과 걸상을 계속 닦기만 하고 앉지도 못하는 신경증 남자였다. 그는 화장실 입구에서 손잡이가 더럽다며 거의 울 것 같은 표정으로 서 있었다. 동수는 눈을 질끈 감았다 떴다. 구제불능 신경증 환자들 같으니라고. 동수는 화장실 문을 밀치고 들어갔다.

화장실 안에는 더 놀라운 광경이 동수를 기다리고 있었다. 남자가 상의를 벗고 등을 돌린 채 물수건으로 몸을 닦고 있었다. 헛기침을 하며 돌아서 나가려고 몸을 돌리려는데 남자가 괜찮다고 했다. 남자가 급히 와이셔츠를 걸쳐 입었다. 등과 팔에 새겨진 검푸른 문신이 와이셔츠 안으로 사라졌다. 마주 보니 안면이 있는 남자였다. 이름이 피터라고 했다. 언젠가 도서관 밖에서 담배를 태우며 인사를 나눈 적이 있었다.

"그래, 피터."

동수는 머리를 탁 치며 기억난다고 말했다.

피터. 늘 도서관에 오는 남자. 키가 호리호리하고 눈빛이 강렬해 여느 노숙자들과는 좀 달랐다. 피터는 규칙적인 시간에 와서 규칙적인 시간에 도서관을 떠나는 사람 가운데 한 명이었다.

화장실에서 나왔을 때 피터는 이미 사라지고 없었다. 동수는 손을 씻다가 물비누 통 위에서 도서관 열람카드를 하나 발견했다. 피터의 것일까?

Samuel Anderson Bradley.

피터의 이름이 아니었다.

열람증에 적힌 이름을 조회해보았다. 단순한 호기심 같은 거였다. 동수는 두 번 놀랐다. 열람증에 저장된 사진의 얼굴이 방금 화장실에서 마주친 피터라는 것과 대여한 책들의 목록이 어마어마하게 길었기 때문이다.

에밀 졸라, 사샤 소콜로프, 존 밀턴, 모니카 마론, 아르튀르 랭보, 이노우에 야스시, 블라디미르 나보코프, 시도니 가브리엘 콜레트, 윌리엄 포크너, 다자이 오사무, 슈테판 츠바이크, 조지프 러디어드 키플링, 나쓰메 소세키, 하인리히 뵐, 조지 오웰, 필립 로스, 미하일 레르몬토프, 스콧 피츠제럴드, 제임스 조이스……

동수는 마른침을 꿀꺽 삼켰다. 거리에서 마주치는 흔한 노숙자와 다르다고는 느꼈지만 문학에 관심을 두고 있는 사람이라고는 생각하지 못했다. 더군다나 그의 의식의 한 부분을 관통하고 지나간 작가들의 책들을 피터가 좋아하리라고는 꿈에도 생각하지 못한 일이었다. 그리고 계속 반복적으로 대여한 특정 작가의 작품들도 그의 취향과 비슷했다.

"아직 읽지 않은 것들이 너무나 많아. 아직 펼쳐보지도 못한 책들이……. 그러니 그 열람증은 다시 내게 주시게."

동수는 흠칫 놀라 뒤돌아보았다. 피터였다. 둘은 도서관 밖으로 나왔다.

"당신은 뭐 하는 사람입니까?"

"나는 책을 읽고 사색하는 사람이오."

"쓰기도 합니까?"

"……한때는요."

"그렇군요."

"왜 더 이상 안 쓰나요?"

"흠……. 굳이 이유를 대자면, 색깔을 잃었어요. 너무도 많은 것들이 내 안에 있기 때문이에요. 그것들은 섞이거나 물들지요. 검게 더 검게 변할 뿐이에요. 사람들은 검정색을 꺼려 해요! 탁하고 우울하니까요. 어리석은 사람들이죠. 모든 것은 검은색으로부터 나온다는 걸 사람들은 잊곤 하죠!"

"그러니까 당신은, 음……. 미래의 소설가 같은 변명을 하시는군요. 더 이상 쓰지 못하는 이유가 그럴듯해요. 피터라는 이름이 당신과 잘 어울린다는 생각이 들어요. 당신 안의 소년 속으로 숨어버릴 수 있으니까."

그의 말을 듣고 피터가 잠시, 그러나 진지하게 동수를 바라보았다. 그리고 마치 반가운 옛 친구를 만난 사람처럼 씩 웃었다.

"나는 소년처럼 살 생각이오. 내 안에 살아 있는 소년을 버리지 않는 것. 그것만이 구원이오. 그런데 5달러 있소?"

"왜 돈이 필요하죠?"

"흠…… 내가 알고 있는 것은 단둘. 나는 지금 배가 고플 뿐이고, 무료 급식소까지는 너무 멀어 귀찮다는 것뿐이오."

"굳이 내가 줘야 할 이유는?"

"친구는 친구의 배고픔을 내버려두지 않으리라는 믿음 때문이오."

동수는 열람증과 함께 5달러를 피터에게 내밀었다.

동수는 돌아서며 서울중앙도서관 구내식당에서 자주 마주쳤던 어느 모녀를 떠올렸다. 같은 옷을 입고, 같은 시간, 같은 창가 쪽 의자에 앉아 밥을 먹곤 했다. 왜소한 체격과 달리 음식은 넘쳐날 만큼 수북하게 가져왔다. 한 끼에 두 끼니를 해결하는 사람들 같았다. 그들은 자신들이 결코 밥을 먹기 위해 도서관에 온 게 아니라는 듯 책 두어 권을 옆에 쌓아놓고 펼쳐 보며 밥을 먹었다. 관자놀이가 꿈틀거릴 만큼 그들은 밥을 꼭꼭 씹어 먹었다. 언젠가 그는 모녀가 정말 매일 오는지 확인하고 싶어졌고, 덕분에 일주일 내내 도서관을 간 적이 있었는데 하루도 거르지 않고 그들과 마주쳤다.

동수는 피터라는 사람이 있어 도서관이 지루하지 않을 거라는 생각이 들었다.

　여기쯤에서 동수 선배는 말을 멈췄다.

　나는 어떤 식으로든지, 선배의 이야기 속에서 소설가로 살아
가고 있는 사람의 과거, 현재, 미래의 모습을 모두 엿본 것 같았
다. 자신의 상처에 발목을 잡혀 한 발짝도 앞으로 나아가지 못하
는 동수 선배는 과거의 어느 시간 속에 갇혀 있는 것처럼 여겨졌
다. 미리 예단하고 움츠러든 피터는 소설가로 살아가는 불안한 미
래의 얼굴 같았고, 소설을 온전히 쓰지도 완벽히 버리지도 못하는
내 모습은 고민하는 소설가의 현재 같았다.
　"앞선 작가들은 바로 그 지점에서 다시 쓰기 시작했잖아. 그 바
닥을 치고 올라와⋯⋯."
　말꼬리가 저절로 내려갔다. 지금부터라도 독기를 품고 쓰라는
말을 차마 나는 할 수 없었다. 소설 쓰며 일하고, 일하며 소설 쓰
는, 일일 노동자 같은 삶이 그래도 내게 유일한 위로라고 여겼던
건 내 스스로에게 거는 최면이나 어쩌면 위선은 아니었는지 모를
일이었다.
　소설 쓰는 삶. 나는 정말 괜찮은 걸까.
　날카로운 질문들이 솟구쳤다.
　그럼에도 불구하고 내 입에서 생각지도 않게 이런 말이 튀어나
왔다.

124

"소설가가 소설을 쓰지 않는 건 직무 유기야. 선배가 등단하지 않고 다른 누군가가 등단했다면 그 누군가도 이렇게 쓰지 않고 있었을까? 그러니 그 사람을 생각해서라도 써. 적어도 선배 때문에 소설가가 되지 못한 그 1인을 위해서라도."

"난 못 쓰는 게 아니고…… 안 써. 스스로 접었다고."

"소설가는 세상을 앓고 있는 사람이야. 그리고 그 아픔을 집요하게 기억하고 추모하고 추적하는 사람이라고. 그 모든 감정이 빚어낸 결과물이 바로 소설이야. 이 말을 누가 해줬는지 알아요? 바로 선배야. 내게 얼마나 감동을 안겨준 말이었는지 모르지? 내게 소설 쓰는 인간에 대한 환상을 심어줬으니 선배는 나한테 사기친 거야."

"그래. 인정한다. 네 말이 맞다면 나도 사기당했으니까. 누구에게 당했는지는 몰라도. 늘 누군가가 환상을 심어줬지."

"환상을 깨지 않는 방법은 단 하나야. 계속 사기를 쳐야겠지."

"이제 그 힘도 없다. 픽션보다 더 센 게 내 앞에 있다는 말이야. 그러니까, 내 말은…… 그 뭐지? 〈세상에 이런 일이〉 같은 티브이 프로그램을 봐. 생생하고 눈물겹고 게다가 감동적이고, 더군다나 그 심오한 은유들. 죽었다 깨어나도 난 그런 인물 못 빚는다. 그들이 내 소설 속 인물들보다 더 감동적이고 재밌어. 게다가 펄펄 살아 있어. 그래서 안 써. 오디션 프로그램에 등장하는 참가자들의 눈물겨운 사투를 보다 보면 내가 너무 쉽게 소설을 대하고 있는 건 아닌지 깊—이— 반성하게 돼. 심지어 수십 년 전에 쓰인 소설들도 내 소설보다 더 모던해. 현재는 정보만 넘쳐나고, 너무도 많은 것들에 가려져 있으니 한 인간의 생애를 온전히 바라다보기 더 힘들어. 그러니 내가 미치지. 차라리 안 써!"

선배는 '깊이'라는 말에 길게 힘을 주었다. 일리 있는 말이기도 했다.

"너도 그런 생각 들 때 있지? 솔직히 말해봐."

"응? ……응."

나도 맥없이 중얼거렸다. 부정할 수 없었다.

낮은 기도 소리 같은 웅얼거림이 들렸다. 선배 어머니의 목소리였
다. 바이올린 선율이 아름다운 찬송가도 흘러나왔다. 시디를 틀어
놓은 것 같았다. 누군가의 기도를 몰래 엿듣고 있자니 무릎이라도
꿇고 싶었다. 창밖은 눈부시게 환하고 이른 시간인데도 볕이 따가
웠다. 햇볕이 그대로 방 안으로 쏟아져 내리고 있었다. 빛바랜 상
본과 기도문들이 벽지처럼 다닥다닥 붙어 있는 방이었다.

나는 침대에 걸터앉아 아련한 심정으로 바깥 풍경을 내다보았
다. 건물 양옆에 두 개의 건물이 마주 보며 서 있고 멀리 맞은편에
세 개의 건물이 시야를 막고 있었다. 그 중간에 작은 공원이 있었
다. 바비큐 시설과 나무로 된 식탁과 파라솔이 보였다. 중앙에 커
다란 둥근 모양의 수영장이 푸른 보름달처럼 눈에 들어왔다. 물살
이 바람에 흔들리는 게 보였다.

기도가 끝난 듯했다. 미사를 벌써 다녀오셨나? 선배 어머니는 아침 여섯시 미사를 보러 매일 성당에 갔다. 일곱시쯤 돌아와 촛불을 켜고 짧은 기도를 바치는 듯했다. 그리고 그녀는 커피를 내리고 빵을 구웠다. 좁은 실내에 빵 굽는 냄새가 퍼질 때쯤 선배는 일어나 티브이를 켰고 전날 한국에서 방영됐던 한국 뉴스가 생방송처럼 흘러나왔다. 그럴 때면 나는 여전히 한국의 어느 도시에 있는 기분이 들었고 주방 어디쯤에서 영조가 "자갸, 밥 먹자" 하고 소리칠 것만 같았다.

빵 굽는 냄새가 방까지 흘러들어왔다. 나는 침대를 대강 정리하고 거실로 나갔다. 선배가 몸을 웅크리고 자는 모습이 눈에 들어왔다. 아무리 내가 손님이라도 혼자 방을 차지하고 있다는 게 미안했다. 인기척을 느꼈는지 주방에 있던 선배 어머니가 뒤를 돌아보았다. 그녀는 작은 목소리로 "굿모닝" 하며 환하게 웃었다. 선배를 깨우라고 손짓했다. 나는 그를 깨우려고 다가가다 우연히 성모상 앞에 놓인 사진을 보며 걸음을 멈췄다. 그리고 다가가 사진을 집어 들었다. 사진 끝이 낡았다. 하복을 입은 남자 중학생 사진이었다. 몸이 한쪽으로 기울어 있었다. 체형은 왜소했지만 이목구비가 반듯했다. 나이가 들어도 평생 소년으로 남아 있을 것만 같은 풋풋함이 느껴지는 미소. 선배의 모습과 많이 닮았지만 동수 선배가 아니었다. 선배가 말했던, 실종된 그의 형 같았다. 나는 사진을 오래 들여다보다 무심코 사진을 뒤집어 뒷면을 보았다.

영수야. 기다릴게. 엄마가 매일 기도할게.

글씨체가 몹시 흔들려 있었다. 언어의 무늬가 슬픔처럼 찰랑거
렸다.

도서관
옆
보리수

월요일 아침. 나는 걸어서 도서관으로 갔다. 초등학교 운동장만
큼 넓은 도서관 뜰의 잔디가 푸르렀다. 길 건너편 교회에서 동양
인 부부가 결혼식 화보 촬영을 하고 있었다. 신랑이 신부의 등 뒤
에서 얼굴만 내밀고 있는 모습을 찍고 있었다. 사진사가 일본말로
뭐라고 계속 소리치며 플래시를 터트렸다. 상반신만 찍는지 신랑
의 짧은 반바지와 슬리퍼가 우스꽝스러웠다.

　잔디를 깎는 기계 소리가 정적을 깼다. 막 베어낸 풀들이 사방
으로 흩어졌다. 수분을 머금은 풀 냄새가 대기를 살짝 건드리며
사라졌다. 붉은 꽃이 다닥다닥 피어 있는 나무들 곁을 지났다. 잎
없이 핀 꽃들은 빨강의 빨강이라고 불러도 좋을 만큼 핏빛이었다.
붉은 꽃잎들을 헤집고 갑자기 푸드덕거리는 소리가 났다. 온통 가
슴이 노란 새들이 나무에서 튀어 올라 한 방향으로 무리 지어 날

아갔다. 한 무더기의 노란 꽃이 흩어지는 것 같았다. 불순물이 섞이지 않은 원색의 조화였다. 아름다움의 정점을 찍은 것들이 모여 이 섬을 이루고 있는 것 같았다.

"아름다운 것들이 정말 많구나!"

나도 모르게 소리쳤다. 감탄이 아니라 한탄이었다. 아름다운 것들이 너무도 많아 내 앞에 선 나무가 어느 정도 아름다운지 가늠할 수 없을 정도였다. 너무도 많은 나무와 너무도 많은 새와 너무도 많은 무지개와 풀과 꽃. 그것들은 각자의 고유함만으로도 눈부셨고 비교 대상이 없는 존재 같았다. 그리고 그것들은 어디선가 계속 자라나는 것만 같았다. 고드름이나 종유석처럼 뭔가 계속 증식하고 있는 섬에 온 것 같은 기분이 들었다. 언젠가 이 섬을 떠올릴 때마다 무한 증식이라는 말도 함께 기억해야 할 것처럼.

도서관 개관은 열시였다. 아침인데도 땀이 비 오듯 등을 타고 흘러내렸다. 도서관 입구는 이미 사람들로 북적거렸다. 북세일이라도 하는 걸까. 내 생각이 틀렸다. 다운타운 곳곳에서 모여든 노숙자들이 도서관 문이 열리기만을 기다리고 있었다. 더럽고 냄새나는 가방들이 주인을 대신해 길게 줄을 서고 있었다. 가방 주위에 파리가 모여들었다.

노숙자 남자 하나가 유리문 앞에 머리를 바짝 들이대며 안을 들여다보고 있었다. 머리카락은 거친 나뭇잎처럼 듬성듬성 겨우 붙어 있었고 웃통은 벗은 채였으며 바지는 허리춤에서 흘러내려

엉덩이에 걸쳐 있었다. 두 엉덩이가 나뉘는 부분이 시커멓고 더러웠다. 그가 손이나 머리를 움직거릴 때마다 오래된 음식물 쓰레기 같은 냄새가 났다. 경비원이 오픈 시간을 기다리며 유리문 안쪽에서 서성거리고 있었다. 남자 노숙자가 유리문을 두드리며 열라고 고함쳤다. 이 분 전 열시였다. 경비원은 그런 일은 한두 번 겪어본 것이 아니라는 듯 눈길도 주지 않았다. 그는 정각 열시에 문을 열어주었다.

실내에 들어서자 서늘한 에어컨 바람이 뒷목에 닿았다. 잔디밭에 누워 있던 남자 노숙자 한 명은 백팩과 담요 하나를 챙겨 들고 어슬렁거리며 도서관으로 들어섰다. 그는 의자를 찾아 앉으며 흡족한 표정을 지었다. 이용자 대부분이 노숙자이거나 중독자 같았다. 느린 발걸음, 길게 자란 수염, 희망 없는 눈동자. 도서관 점령자들. 징그러운 괴물들. 그런데도 누구도 그들을 제지하거나 불편한 눈길을 보내는 사람은 없었다.

나는 낯익은 곳을 둘러보듯 실내를 천천히 훑어보았다. 천장은 높고 자연 채광이 실내로 그대로 쏟아져 들어와 환했다. 실내 양쪽에 이층으로 오르는 계단이 있었다. 선배 말대로 전체적으로 아늑하고 고풍스러운 느낌을 자아냈다. 북적대는 시내 한복판에 이토록 고요한 곳이 있었다니. 놀라웠다.

놀라움은 잠깐. 땀이 밴 운동화 같은 냄새가 후각을 파고들었다. 기리의 냄새를 온몸에 묻히고 들어온 노숙자들이 책 냄새를 밀어내고 도서관을 장악하고 있었다. 죽은 작가들이 남겨놓은 고

전들도 살아 있는 노숙자들의 악취에 맥을 못 추고 있었다. 뭔가 조금 뜨악한 한편 유쾌한 기분이 들었다.

이층에 있는 오디오룸 앞에 영화 포스터와 상영 시간 안내문이 붙어 있었다. 오래된 영화였지만 할리우드를 떠들썩하게 했던 영화라는 게 기억났다. 포스터를 물끄러미 바라보던 어느 남자가 사서에게 다가가 상영 시간을 물었다. 사서는 입구에 붙어 있는 포스터를 손으로 가리켰다. 질문을 하는 사람이 한둘이 아니라는 표정이었다. 남자는 직접 말해달라고 고집을 피웠다. 사서는 컴퓨터 화면을 응시하던 시선을 거두고 다시 포스터를 가리켰다. 남자가 느린 발걸음을 뗐다. 사서의 테이블로 더 가까이 다가가 되물었다. 사서는 남자를 보지도 않고 고개를 흔들었다. 남자는 사서의 반응에 잃었던 전의를 되찾은 사람처럼 목소리를 높였다.

"몇 시냐고요!"

나라도 그에게 다가가 알려줘야 하지 않을까. 잠시 그런 생각이 들 정도였다. 남자는 당장 들어가고 싶다고 말했다. 사서는 영화 시작 오 분 전부터 입장이 가능하다는 입장을 고수했다.

나는 둘의 실랑이를 뒤로하고 일층으로 내려왔다. 유리문을 열고 정원을 가로질러 조금 넓은 홀에 이르렀다. 실내 테이블에 앉아 있는 대부분의 사람들은, 여전히 노숙자처럼 보였지만 정원 근처 테라스에 앉아 있는 사람들과 조금 달랐다. 그들은 전자기기 하나쯤은 지니고 있는 사람들이었다. 예를 들어, 노트북컴퓨터나 아이패드, 스마트폰 심지어 전기면도기 같은 것들. 같은 노숙자들로 보이는데 자세히 보면 조금 달랐다. 그건 빈부의 차이라고 말할 수도 있었다. 이미 빈곤한 자들에게 어울리는 표현은 아니지만, 빈곤한 자들 사이에 나타나는 빈곤의 차이는 절대적이어서 오히려 더 극명했다. 전자기기를 가지고 있는 자들도 자세히 보면 다시 나뉘어졌다. 생수병을 들고 마시는 자와 수도꼭지에 입을 들이대고 수돗물을 마시는 자, 발톱에 매니큐어를 칠한 자와 발톱에 때가 낀 자, 신발을 신은 자와 맨발인 자, 등등.

나는 일층 청소년문고 코너에서 겨우 빈자리를 발견했다. 노트북을 연결하기 위해 플러그를 찾았다. 핸드폰, 컴퓨터, 전기면도기, 라디오, 알람시계. 벽에 부착된 플러그마다 충전기가 빼곡하게 꽂혀 있었다. 나는 결국 충전을 포기하고 노숙자들이 도서관에 오는 이유에 대해 생각했다.

① 쾌적하고 시원한 실내 환경—밖은 더우니까!

② 말끔하게 청소된 화장실과 풍족한 화장지와 비누—시설보다 낫겠지? 전자기기 충전도!

③ 인터넷—그들은 소통을 원해!

④ 넘쳐나는 신문과 책—그러나 정작 그것들을 애용하는 사람들은 드물다.

⑤ 규칙적인 생활—도서관은 정시에 개관하고 정시에 폐관한다. 일요일과 공휴일은 쉰다. 불규칙한 생활을 하는 그들에게 규칙적인 '출퇴근'의 형식은 어떤 식으로든지 그들의

정신 건강에 기여할 것이라는 추측이다.

그런데 막상 이렇게 추론하고 보니, 좀 의아해졌다.

특히 5번. 그들에게 정신 건강이란 단어는 얼마나 사치인가. 내가 인간의 의지를 너무 높이 사거나 낭만적인 사고에 갇혀 현실을 바로 보지 못하는 것은 아닌지 모를 일이었다. 게다가 놓친 게 있었다. 4번을 다시 주목할 수밖에 없는 이유가 거기에 있었다. 아이러니하게도, 그들은 책이 주는 가장 커다란 혜택을 누리고 있는 셈이었다. 널브러져 있던 몸을 일으켜 겨우 책들의 집으로 걸어들어온 그들은 아무 구속도 받지 않고 쉬고 씻고 배설하고 충전하고 소통하다 잠시 어디로 갈 것인가 생각에 잠길 것이다. 도서관이었기에 가능했다. 그러므로 책은 읽히지 않아도 존재 자체만으로 인간의 존엄을 위해 충분한 역할을 한 셈이었다. 유쾌한 결론이 아닐 수 없었다. 그들은 도서관 유령처럼 책 사이를 배회하는 조금 퇴행한 인간일 뿐이었다. 그들은 책 벽을 천천히 빠져나오며 문득 행복했던 한순간을 떠올릴지도 모른다. 가령 그림책을 읽던 희미한 유년의 기억일지라도.

에어컨에 오랫동안 노출되었던 몸이 테라스로 나오자 조금씩 따뜻해지기 시작했다. 오후에 있을 세미나에 대한 안내문이 눈에 들어왔다. '현명하게 노후 대책을 세우는 법'에 대한 강의였다. 노후라니. 테라스 뒷벽에 버섯처럼 몸을 붙이고 자고 있는 노숙자들과는 거리가 먼 주제였다. 흙먼지 낀 그들의 발등 위로 햇살이 골고루 내리쬐고 있었다.

자판기에서 생수 한 병을 샀다. 툭, 하고 생수병이 떨어지는 소리에 나른하게 앉아 있던 남자가 눈을 번쩍 떴다. 천천히 몸을 일으켜 세우더니 자판기를 향해 걸어왔다. 자판기 동전 투입구 아래 잔돈이 나오는 구멍으로 손가락을 밀어 넣었다. 동전이 없음을 확인한 그가 나를 힐끗 쳐다보았다. 남은 동전까지 다 챙겨 든 나를 조롱하는 눈빛이었다. 남자의 행동을 지켜보던 노숙자들이 다시 고개를 돌리며 눈을 감았다.

"아이 원트 머니."

남자가 나에게 손을 벌렸다. 맡겨놓은 자신의 돈을 되돌려달라고 말하듯 당당했다. 눈동자가 더러운 물에서 방금 수영을 하고 나온 사람처럼 붉게 충혈되어 있었다. 내가 잠시 머뭇거리자 그 남자와 같이 앉아 있던 여자가 남자를 향해 뭐라고 지껄였다. 겨우 동전 따위나 구걸하느냐며 비아냥거리는 모양이었다. 대꾸하는 남자의 목소리가 점점 커졌다. 여자도 지지 않았다. 괴성이 오가자 경비원이 다가왔다. 남자가 경비원을 향해 삿대질을 했다.

"리스펙트, 리스펙트."

남자 노숙자는 계속 같은 말만 반복했다. 누가 누구를 존중하라는 말인지 알 수 없었지만 도서관에 생기를 불어넣는 존재는 책이 아니라 어쩌면 노숙자들일 거라는 생각에는 변함이 없었다.

도서관 테라스에 다시 정적이 감돌았다. 와이파이가 연결되어 있어 인터넷 연결이 가능했다. 여전히 영조는 아무 소식이 없었다. 페이스북도 조용했다. 그녀의 안부가 걱정되었고 나는 나의 안부를 짧게 적어 그녀의 카톡과 이메일로 보냈다. 「비늘」의 작가 한동수를 만나러 왔다고. 영조는 내가 무슨 말을 하려고 하는지 알 것이다. 내가 뭔가 처음부터 다시 시작해보려고 애쓰고 있다는 것을. 그 '처음'은 영조와 나의 처음이면서도 내 소설의 처음이라는 것을. 내가 아는 그녀는 현명하고 섬세한 영혼의 소유자였으니. 내가, 혹은 우리가 돌고 돌아 만나는 곳이 모든 것의 처음이었던 그 지점이라는 것을 알아채리라.

동수 선배는 내게 꼭 보여주고 싶은 게 있다고 했다. 나무라고 했다.

"나무요?"

"이곳 사람들은 반얀트리라고 부르는데 나는 보리수라고 부르는 게 더 좋더라."

선배는 마치 사랑하는 사람을 소개하듯 말했다. 굳이 도서관 앞에서 만나자고 한 이유를 알 것 같았다.

그가 '반얀'이라고 부른 그 나무는 멀리서 보면 푸른 언덕 같았다. 튼실한 가지들이 잎을 가득 매달고 사방으로 뻗어 있는 초대형 파라솔 같았다. 잔가지들은 주렴처럼 길게 늘어져 비비 꼬인 꽈배기 모양을 한 채 땅에 닿아 있었고 그것들은 또 하나의 나무처럼 땅에서 자라나고 있었다. 가지와 뿌리의 경계가 없는 나무였다. 나무는 거대한 거인처럼 팔을 길게 늘어트리고 어딘가를 향해 뚜벅뚜벅 걸어가고 있는 것만 같았다. 나는 무엇에 홀린 사람처럼 나무 그늘 안으로 빨려 들어가듯 걸어 들어갔다. 신발 바닥이 조금 빠질 만큼 바닥이 질퍽거렸다. 흙냄새를 머금은 따뜻한 습기가 얼굴에 닿았다.

"보리수. 더 정확히 말하자면, 벵골보리수라고 불러야겠지. 보리수, 반얀트리. 모두 'ㅂ'자로 발음되는 건 우연일까. 어찌나 크고 웅장하던지. 처음 봤을 때 깜짝 놀랐다. 저기, 저 열매. 아주 빨갛고 작은 앵두처럼 잎 사이에 꽃처럼 달려 있는 모습도 장관이지."

"정말 징그럽게 크다. 나도 이름만 들어봤지 실제로 보는 건 처음이야. 굉장하네요."

"보리수를 처음 본 날이 기억난다."

선배가 추억에 잠긴 사람처럼 보리수를 올려다보았다.

"어디로 갈까. 이 섬에서 이제 뭘 하며 살까. 겨우, 지금은 겨우라고 말하지만, 그때는 절망적이었어. 컴퓨터를 분실한 날이었으니까. 분노와 절망감에 빠져 돌아다니다 이 나무를 만났어."

"컴퓨터를 잃어버렸다고? 도서관에서? 도둑맞은 거야?"

다른 이도 마찬가지겠지만, 글 쓰는 사람에게, 적어도 나에게는 컴퓨터가 전부였다. 밥이고 눈물이고 피였다. 그곳에 온갖 감정의 찌꺼기까지 쏟아놓았으니 자존심이고 치부였다. 그렇게 소중한 것을 잃어버렸다니.

"어쩌다가……. 거기 소설도 있었을 거 아냐? 다른 데 저장해놨어요?"

선배는 짧게 한숨을 내뱉었다. 어찌 된 일인지 궁금했는데 다음에 얘기하자고 했다. 언급하기조차 싫어하는 기색이었다.

나는 화제를 돌리고 싶었다. 승규 선배 얘기를 불쑥 꺼낸 것도 그런 연유였다.

"아직……. 승규 선배 일 마음에 두고 있어?"

선배가 갑자기 보리수를 올려다보던 눈길을 멈추고 멈칫했다. 왜 이런 곳에서 그런 이야기를 꺼내느냐는 눈빛이었다. 괜한 것을 물었다는 생각이 들었지만 이미 내뱉은 후였다. 힘든 얘기를 피하려다 더 힘든 얘기를 꺼낸 꼴이 되어버렸는지도 모를 일이었다.

선배의 양미간이 팽팽하게 긴장하는 것처럼 찡그려졌다.

"그건 그냥 불행한 일이었어. 문득 선배를 보니까, 승규 선배 일이 떠올랐을 뿐이야."

"그래. 네 말이 맞아. 한마디 덧붙이자면, 비루한 얘기를 쓴 작가가 정말로 비루하게 우리 앞에서 사라진 일이었어. 한마디로 개죽음이지. 난 여기 와서 그 친구의 죽음에 대해 가끔 생각해. 그리고 안타까워. 세상은 내가 없어도 누군가에 의해 지속되지만, 죽음은 개별적인 일회성 경험이니까 끝이라는 말이야. 그다음은 없어. 삶, 죽음. 결국 같은 건데, 그걸 놓치다니. 그래서 그 녀석은 작가도 아니야."

"이유가 있겠지. 오죽하면 그런 선택을 했겠어."

나는 뭔가 이해한다는 듯이 말했다. 웅장하게만 보였던 보리수가 우리 둘을 짓누르는 것만 같았다.

"뭐야, 너 그런 태도?"

내가 무슨 말을 잘못 꺼낸 것일까. 승규 선배에 대한 안타까움이 분노로 바뀌어 내게 쏟아진 것일까. 정말 분노해야 할 사람은 내가 아니던가. 나는 선배의 말투가 몹시 불쾌하게 느껴졌다. 그는 한국을 떠나오던 그때, 그 시간 속에 갇혀 사는 사람 같았고 나는 어떤 식으로든지 그 시간을 지나 변화한 사람이었다.

"내가 지금 소설 얘기하는 거 아니잖아, 선배."

승규 선배의 일은 내가 소설에 대해 깊은 회의를 느낀 첫 번째 사건이었다. 비행기까지 타고 와서 선배랑 이런 얘기를 나누고 있다니. 승규 선배의 영혼이 여기까지 와서 장난질이라도 치는 것만 같았다.

"섣불리 이해하려 들지 마. 삶도 인간도. 신파 같은 휴머니즘으로 나가려면 소설 쓰지 말라고. 지겹고 역겹다고. 그런 사고의 틀. 너 정말 그런 글 쓰려면 관둬. 죽었다 깨어나도 진짜 글 못 쓴다고. 무턱대고 화해로 치닫는 강박, 버리라고. 그건 청소년윤리위원회나 성직자의 몫이야. 이 세상에 빚이라도 졌어? 왜 그토록 세상에 대해 친절을 베풀려고 애쓰지? 얄팍한 감성으로 사람이나 사물을 대하면 촉이 둥글어져. 날카로움을 잃은 펜으로 어떻게 사람들의 심장을 후벼 파는 글을 쓰겠니? 네가 진정한 작가가 되려면 어떤 식으로든지 한 인간의 삶에 대해 끝없이, 집요하게 물고 늘어져야 해. 징그러울 정도로 말이야. 독을 품고. 피를 토하는 심정으로. 그렇게 얻어낸 답으로 한장 한장 써야지. 그런 근성 없이 어떻게 소설을 쓰겠어?"

감정이 북받쳤는지 선배가 숨을 몰아쉬었다.

"선배, 요즘 누가 독을 품고 피를 토하는 심정으로 쓴 소설을 읽겠어요? 그런 책은 출판사에서도 환영 못 받아. 가볍게, 툭툭 써야 해. 가볍게 툭툭 던지는 소설도 안 팔리는 판에. 선배는…… 정말……."

"어설프게 독하게 쓰니까 그렇지. 아주, 아주 완벽하게 독하게 쓰면…… 팔려. 아, 팔린다는 말. 진짜 싫다!"

그가 두 손으로 머리를 벅벅 긁으며 인상을 구겼다.

그날도 여느 때와 다름없이 스터디 모임이 끝나고 술자리가 이어졌다. 나, 동수 선배 그리고 승규 선배, 그렇게 셋이 마지막까지 남게 되었다. 승규 선배가 자신의 암울했던 어린 시절 얘기를 털어놓기 시작했다. 그가 취하기 시작한 거였다. 아버지에게 느낀 살기에 대한 얘기였다. 가끔 안주 삼아 털어놓은 적이 있었는데 그날은 더 강렬하게 들렸다. 얘기를 하는 승규 선배의 표정도 좀 달랐다. 뭔가 더 세밀하고 리얼했다. 아버지가 추락사를 당했다는 얘기는 처음 들었고 조금 놀라웠다. 그가 너무 무분별하게 많이, 두서없이 털어놓은 이야기 탓에 술자리 분위기가 바윗돌을 얹어놓은 듯 가라앉았다. 진실 여부는 둘째치고 유달리 불행한 가족사라는 생각에 함부로 끼어들기도 뭐했다. 극복하지 못한 트라우마를 듣는 건 언제나 우울할 뿐이었다. 세세한 것까지 기억나지는 않는다. 우리 셋은 모두 술에 취해 있었는데 승규 선배는 더 취해서 횡설수설했고 중간에 울기도 했다. 그가 중학생이었을 때의 일이었다. 그 일은 디테일이 살아 있는, 믿을 수밖에 없는 이야기였다. 승규 선배는 난간에 서 있던 아버지를 밀친 사람이 자신이었다고 고백했다. 나는 너무도 놀라 모골이 송연했다. 그는 추락하기 직전의 아버지와 눈이 마주쳤는데 아버지의 눈에서 놀라움과 당혹감이 서리더니 순식간에 붉은 핏줄이 터졌는지 핏물이 흘러내렸다고 했다.

"정말이야?"

동수 선배는 마치 가면을 벗어버린 민얼굴의 범인을 취조하는 눈빛으로 다그쳤다.

"나는 분명 봤다고. 죽음을 예감하는 한 인간의 눈동자를. 두려움에 흔들리는 눈빛을. 원망의 겨를도 없이 내게 고별을 고하는 눈빛을."

승규 선배는 거의 신들린 사람처럼 보였다. 그의 죄의식 속에 싹텄던 환상인지 실제 일어났던 일인지 분명하지 않았지만 나는 술이 확 깨는 기분이었다. 승규 선배가 아버지의 마지막 눈동자를 잊을 수 없다고 말했을 때 너무도 진지하고 낮은 목소리여서 우리는, 아니 적어도 나는 숨이 막혔다. 그의 죄의식이 지독한 병균처럼 내 몸속으로 파고드는 것만 같았다.

"뭐야, 너 소설 쓰다 병난 거냐?"

동수 선배가 그런 말이라도 내뱉지 않았다면 숨쉬기도 불편할 정도의 침묵이 우리를 압도했다.

승규 선배는 남 이야기하듯 히죽거렸다.

"그걸 지켜본 내 동생이 그래서 또라이가 된 거야."

승규 선배가 머리에 대고 손가락을 빙글빙글 그리며 히죽거렸다. 갑자기 동수 선배가 벌떡 일어서더니 승규 선배의 머리를 주먹으로 쳤다.

"미친 새끼."

술자리는 그렇게 끝났고 동수 선배는 승규 선배를 집으로 바래다주겠다며 같이 택시를 타고 사라졌다. 그 둘이 어떤 이야기를 더 나눴는지 나는 모른다. 승규 선배는 그런 일이 있은 며칠 뒤 교통사고를 당했다. 고의로 뛰어들었다는 말과 사고였다는 말이 팽팽하게 대립했다. 그는 결국 회복하지 못했다. 그의 가족들은 가해자가 내민 합의서에 도장을 찍었다. 문우 몇몇이 모여 장례를 치렀다.

승규 선배를 떠나보내고 우리는 그를 애도하는 의미에서 모임을 계속 이어가기로 했다. 소설이고 뭐고 다 때려치우자는 말도 있었지만 우리는 결국 소설로 다시 뭉쳤다. 승규 선배가 없어도 모임을 이어가고 있다는 생각에 우리는 모두 조금 고무되어 있었다. 적어도 그런 감정은 동수 선배의 작품 합평 때까지 이어졌다. 소설은 뜻밖에도 승규 선배의 죽음에 관한 이야기였다.

"그날 술자리 이야기, 안주도 똑같고……. 그 소설을 읽은 문우

들은 동수 선배를 오해하기에 충분히…….”

“야, 한국 술집 가운데 삼겹살 파는 곳이 한두 군데냐? 그리고 이야기를 끌어가기에 그 안주가 가장 적당했어. 고기 뒤집는 그 순간, 핏물이 고인 것을 본 화자의 내면 묘사가 꼭 필요했고. 그런 트라우마가 승규에게만 있니?”

“그래도 아버지 추락사나…… 식당 주인 여자 묘사나…….”

“승규에게 그 이야기를 듣기 전에 초고를 이미 써놨던 거였어. 승규 이야기를 들었던 건 정말 우연이야. 그리고 승규 이야기를 아는 사람이 나 하나였어? 물론, 나는 정말 승규가 되어서 이해해 보려고 한 지점도 있어. 주인공의 내면을 형상화하는 과정에서 승규가 겪었을 고통과 환멸 그리고 속죄하고 구원받고 싶어 하는 욕망을 가진 한 인간을 떠올려보지 않은 것은 아니야. 그게 나름대로의 승규를 보내는 나만의 방식이었어.”

“화자가 차에 뛰어든 마지막 부분은…….”

“소설의 결말과 현실의 결말이 일치한 우연일 뿐이야.”

“그래도 그런 소설을, 승규 선배를 보내고 첫 모임에 발표하는 것은 이해할 수 없었어.”

나는 너무 잔인했어, 라는 말을 속으로 삼켰다.

“솔직히……. 소설이 숨 막히도록 너무 치밀해서 사실 같았어.”

“승규의 이야기든, 나의 것이든, 누구의 것이든 나에게 소설이란 삶을 이해하는 하나의 텍스트야. 그 소설을 쓰고 비로소 나는 승규의 살기가 이해되었어. 아버지가 아닌 자신에 대한 살기지.

나는 그제야 승규를 보낼 수 있었다고. 그러니 우리 모두는 서로의 삶이 거울이라고. 병신 같은 인간들. 내 딴에는 의도적으로 그 작품을 그날 발표한 건데, 승규의 죽음을 더 깊이 이해하자는. 소설을 소설로 보지 못하는 그따위 위인들하고 내가 소설을 논했다니."

"도대체 어디까지 우리가 소설로 쓸 수 있는 걸까. 가끔 그런 의문이 들었다는 얘기야, 선배."

어느새 보리수 그늘이 더 짙어진 듯 검게 보였다. 서로의 어색한 침묵만큼 깊은 그늘이었다. 평온함과 우울함이 같이 밀려들었다. 뜻하지 않은 대화는 보리수에 홀렸기 때문인 것 같았다.

"소설이었어. 그냥, 소설이었다고. 픽션 말이야. 픽션 안에서만이라도 자유롭고 싶었다고."

소설을 읽었을 때 나는 승규 선배를 떠올리지 않을 수 없었다. 화자가 친구와의 대화 끝에 죄의식에 못 이겨 차로 뛰어든 장면. 차마 끝까지 읽어 내려갈 수가 없었다. 절반은 의식적으로 쓰고 나머지 절반은 그 의식에 의해 지배당하는 우연에 의해 글을 쓴다고 말했던 쇼펜하우어의 말을 애써 떠올리며 불편함을 삼켰다.

"소설을 쓰려면 이해를 거부하고 물고 늘어져야 해. 편견 덩어리가 무관심보다 더 인간적이고 소설적이야. 그렇게 멀리 가야지 조금 보이는 거야. 이해가 안 되니까 파고들고 끈질기게 물고 늘어질 수 있는 거지. 이해가 되고 연민에 이르게 되면 못 파고들어. 못 쓴다고. 연민은 다 쓰고 나서 혼자 느끼는 감정이어야 해. 이

해나 연민을 먼저 느끼고 출발한다면, 넌 진 거야. 절대 프로는 못
돼. 그건 무책임한 감정이니까. 수음하는 것과 똑같아. 느끼기만
하고 휘발되니까. 이해나 연민은 지극히 인간적인 감정이지만 수
치심이나 분노의 감정보다 오래가지 못해. 굳이 표현하자면 생산
성이 없는 감정이라고나 할까. 섣부른 이해나 연민은 어찌 보면
비겁하다는 거지. 세상과 자신과의 타협점에 도달하면 평화를 얻
겠지만. 책상 앞에 앉아 오래 버티려면 그런 감정은 오히려 너에
게 독이야. 소설을 쓰는 네가 끝까지 놓치지 말아야 할 것들은 끝
없이 오해하고 분노하고 수치심을 느끼며 철로를 미치도록 달리
는 증기기관차 같은 자세야. 칙칙폭폭. 포기하지 않고 앞으로, 앞
으로. 그래야 겨우 쓴다. 정말, 겨우."

　선배 목소리가 너무 컸다. 그는 마치 그런 자세로 소설을 쓰지
못하는 자신을 힐책하는 사람처럼 보였다. 보리수를 배경으로 사
진을 찍으려던 관광객들이 힐끔거리며 우리를 쳐다보았다.

　"맹세컨대, 승규가 실제 겪은 일을 쓴 게 아니었어. 내가 친구
이야기까지 팔아 소설로 쓰는 인간으로 보였냐? 너마저 그렇게
봤다면 정말 실망이다. 한 청춘에게 바치는 순수한 애도였어."

　선배는 두 손으로 머리를 마구 헝클었다. 설명도 변명도 모두
귀찮다는 표정이었다.

　"초고를 미리 써놨는데, 승규를 의식해서 결말을 바꾸는 게 진
정한 나의 윤리인가? 그게 더 비윤리적이야. 픽션의 인물이라고
인격이 없는 줄 아니?"

그는 결국 보리수 그늘 밖으로 뚜벅뚜벅 혼자 걸어 나갔다. 나는 선배가 혼자 가도록 그냥 내버려두었다. 보리수의 푸른 잎들이 빼곡하게 하늘을 가리고 있었다. 선배와 내가 나눈 이야기를 다 들었을 거라고 생각하니 나무가 아니라 거대한 귀를 가진 거인이 양팔을 떡 벌리고 서서 나를 내려다보고 있는 것만 같았다. 흙이 마른 곳을 찾아 아무렇게나 주저앉았다. 마른 잎들이 떨어진 자리가 보슬보슬했다. 이올라니 궁전이 가까운 발치에서 보였다. 미국의 유일한 궁전으로 하와이의 마지막 여왕, 릴리우오칼라니가 살았던 곳이라고 했다. 그녀는 강제로 하와이를 미국에 합병한다는 문서에 서명을 하고 죽을 때까지 이올라니 궁에 갇혀 살았다고 하니 아마도 보리수가 그녀의 위안이 되었을 것 같았다. 선배도 다르지 않아 보였다.

퇴근 시간이 지난 다운타운은 건물들만 남아 있는 영화 세트장처럼 고요했다. 나를 버려두고 진저리치며 사라진 선배를 원망하고 싶었는데 생각할수록 그의 마음을 헤아려보고 싶어졌다. 한 인간을 온전히 이해하기 위해 얼마나 많은 시간이 필요한 것일까. 문득 그런 생각이 들었다.

신호등 앞이었다. 늙은 노숙자 여자가 맨발로 길을 건너는 모습을 봤을 뿐이었는데 나는 문득 울컥한 기분에 사로잡혔다. 굳이 이유를 대라면, 더러운 신발짝을 찾겠다고 늙은 여자가 길을 건너던 그 순간에 도넛가게에서 흘러나오는 냄새가 너무도 기름지고 고소했기 때문이다.

살고, 죽고, 쓰는 것이 모두 자존심 때문인 것 같았다. 나, 동수 선배, 승규 선배 그리고 영조, 심지어 어둠 속을 허우적거리며 길을 건너던 노숙자 여자까지. 모두 자신만의 방법으로 이 생을 건너가고 있었다.

다운타운을 빠져나올 때쯤 어딘가에서 꽃향기가 느껴졌다. 걷다 보니 기분이 좀 나아졌다. 거리는 깨끗했고 바람은 부드러웠다. 흰색 꽃들이 다닥다닥 핀 나무 곁을 지났다. 꽃들은 밤인데도 환했다. 숟가락으로 생크림을 떠서 얹혀놓은 것 같았다. 이름이 기억났다. 플루메리아. 목련보다 꽃이 작고 향기가 짙은 꽃. 숨을 들이쉴 때마다 꽃향기가 대기 속에 완연하게 녹아 있는 게 느껴졌다. 영조의 살냄새 같았다. 나도 모르게 몸의 한 부분이 터질 듯 팽창했다.

나는 아파트로 돌아오자마자 카톡 메시지와 이메일을 체크했으나 수신확인이 되어 있지 않았다. 통신수단이 열악한 곳에라도 있는 것일까. 영조가 안락한 곳에서 밤을 맞이하기를.

쓰거나
안 쓰거나
못 쓰거나

"와이키키도 좋고 하나우마베이도 가보자. 노스쇼어에 가면 새우 요리가 얼마나 맛있는데. 여행은 여행다워야지."

선배의 목소리가 제법 밝았다. 내 귀에 익숙한 지명들이었다. 나도 여러 곳을 검색해보긴 했다. 한국에 있는 식당보다 더 맛있게 한식을 한다는 곳과 일본에서 바로 공수해온 생선으로 초밥을 만든다는 곳까지. 원주민이 요리하는 토속 음식점과 몸에 주술적인 문신을 새겨주는 타투아티스트의 블로그까지. 준비도 많이 했고 조사도 많이 했다. 해돋이를 보며 브런치를 먹을 수 있는 장소와 스무 가지가 넘는 오믈렛을 즉석에서 요리해주는 호텔 뷔페는 여행 마지막 날에 가고 싶은 장소였다. 검색을 하면서도 나는 영조를 떠올리고 있었다. 함께 해보지 않은 게 너무도 많았다.

우리는 섬을 일주하는 것으로 일정을 맞췄다. 문제는 차였다.

나는 버스를 타도 좋다고 했지만 이미 누군가에게 차편을 부탁해 놓은 듯했다.

　우리는 차를 픽업하러 가기 위해 버스를 탔다. 버스 안은 머리 칼이 쭈뼛 설 정도로 에어컨 바람이 강했다. 승객 대부분이 노숙자이거나 노인이었다. 찬 공기가 그들이 뿜어낸 불쾌한 냄새를 누르고 있었다. 악취가 쏟아진 물처럼 바닥에 낮게 고여 있는 것 같았다.

　약속 장소는 그리 멀지 않았다. 파스타집을 연상시키는 일본라면집이었다. 커다란 통유리를 통해 건너편 공원이 한눈에 들어왔다. 점심시간이 훨씬 지났는데 빈자리가 없었다.

　선배가 막 식당 문을 열며 들어서는 사람을 향해 손을 흔들었다. 윤기가 흐르는 짧은 생머리, 자그마한 입술, 쌍꺼풀진 눈, 매끈한 콧잔등. 분명 여자였다. 그런데 뭔가 달랐다. 여자가 앉으며 말했다.

　"엠이라고 합니다."

　"M?"

　"모니카라는 이름의 이니셜이에요."

　점점 모를 말만 했다. 악수를 나누는 손이 다부지게 느껴졌다. 밋밋해 보이는 가슴, 허리에서부터 하체로 내려갈수록 굵어지는 선, 베이지색 셔츠에 검정색 바지. 그리고 검정색 단화. 분명 여자인데 M으로 불리길 원한다? 내 앞에 마주 앉은 사람이 남자가 아니라고 자신 있게 말할 사람은 없어 보였다. 선배가 친한 친구로부터 차를 빌린다고 했을 때 나는 남자를 떠올렸다. 친구가 여자라도 상관없지만, 남자 같은 여자라고는 상상하지 않았다.

모니카는 이 식당에 자주 오는 것 같았다. 웨이터들이 우리 테이블 곁을 지날 때마다 "헤이, M" 하며 그녀에게 알은체를 했다. 그녀는 그들의 이름을 일일이 호명하며 인사를 건넸다.

메뉴를 골라준다며 그녀가 양미간을 잔뜩 찌푸리며 메뉴판을 들여다보았다. 그녀가 적당한 것을 골랐는지 선배에게 확인 차 물었다. 그는 "전에 그걸로"라고 말했고, 모니카가 "가끔 메뉴 좀 바꿔라"라고 맞장구쳤다.

모니카는 내게 식성을 먼저 묻더니 다시 메뉴판을 살폈다.

"매운 거, 매운 걸로 해야 해. 김치도 안 나오니. 이 식당의 '매운 거'는 그냥 매운 거고 '아주 매운 거'는 적당히 매운 거니까……. 그래, 이걸로 합시다."

나는 모니키가 손가락으로 가리키는 곳을 눈으로 읽으며 "네, 그래요"라고 말했다. 메뉴에 빨간 고추가 세 개 그려져 있었다.

나는 다시 모니카에게 자연스럽게 눈길이 머물렀다. 양 새끼손가락에 실반지가 끼어 있었다. 뾰족하고 길쯤한 새끼손톱에 검정색 매니큐어가 칠해져 있고 손톱 끝에 인조 보석으로 장식된 부분이 반짝거렸다. 의자에 앉은 모습은 체격 좋은 여자 정도로 보였다. 샤프하고 빈틈없고 영민하고 도회적인 이미지가 느껴지는, 전문직 종사자 분위기를 물씬 풍기는 외모였다. 며칠 동안 노숙자 모습에 익숙해진 내 눈에 모니카의 모습에서 도시와 자본, 그리고 여유를 느낄 수 있었다.

"내 라이프 파트너와 같이 오려고 했는데, 바쁘다고 하네요. 다음에 인사할 기회가 있겠죠?"

모니카가 한 손으로 메뉴판을 옆으로 치우고 나를 바라보며 말했다. 눈이 참 맑은 사람이군. 그런 인상을 주는 눈이었다. 눈에도 성별이 있을까. 가령 남자 눈, 여자 눈. 있다면, 모니카의 눈은 여자 눈이라고 불러야 더 어울릴 것 같은 아름다운 인간의 눈이었다.

"궂은 일 기쁜 일 다 같이 나누니 라이프 파트너가 맞잖아?"

그녀는 선배를 보며 말하고 있었지만 내 반응을 구하는 눈치였다. 무슨 말을 하는지 알 것 같았다. 나도 동감한다며 고개를 끄덕였다. 나와 영조의 관계도 그랬다. 수평 관계. 그게 우리 둘이 지향한 관계성이었고 그 수평의 균형을 잡아주었던 게 서로에 대한 믿음이었다는 생각이 그제야 들었다. 그 믿음 안에는 많은 것들이 있었다. 영조가 흔들린 게 아니고, 우리를 지탱해준 '믿음'이라는 지렛대가 흔들린 거였다. 왜 나는 이제야 그런 깨달음이 온 걸까. 후회스러웠다. 나는 다시 모니카를 바라보았다. 라이프 파트너. 그건 성별에 따라 불리는 호칭이 아니었다. 거기엔 이미 남녀가 따로 존재하지 않았다. 두 인간이 공존하는 관계의 이름이었다. 미션이 있어 보이고 방향성이 느껴지는 관계로 여겨졌다. '파트너'라는 단어가 공정하고 평등한 기운을 느끼게 해주었다. 모니카의 밝음과 긍정성은 바로 거기에서 출발하는 것처럼. 오랜만에 건강한 사람과 마주 앉은 기분이 유쾌했다.

"이름처럼 얼굴도 미인이야. 요리도 잘하고."

선배의 설명이 더 어색해 나는 멋쩍게 웃었다.

"너답지 않게, 샤론에게 그리 과분한 칭찬을? 요즘 얼마나 바쁘다고 투덜대는지. 곧 전시회 다가오잖아."

"샤론은 이곳에서 알아주는 수채화 화가야. 그림 한 점에 이삼천 달러는 갈걸. 재료는 100달러도 안 드는데. 맞지? 30배. 30배 장사꾼."

"예술이니까."

선배와 모니카가 서로를 바라보며 깔깔거렸다.

"사무실로 들어가야 하는데, 그래도 술 한잔은 해야죠? 낮술. 좋다. 멀리 한국서 왔다는데 낮술 정도는 대접해야죠?"

그녀는 웨이터를 불러 맥주를 시켰다.

"어떻게 알게 된 사이예요?"

내가 물었다.

"어떻게?"

"기억나?"

모니카와 선배가 동시에 서로를 바라보며 물었다. 모니카가 웃으며 선배에게 대답하라는 눈빛을 건넸다. 옛 추억을 떠올리는 오래된 친구들 같았다.

"너 그때 내게 작업 걸려고 그랬지?"

"미쳤어? 남자 싫다며? 참, 나."

"솔직히 말해봐."

"그래. 솔직히 고백하자면 그랬지. 완전 반했었지. 하늘하늘한 여자들만 보다가 당당하고 체격 좋은 널 보고 잠시 껌벅했다."

모니카가 키득거렸다. 그녀는 웨이터가 가져온 맥주를 잔에 따라 우리에게 건넸다. 우리는 잔을 가볍게 부딪치고 단숨에 비웠다.

"정말 어찌나 촌스럽게 대시를 하는지."

모니카는 웃음을 멈추지 못했다.

"내가 예전에 만났던 여자들은 술만 들어가면 자신이 가장 불행하다고 여기는 트라우마덩어리들이었어. 너무 섬세해 깨지기 일보 직전의 살얼음판이거나 그것도 아니면 지나치게 시니컬해 찬바람이 쌩쌩 불었다고. 글줄이나 쓴다는 여자들은 더 그랬어. 아무튼 뭐든 차고 넘쳤다고나 할까. 나를 포함해, 모두 위태로운 감성의 소유자였지. 그런데 고목처럼 단단하고 우람하고 당당하고 게다가 성격도 좋아 보이는 모니카가 내 앞에 턱, 그야말로 턱 하고 나타난 거지."

선배의 말에 모니카가 재밌어죽겠다며 계속 낄낄거렸다.

"아, 이 사람이다! 나의 로망! 친구처럼 같이 늙어갈 여자! 결국 내 소원대로 우리는 친구가 되었다는 아주 행복하고 슬픈 얘기야."

선배가 조금 아쉽다는 표정으로 말했다. 모니카가 자신은 대단히 만족한다며 박수를 치는 시늉을 했다. 그러더니 한 손으로 코를 움켜쥐며 놀렸다.

"'정말 그때 내가 맘에 들었어, 자기?' 이런 비음 섞인 여자?"

모니카가 선배의 얼굴에 바짝 코를 들이대고 놀리는 시늉을 했다. 우리는 맥주를 더 시켰고, 선배는 운전을 해야 한다며 잔을 엎어놓았다. 주문한 라면이 나왔는데 육수가 까매 의아했다. 흰 면발이 동그랗게 말린 채 섬처럼 떠 있었다. 놀라울 정도로 계속 고개가 끄덕여지는 맛이었다. 저녁 장사를 위해 식당이 잠시 문을 닫는 시간까지 우리는 유쾌하게 떠들다 나왔다.

나무 그늘 아래 빨간색 아우디 투도어 차가 주차되어 있었다. 모니카가 그 차를 가리키며 선배에게 키를 건넸다. 햇빛이 투명하고 강렬했다. 우리 모두 얇은 빛의 가운을 걸치고 걷는 것 같았다. 몸이 가벼워진 느낌이 들었다. 반주로 마신 맥주가 은근히 사람을 들뜨게 하는 것 같았다.

사무실 건물 앞에 이르자 모니카는 정말 다시 들어가기 싫다고 했다. 지은 지 백 년이 훨씬 넘었다는 석조 건물 앞이었다. 건물 주변에 있는 야자수가 삼층에 있는 창문 하나를 다 가릴 정도로 키가 컸다. 모니카는 한 손으로 전화기를 만지작거리고 다른 한 손으로는 턱을 문지르며 어찌할까 잠시 고민하는 것 같았다. 선배는 괜히 일하고 있는 사람을 불러내 바람만 넣었다며 미안해했다. 모니카가 결국 결심했다는 듯이 차 문을 열고 내려섰다.

"정말 일할 수 있겠어?"

"정산 시즌이야. 죽을 맛이야, 요즘."

"넌 너무 성실해서 네 몫의 행복을 늘 놓쳐."

선배가 시동을 걸며 말했다. 가벼운 핀잔이었다. 미안한 마음을 그렇게라도 풀고 싶은 사람처럼 보였다. 우리는 모니카가 건물 안으로 완전히 사라지는 것을 보고 출발했다.

차가 시내를 벗어나자 속력이 붙었다.

"동쪽으로 가자."

오른편으로 바다가 계속 이어졌고 왼편에는 집들과 산과 공원이 규칙적으로 나타나다 사라졌다. 거의 산꼭대기까지 집이 꽉 들어차 있었다. 밤이 되면 불빛이 어우러져 정경이 아름다울 것 같았다. 산꼭대기 집들이 아래보다 훨씬 더 비싸다고 선배가 말했다. 경치 때문이라고 했다. 바다는 진한 녹색이었고 수평선 근처는 연보라로 빛났는데 무척 아름다웠고 높은 데서 보면 더 아름다울 거였다.

"그림엽서 같다. 정말 숨이 막히네. 그런데 밤에는 어떨까, 저 비싸다는 집들이 있는 산 위에서 바라보는 경치? 그냥 암흑의 세계 아니겠어? 밤바다가 볼 게 뭐 있겠어, 안 그래요?"

"다가오지 않은 밤을 미리 걱정해?"

나는 고개를 내밀고 해안도로를 따라 끝없이 펼쳐지는 바다를 바라보았다. 파도가 밀려오고 밀려가는 게 손에 닿을 듯 가깝게 보였다. 물빛이 발랄하게 출렁거리고 있었다. 생이 아주 가벼워지는 느낌처럼 머리가 맑아졌다. 시원한 바람이 차 안까지 파고들어 왔다. 짧은 머리카락이 마구 헝클어졌고 나는 유쾌해졌다.

운전대를 잡은 선배는 별말이 없었다.

"가끔 드라이브해?"

"응? 아니."

그는 내 목소리가 잘 들리지 않는지 차창을 닫았다. 스피커에서 흘러나오는 음악 소리가 선명하게 귀에 들어왔다. 가수의 목소리가 깊은 동굴에서 흘러나오는 것처럼 울림이 있었다. 모니카가 일부러 준비해둔 시디였다. 나는 시디 케이스를 집어 들었다. 모니카의 말에 의하면 과체중으로 요절한 하와이 국민가수였다. 이름은 이즈(IZ). 300킬로그램이 넘는 거구. 두툼한 손가락으로 우쿨렐레 줄을 튕기는 모습이 장난스럽게 보였다. 두 볼은 금방이라도 빵, 소리를 내며 터질 공처럼 탱탱해 보였고 치렁치렁한 머리는 상의를 벗은 몸 위에 늘어진 두 젖가슴살과 함께 허리까지 흘러내렸다. 거대한 나무의 몸체를 떠올리게 하는 몸 자체가 악기 같았다. 비와 바람 그리고 햇볕을 온몸으로 받고 자란 수백 년이 넘은 나무. 흙냄새와 물기가 묻어 있는 음색은 뿌리에서부터 끌어올린 수액처럼 맑고 깊었다.

"선배, 우리는 왜 어쩌다 쓰는 사람이 됐을까? 그리거나, 춤을 추거나, 노래하는 사람이 되어도 좋을 텐데. 아니 그냥 읽거나 듣거나 보는 사람으로 살아도 좋았을 텐데. 문득 그런 의문이 드네."

무심코 꺼낸 말이었는데 선배는 내 말에 깊은 생각에 잠긴 사람처럼 보였다. 나도 대답을 원하고 물은 건 아니었다.

"나는 그냥 좋아하는 일을 잘하려고 했던 것 같아."

선배는 그렇게 말하며 중학교 때의 일화를 들려주었다.

"내 글쓰기의 첫 출발점은 죄의식과 수치심이었어. 그런 감정을 글로 풀어내면서 정화된 느낌이 들었어. 어느 순간 발설하고 표현하고자 하는 욕구가 침묵하려는 욕구를 앞설 때가 있는데 그때가 그랬던 거 같아. 그래서 쓰는 걸 거야."

나는 선배의 말에 고개를 끄덕였다.

"그럼…… 뭘 쓰긴 써, 요즘?"

나는 조심스럽게 물었다.

"쓰긴. 그냥 느낄 뿐이야, 요즘은."

"느낀다고?"

나는 그게 뭘까 궁금했다.

"쓰는 걸 가끔 느껴. 쓸 때의 감정, 사물을 볼 때의 내 시선. 자판을 두드리던 밤들. 그런 게 가끔 기억나. 내 몸 안에 여전히 살아 있어. 습(習)처럼. 아끼고 싶어 그런 감정. 정말 뭔가 쓰지 않고는 미쳐버릴 것만 같을 때까지, 내 몸과 딱 달라붙은 언어들이 쏟아질 때까지 나는 오래 기다려볼 참이야. 다시 그런 기회가 안 올 수도 있겠지만. 안 와도 상관없다는 생각이 들어. 적어도 지금 내 상황이 미칠 지경은 아니라는 것이지."

나지막한 푸른 산들이 왼편에 모습을 드러내더니 계속 이어졌다. 강수량이 적은지 키 작은 나무가 많았다.

어느새 새로운 노래가 흘러나오고 있었다. 남자의 목소리라고는 믿기지 않게 감미롭고 나른했다. 우리는 마치 음악을 감상하는 사람처럼 서로의 침묵 속으로 조금씩 빠져들어갔다. 오른쪽은 바다가 왼쪽은 검은 바위와 키 작은 나무들로 뒤덮인 산이 계속 이어졌다. 영원의 세계가 어딘가 존재한다면, 끝없이 펼쳐진 산과 끝없이 펼쳐진 바다와 하늘이 순서를 바꿔가며 나타났다 사라지기를 반복하는 곳일 것 같았다.

"그러니까, 선배는 안 쓰는 사람이네?"

"그런가? 그럼 피터는 못 쓰는 사람? 야, 그럼 네가 제일 무서운 사람이다."

"무섭다고?"

"무섭지. 너는 쓰는 사람이잖아. 쓰는 사람이 제일 무서운 사람이지. 하하."

나는 선배의 말을 들으며 내가 쓰는 사람인지 아닌지 잠시 헷갈렸다.

여름의
여름

해안도로가 끝없이 이어지다 어느 순간부터 바다가 자취를 감췄
다. 태양은 어디론가 천천히 사라지고 사물들은 마지막 모습을 고
요히 뿜어내고 있었다. 목가적인 분위기를 풍기는 동네를 지나는
길이었다. 사람도 개도 보이지 않았다. 목조로 지은 집이 드문드
문 이어졌다. 철 지난 휴양지처럼 고요했다. 선배의 얘기가 조금
암울하게 들렸던 까닭인지, 방금 보았던 에메랄드빛 바닷물이 온
통 짙은 회색으로 기억될 것만 같았다. 그는 노트북컴퓨터를 잃어
버린 날의 이야기를 내게 들려주었다.

　도서관에 도착한 그는 늘 앉는 곳에 자리를 잡았다. 도서관 제
일 안쪽에 자리 잡은 '태평양 역사, 문화, 지질' 코너였다. 도서관

에 자주 드나들면서 그는 어느 곳이 더 조용한지, 어느 곳이 사람들의 왕래가 덜한 곳인지 알게 되었다. 나이 많은 서양남자 사서가 한 명 있었는데 대부분의 시간을 의자에 앉아 졸고 있거나 구부러진 등을 펴느라 발자국 소리를 죽여가며 주변을 왔다 갔다 했다.

그는 평소 앉던 자리에서 컴퓨터를 켜고 형의 실종 사건을 담당했던 변호사가 보낸 편지를 화면에 띄웠다. 아무리 다른 쪽으로 해석해보려고 해도 역시 결론은 형이 죽었다는 것이었다.

긴 이메일을 읽고 또 읽었다. 그는 어떤 행동도 취하지 않았다. 어떤 답장도 하지 않았다. 그는 형을 계속 실종 상태로 믿고 싶었고 그렇게 믿고 있었다. 살아 있을지도 모른다는 희망에 속고 싶었다.

그는 언제부턴가 실종된 형에 대한 단상들을 쓰고 있는 자신을 발견하곤 기분이 이상했다. 그는 형의 죽음을 어떻게 엄마에게 알릴까 오래 고민했지만 포기했다. 엄마까지 잃고 싶지 않았다.

그는 형을 그리 좋아하지 않았다. 형의 존재를 다시 깨닫기 시작한 것은 실종된 뒤 시간이 많이 흐르고 나서였다. 그는 자신이 형을 싫어했고 부끄러워했던 이유에 대해 오래 생각했다. 늘 병신 같은 새끼라고 속으로 욕했던 형이었다. 형은 정말 다리 한쪽을 유난히 저는 불구자였다. 서로를 알 만큼 가까이 지내본 적이 거의 없었다. 형이라고 불렀으니 그냥 형이었고 언제나 형이었지만 좋아해본 적이 없었다. 형은 불행한 수재였다. 머리가 비상한

데다 총기가 있고 끈기가 있는, 가난한 집안에 '희망'이라는 이름
으로 존재하는 사람이었다. 형은 가족의 희망을 저버릴 만큼 용기
있는 사람도 아니었고 공부를 잘하면 자신의 신체적 결함도 딛고
출세할 것이라고 믿는, 여전히 세상에 대해 순진한 구석이 있는
사람이었다. 공부만 하느라 청춘도 제대로 앓아보지 못한 사람이
바로 형이었다.

옆 테이블에 누군가 다가와 가방을 내려놓고 앉았다. 레게머리
가 제법 깨끗해 보이는 남자였다. 남자는 검은 선글라스를 벗으며
그와 눈이 마주치자 손을 들어 인사를 건넸다. 좀 특이한 노숙자
군. 그는 다시 자판을 두드렸다. 남자는 손에 들고 있던 책을 뒤적
거리더니 곧 잠이 들었다. 흔히 보는 광경이었다.

그는 화장실에 가려고 일어섰다. 컴퓨터를 그냥 놔두고 갈까.
잠시 고민했다. 주변엔 아무도 없었다. 늙은 사서는 졸고 있었고
옆 테이블에 앉은 남자는 여전히 잠들어 있었다. 화장실은 복도를
나서면 바로 앞에 있었다. 컴퓨터를 챙기기에도 번거롭고 사람을
의심하는 태도도 싫어 그냥 일어섰다.

화장실에 갔다가 도서관 밖에서 담배를 하나 피우고 돌아왔다.
채 십 분도 자리를 비우지 않았다. 여기가 아니었나? 깨끗하다. 옆
책상이었나. 그는 자신의 눈을 의심하며 건너편 '청소년문고 코
너'에 있는 책상들까지 빠르게 훑었다. 4인용 책상 위에 놓여 있
던 노트북이 감쪽같이 사라졌다. 옆에 앉아 있던 레게머리 남자가
보이지 않았다. 급히 눈으로 찾았다. 남자도 없고 컴퓨터도 사라

졌다. 순간 머릿속에서 윙 하는 진동음이 들리는 것 같았다. 신체의 한 부분, 콩팥이나 위, 간이라고 불러도 좋을 것들이 피 한 방울 안 흘리고 빠져나간 것 같다고 말하면 과장된 표현일까.

데스크에 있던 여자는 그가 쏟아낸 단어를 종이 위에 끼적였다. 대강 알아들었다는 듯이 고개를 끄덕이더니 경비원을 호출했다. 경비원은 이런 일이 가끔 일어나 그다지 놀랍지 않다는 듯이 경위서를 작성했다. 많은 질문이 쏟아졌다. 도서관을 폐쇄하고 사람들 몸수색을 벌여도 모자를 판에 질문이라니. 그는 답답하고 화가 났다. 십오 분 후면 도서관 문을 닫는다는 안내 방송이 흘러나왔다.

그는 내리 이틀간 도서관 앞을 지켰다. 범인은 반드시 범죄의 장소에 어슬렁거리며 나타날 거라는 믿음이 있었다. 좀도둑이니 같은 장소를 휘젓고 다닐 게 분명했다. 레게머리를 하고 짙은 선글라스를 꼈던 삼십대 초반으로 보이던 건장한 남자를 기다리고 있었다. 생각해보니 남자는 처음부터 작정하고 옆에 앉은 것 같았다. 바보같이 그런 인간에게 버젓이 기회를 준 자신을 원망해도 소용없었다. 그때 도서관을 나서던 어느 노숙자 노인 한 명이 그의 어깨를 툭 치며 화장실을 가리켰다. 그는 무슨 뜻인지 금방 헤아리지 못했다. 남자가 씩 웃으며 어깨를 으쓱했다. 뭔가 재미있는 일이 벌어질 거라는 웃음이었다. 그는 남자의 웃음에 홀린 사람처럼 화장실로 갔다.

화장실 문을 밀치고 들어서자 어느 남자가 바지의 허리춤을 고

치며 서 있었다. 그와 눈이 마주치자 남자는 손으로 입을 쓱, 닦으며 세면대에 침을 뱉었다. 손을 씻는 남자의 뒷모습이 게걸스러웠다. 그 남자가 자신이 방금 나온 화장실을 향해 뭐라고 지껄이더니 문을 열고 나갔다.

저 안에 누가 아직 있는 걸까. 그는 화장실 칸막이 아래 틈으로 고개를 들이밀었다. 청바지 밑단 아래 슬리퍼를 신은 두 발이 눈에 들어왔다.

흠칫 놀라 몸을 일으키고 돌아서려는데 화장실 문이 천천히 열렸다. 눈빛이 날카롭게 보이는 소년이 걸어 나왔다. 그를 보더니 품에 안고 있는 것을 꼭 끌어안았다. USB가 오렌지색 줄에 매달린 채 밖으로 삐져나와 있었다. 그는 거의 본능적으로 소년에게 달려들었다.

"내 가방! 내 컴퓨터! 개새끼!"

누군가 경비원을 불렀다. 경비원은 느긋하게 화장실 안으로 걸어 들어왔다. 뛰어도 모자를 판에, 게으른 돼지새끼. 그는 속으로 욕을 하며 가방을 빼앗았다. 너무도 가벼워서 그랬을까. 가방이 바닥으로 툭 하고 떨어졌다. 여러 개의 작은 비닐 백들이 그 안에서 튕기듯 쏟아져 나왔다. 소년은 바닥에 흩어진 비닐 백들을 쓸어 모아 품었다. 거무죽죽한 마른풀. 가방 안에 있던 컴퓨터가 이미 사라졌다는 생각에 다리가 휘청거렸다. 저장된 모든 것이 날아갔다. 모든 시간을 견뎌준 모든 것들이 사라진 것이다. 그 안에는 형에 대한 원망과 죄스러움, 그리고 그리움도 함께 있었다.

경찰이 왔고 소년은 바닥에 앉아 두 다리 사이에 얼굴을 묻었다. 살집 없는 어깨와 가느다란 팔뚝. 열두세 살쯤 되어 보였다. 소년과 얘기를 나눴던 경찰이 사건 경위를 짧게 설명했다. 소년과 컴퓨터 백. 누가 봐도 안전한 운반 방법이었다. 화장실 안에서 무슨 짓을 했는지 소년은 말하지 않았다. 대마초 한 봉지를 덤으로 얻었다고만 말했다. 대마초는 아픈 아버지를 위한 최고의 진통제라고 말했다. 경찰의 설명이 있을 동안 소년이 몇 번이고 힐끗거리며 그를 쳐다보았다. 경찰의 눈을 피해 가운데 손가락을 높이 쳐들었다. 재수 없게 걸렸다는 분노의 눈길로, 소리가 들리지 않게 입모양만으로 '킬 유, 킬 유' 했다.

그는 뭔가 느끼한 것이 꾸역꾸역 치밀어 올라와 뛰쳐나가고 싶었다. 파손된 컴퓨터와 소년의 몸이 겹쳐졌다. 모두 치명적인 바이러스에 감염되어 복구 불능 지경에 이른 것만 같았다. 마치 자신의 몸과 마음이 감염된 듯 진저리쳤다.

"그러니까 이 모든 일은 도서관 화장실에서 일어났다고."

경찰이 상황을 종료하며 말했다. 그는 더 이상 알고 싶은 것도 없었다. 잃어버린 것은 컴퓨터인데 더 큰 것을 잃어버린 느낌에 사로잡혔다. 그것이 뭔가는 분명하지 않았다.

"피해액을 얼마로 할까?"

경찰이 물었다. 그는 계속 고개만 저었다. 자기가 쓴 글들이, 소설이라고 부르는 그것들이 도대체 얼마의 화폐 가치가 있는 것인지 알 수 없었다. 대마초 한 봉지 가치도 되지 않을 것 같았다.

그는 주소를 달라는 경찰의 말을 뒤로하고 도서관을 나와 걸었다. 오래된 철문이 열린 곳으로 빨려 들듯 들어갔다. 이올라니 궁전 뜰이었다. 넓고 아름다운 푸른 숲으로 이뤄진 정원이었다. 궁전 앞을 여러 번 지나치긴 했어도 관광객으로 북적대는 곳이라 발길이 쉽게 향하지는 않았다. 비운의 왕녀를 떠올릴 때마다 누군가의 슬픔이 깃든 장소라는 생각만 들었을 뿐이고 그 슬픔에 함부로 발을 디디고 싶지 않았다.

한 무리의 관광객들이 밀물처럼 빠져나간 궁전 뜰은 고요하고 깊었다. 무심코 안으로 걸어 들어가던 그는 숲처럼 거대한 나무 앞에서 걸음을 멈추었다. 막연히 언덕이라고 짐작하고 지나쳤던 곳이었다. 한 그루인가? 두 그루인가? 그는 나무를 향해 걸어가며 생각했다. 육칠 층 건물 높이의 나무 곁으로 어느 초로의 여인이 개를 끌며 지나가고 있었다. 레고 조각처럼 작아 보였다. 나무 그늘이 너무 짙어 여자를 놓쳐버렸다. 그늘 안과 밖은 완전히 다른 세계였다. 두 개의 계절이 그곳에 있었다. 그는 나무를 올려다보았다. 세어보니 모두 다섯 그루인데 한 그루로 보일 정도로 기이하게 서로 몸이 엉켜 있었다.

그는 극심한 피로를 느껴 아무렇게나 그늘에 주저앉았다. 거대한 숲 한복판에 버려진 느낌이었다. 나뭇잎들이 바람에 흔들리고 있었다. 그를 짓누르고 있던 것들이 조금씩 가벼워지며 몸 밖으로 빠져나가는 것 같았다. 형도 엄마도 그리고 소설도. 그것들이 보리수 그늘 밖 빛의 세계에 존재한다면 지금 그는 그것들을 멀리서 바라볼 수 있는 다른 세계에 발을 디디고 있는 느낌이 들었다. 막연했던 것들이 조금씩 분명해지는 것 같았다. 힘들게 읽어 내려가던 책의 마지막 페이지를 덮었을 때 드는 기분처럼.

그는 보리수 그늘 밖을 내다보았다. 모두 예전과 변함없는 것들인데 다르게 느껴졌다. 더 보이고 더 깊어진 것만 같았다. 갑자기 푸드덕거리는 소리와 함께 가슴이 붉은 새 떼가 하늘을 향해 무리 지어 날아올랐다. 새를 쫓던 눈이 다시 잔디밭 끝에 닿았다. 허연 물체가 눈에 들어왔다. 도서관 측면이 보이는 곳이었다. 생각해보니 그곳에 누군가가 늘 누워 있었다. 흔히 마주치는 노숙자거니 생각하며 무심코 지나쳤었다. 그는 몸을 일으켜 허연 물체를 향해 걸어갔다.

그가 쭈그리고 앉아 인기척을 냈는데도 반응이 없었다. 지독한 냄새가 풍겼다. 강렬한 식초 냄새 같았다. 이미 몸의 일부분이 산화되어 삶과 죽음 중간에 놓여 있는 것 같았다. 죽은 걸까. 그가 노인의 어깨를 툭 건드렸다. 몇 가닥 남은 흰 머리카락이 작은 공 같은 머리에 겨우 들러붙어 있었다. 죽었던 사람이 살아난 듯 노인의 어깨가 약간 꿈틀거렸다. 누군가는 길에서 혼자 죽어간다는 사실이 새삼스러웠다. 형의 마지막 날도 다르지 않았을 거라는 생각에 이르자, 갑자기 눈가가 불에 덴 듯 뜨거워졌다. 그는 자신도 모르게 노인의 앙상한 어깨를 꽉 움켜쥐었다.

그는 손에 쥐고 있던 USB를 멀리 내던졌다. 오랜 시간 동안 써내려갔던 글들이 그토록 작은 것 안에 저장되어 있었다는 사실이 믿어지지 않았다. 그가 쓰는 그 어떤 소설도 한 그루의 보리수보다 위대할 수 없다는 생각이 문득 들었고 패배를 깔끔하게 인정하는 사람처럼 홀가분해졌다.

우리가 만나지 못한 시간 동안 선배는 멀리 가 있었다. 그 먼 곳이 어디인지 어떤 곳인지 나는 모른다. 내가 그곳을 향해 가고 있는 것인지, 내가 닿아야 할 곳이 그곳인지조차도. 우리에게 '소설'이라는 공통분모가 사라진 것이다. 선배에게 소설을 빼면 뭐가 남을까. 왜 그는 좀 더 싸우지 않았을까. 왜 그는 좀 더 피 흘리지 않았을까. 소설을 위해서가 아니었다. 소설이 전부였던 한 인간을 위해서. 그 전부를 향해 그가 살았다는 걸 나는 누구보다 잘 알고 있었다. 그것만으로도 더 싸워야 될 이유는 충분하다는 생각이 들었을 뿐이었다. 그게 소설이든 삶이든. 소설을 쓰다 상처받았으니 소설이 약일 것만 같았는데 그것도 이제 분명하지 않다.

세상은, 아니 인간은 참 이상해. 그럼 나는 이해할 수 없기 때문에 여전히 뭔가 쓰려고 하는 걸까.

이상한 새벽이었다. 가끔 사이렌 소리가 정적을 깨며 들려왔다. 영조에게서는 여전히 아무 소식이 없었다. 메일과 카톡이 수신 확인된 걸 보고 안도했다. 나는 선배와 드라이브를 하며 있었던 일을 세세하게 적어 영조에게 전송했다. 답장이 오지 않아도 그녀가 읽을 거라는 생각 때문이었는지 긴 편지를 쓰는데도 시간이 금방 흘러간 것 같았다. 내가 쓴 문장 하나가 그녀의 정서에 닿아 나의 존재를 느끼게 된다면 행복할 것 같았다.

나는 가져온 책을 꺼내 뒤적거렸지만 놓친 잠을 잡지는 못했다. 수면유도제를 꺼내기 위해 붙박이장 안에 넣어둔 가방을 여는데 바닥에 뭔가 있었다. 대학노트 크기만 한 공책이었다.

방문을 닫고 침대 맡에 놓인 갓전등을 켰다. 그건 선배의 필체였다. 창작메모 같은 짧은 단상들이 적혀 있었다. 일기 같은 것들도 있었다. 오래전에 썼던 것인지 글씨가 흐렸다. 나는 비교적 차분한 필체로 조금 길게 쓰여진 것을 읽어 내려갔다.

현관문을 반쯤 열어놓는다. 시큼하고 후덥지근한 바람이 흘러 들어온다. 과일들이 물컹하게 으깨어진 채 썩어가는 냄새다. 복도에 있는 오래된 카펫 냄새인지도 모른다. 그것도 아니라면, 층마다 설치된 쓰레기 배출구에서 올라오는 썩은 바람. 더운 습기에 끈질기게 기생하는 냄새는 강렬하고 집요하다. 하나의 긴 통으로 연결된 쓰레기 배출구는 이 건물의 척추다. 아파트가 거대한 인간의 식도나 위처럼 느껴지는 이유가 거기에 있다. 먹고 버린 쓰레기들이 썩는 냄새는 진실하다. 나는 그 안에서 아직 삭지 않은 음식물이다. 나는 이 공간에서 끝내 소화되지 않은 음식물처럼 지내다 언젠가는, 언젠가는 배설되고 말 것이다.

덥고 냄새나는 긴 여름이 이 섬을 강타했다. 아니, 이 섬은 일
년 열두 달 늘 여름이다. 그러니 여름의 여름이 도래했다고 말해
야 옳다. 엄마의 기도 소리를 듣는다. 주문처럼 간절하다. 돌아오
지 않는 영수 형이 엄마의 기도를 들을 리 만무하다. 그래도 엄마
는 기도한다. 그리고 나를 가끔 '영수'라고 부른다. 하늘에라도 닿
을 간절한 목소리다. 엄마는 기도라도 하지만 나는 뭘 할 수 있을
까. 고작 한국을 떠나 엄마 곁에 있어주는 게 전부다. 정말 형은
실종된 것일까. 아니면 스스로 자취를 감추고 사라진 것일까. 산
책로 입구에서 발견된 것은 형의 목발밖에 없는데 왜 사람들은
실종되었다고 단정 짓는 것일까. 사체가 발견될 때까지 죽음을 유
보하자는 걸까. 그렇다면 그는 죽어 있는 사람일까, 살아 있는 사
람일까. 차마 죽었다고 믿고 싶지 않은 바람이 그를 실종된 것으
로 믿게 만드는 것은 아닐까. 벌써 오랜 세월이 흘렀는데 그는 죽
어 있지도 않고 살아 있지도 않다. 살아 있는 우리가 느끼는 것은
죄의식이다. 밥을 먹어도 잠을 자도 우리의 밥이 아니고 우리의
잠이 아니다. 이것은 슬픔이 아니고 형벌이다.

형이 쓰던 목발이 아직 아파트 현관문 앞에 놓여 있다. 형의 룸
메이트가 엄마의 부탁을 받아 보내준 것이다. 엄마는 목발을 보고
오열하는 대신 형이 아직 살아 있다고 굳게 믿게 되었다. 목발을
두고 멀리 외출할 형이 아니라는 확신이 선사한 믿음이다. 목발이
엄마의 신이다.

나도 한때는 자발적 실종자가 되고 싶었던 날들이 있었다. 가뭇 없이 어디론가 사라지는 꿈. 아무도 모르는 곳에서 나로 살아가는 거. 아니, 이미 '나'도 없는 그런. 형은 드디어 그 소원을 이룬 것이다. 그러니 축하해야 될 일 아닌가. 그럼에도 불구하고 엄마의 슬픔은 외면할 수 없다. 가련한 여인 같으니라고. 유일한 희망이었던 큰아들을 놓친 여인의 슬픔은 진부하기 짝이 없으나 간곡해 떨치질 못하겠다. 내 발목을 잡고 있는 저 괴물 같은 슬픔! 타인들과 같이 사는 한 의식의 자유 따위는 없다는 것을. 자유란 모든 인간의 발설되지 않은 비밀 같은 곳에만 존재하는 만져지지 않는 공기 같은 것인지도 모른다는 것을. 이제 더 분명히 알아버렸다.

나는 노인전용아파트에 숨어 살고 있다. 아파트는 노인들의 천국이고 무덤이다. 한 노인이 죽어 나가면 다른 한 노인이 들어와 산다. 죽음과 삶의 질서가 정연하고 오차가 없다. 엄마는 입주 순서를 기다리는 노인들이 꽤 많은데 자신은 행운아라고 내게 종종 말했다. 그럴 때면 나는 조금 눈시울이 붉어진다. 엄마에 대한 연민이 아닌 삶에 대한 쓸쓸함이다.

고백하자면 나는 언제부턴가 감상적인 인간으로 변해버렸다. 한국에서 내 안부를 묻는 사람도 점점 줄어들었다. 서운하지는 않다. 그들은 그들의 삶에 충실할 뿐이다. 그러니 서운해한다는 것은 말도 되지 않는다. 그런데 욕이 나온다. 서운해서 그렇다. 우리가 나눴던 그 많은 시간들은 대체 뭐였단 말인가. 이런 생각이 들 때면, 나는 세상이라는 거대한 식도에 갇혀 살고 있다는 생각을 멈출 수가 없다. 소화되지 않은 음식물처럼 위장 여기저기를 헤매고 있는 불편한 존재처럼 여겨진다. 시원하게 배설되고 싶을 뿐인데.

나는 형이 없는 빈자리와 돌아오지 않을 아들을 기다리는 엄마 곁에서 몇 번의 여름을 났다. 겨울은 내 상상 속에 존재하는 계절이 되어버렸다. 처음엔 모든 게 암담했는데 조금씩 이 섬이 좋아진다. 카페 Heaven 그리고 희수. 나는 이 둘을 사랑한다. 그녀를 보면 죽었던 나의 창작욕이 꿈틀거리는 게 느껴진다. 빌어먹을. 이런 헛소리를 아직 하다니! 정작 꿈틀거리는 건 내 성기다! 왜 나는 직설화법을 혐오하는가. 빳빳하게 피가 몰리는 내 살덩이를 사랑하지 않는가! 왜 나는 내면의 고백을 두려워하는가. 창작욕이라니? 내가 지금 무슨 헛소리를 하고 있는 걸까. 소설이라니. 아, 구제불능. 가여운 노블리스트 같으니라고! 한번 소설가는 영원한 소설가라도 된다는 말인가. 제발, 소설적 상상은 이제 그만. 먹고살 준비나 하자고.

나는 끝 문단을 한 번 더 읽고 노트를 덮었다. 그리고 불을 껐다. 나는 한 번도 가보지 못한 카페 Heaven과 희수라는 이름을 가진 여자를 상상했다.

"아, 구제불능 가여운 노블리스트 같으니라고!"

나는 선배의 목소리를 흉내 내며 아주 작은 소리로 중얼거렸다.

거대한
책

　폭염 경보가 내린 아침이었다. 아파트는 거대한 찜통이었다. 열기와 습기에 숨이 막혔다. 나는 에어컨이 돌아가는 도서관을 떠올렸다.

　도서관 문을 열고 들어서자 차가운 공기가 뺨을 어루만졌다. 숨통이 트였다. 이층으로 올라갔다. 영화가 상영 중이었고 사서는 보이지 않았다. 나는 오디오룸 안으로 들어갔다. 화면의 불빛이 빈 좌석들을 환히 비추며 지나갔다. 사람이 거의 없었다. 가끔 치직거리는 소리가 났고 화면이 멈추기도 했지만 영화는 이어졌다. 오래된 영화였다. 제목이 떠올랐다. 그레고리 펙과 오드리 헵번 주연의 〈로마의 휴일〉.

　다운타운 편의점에서 산 스팸무스비를 가방에서 꺼냈다. 비닐 포장을 벗기고 한입 베어 먹었다. 들큼한 기름 냄새가 났다. Spam

Musubi. 단어의 조합이 재밌어 집어 들었는데 맛이 괜찮았다. 간장에 졸인 스팸 한 조각을 밥에 얹어 김으로 둘둘 말아 만든 주먹밥. 몰래 숨어 먹는 기분도 나쁘지 않았다.

불이 켜지고 오디오룸이 환해졌다. 나는 손에 묻은 스팸의 끈끈함을 닦으며 일어섰다. 관람객은 채 다섯 명도 안 되었다. 어떤 이는 영화가 끝났는데도 계속 잠들어 있었다. 출구를 빠져나가며 피터와 마주쳤다. 나는 반가움을 숨기지 못하고 알은체를 했다. 피터는 무슨 수수께끼라도 품고 나온 사람처럼 질문이 가득한 표정이었다. 도서관 로비에 이르렀을 때쯤 그는 그제야 나와 마주쳤다는 사실이 생각난 것처럼 내 팔을 잡아끌었다. 이야기 상대가 필요한 사람 같았다.

그가 많은 말을 쏟아냈지만, 짧게 정리하면 〈로마의 휴일〉이 할리우드의 고전인 〈어느 날 밤에 생긴 일〉에서 모티브를 따온 영락없는 '카피'라는 말이었다. 그는 마치 자신의 작품이 도용당한 사람처럼 흥분했다. 그의 목소리가 좀 컸는지 사서가 주의를 줬다.

우리 둘은 오후의 강렬한 햇살이 내리 쬐는 도서관 앞 계단에 걸터앉았다. 피터는 쉴 새 없이 떠들어댔다. 반은 알아듣겠고 반의 반은 이해가 가능하고 반의 반은 무슨 얘긴지 모르겠지만 전체적인 맥락을 잡을 수 있었다.

그는 굉장한 영화광이었다. 내가 감탄하면서 엄지손가락을 높이 추켜세우자 그가 자못 심각한 목소리로 자신이 만든 영화도 있다고 말했다. 그의 말에 내가 어찌 대답해야 할지 몰라 조금 머

뭇거리자 그는 자신의 말에 쐐기라도 박으려는 사람처럼 소설책
도 한 권 낸 소설가라고 말했다.

"정말? 제목은?"

"A Lonely Man's Confession."

피터가 말한 제목은 처음 들었다. 그는 책이 아주 작은 출판사
에서 출간됐는데 주목을 받지 못했다고 말했다. 무슨 말인지 알
것 같았다. 한국도 별반 다르지 않다고 나도 말했다.

"그런데, 그 소설 속 외로운 남자는 뭘 고백했나요?"

"외로움."

"흠……. 그렇군요. 그럼, 고백 후에 덜 외로워졌나요?"

"더 외로워졌지."

"흠……. 무슨 말인지 알 것도 같아요. 그럼, 영화는? 상영됐어
요?"

그가 내 질문에 한숨을 조금 내쉬었다.

"촬영과 편집은 마쳤지만 영화관에는 못 올렸어."

그리고 벌써 십오 년이 흘렀다고 했다. 그렇게 말하는 그의 얼
굴이 갑자기 늙어 보였다.

나는 조금씩 피터를 알게 되었다. 그가 하는 말의 사실 여부와
는 상관없이 그는 창작의 고통을 경험해본 사람 같았고 그 이유
하나만으로도 나는 그에게 친밀감을 느낄 수 있었다. 그는 자신이
출간한 소설을 누군가 조금씩 표절해 계속 책을 내고 있다는 생
각에 사로잡혀 있었다. 그는 그 말을 할 때 이를 드러내며 말했다.

"누군가 나를 갉아 먹고(또는 씹어 먹고. 'gnaw'와 'chew'라는 단어를 연거푸 사용했다) 있다."

도서관을 순례하면서 신간 서적들을 빼놓지 않고 들추는 이유도 그 때문이라고 했다. 자신이 썼던 문장이나 비슷한 표현이 나오면 부들부들 떨면서 밑줄을 긋고 복사해 출판사에 항의 서신을 보내는 게 자신의 일과라고 말했다. 자신의 작품은 빛을 보지 못했지만 누군가 계속 그의 아이디어를 도용하는 것은 참을 수 없다고 했다. 하루라도 그 일을 하지 않으면 다른 일은 아무것도 할 수 없는 사람이 되어버렸다고.

"그럼…… 소설 속에 썼던 문장들을 다 외우나요?"

"물론 당연하지. 어찌 잊겠어? 사랑한 여자의 육체를 기억하냐고 묻는 거랑 똑같아."

나는 그의 말에 고개를 끄덕였다.

어찌 되었든 동수 선배는 안 쓰고 피터는 못 쓰는 사람인 것만은 분명했다. 선배는 자의에 의해 피터는 타인에 의해. 그렇지만 그 경계도 모호했다. 우리는 모두 서로에게 타인이므로 자의는 타인에 의해 비롯된 것이라고 봐도 무방했다.

영화도 마찬가지라고 했다. 그러면서 〈로마의 휴일〉이 1934년 만들어진 〈어느 날 밤에 생긴 일〉의 명성을 능가하고 성공을 거둔 이유는 더 좋아진 촬영 기술과 영화배우 때문이라고 힘주어 말했다. 오드리 헵번을 들먹일 때 〈로마의 휴일〉을 빼놓지 않는 이유만 봐도 알 수 있다고 했다.

그는 내 귀에 익숙한 세계명작 제목 몇을 예로 들었다. 그것들은 성경이나 그리스신화에서 모티브를 따온 사이비라고 비아냥거렸다. 듣고 보니 일리 있는 말이기도 했지만 그런 거장들의 작품을 모두 싸잡아 그렇게 매도해도 되나 싶었다. 어찌 되었든 그가 캄캄한 오디오룸에서 도서관에 비치된 모든 영화를 꼼꼼히 보고 메모하는 이유나 책을 읽고 출판사에 항의 편지를 계속 쓰는 이유를 조금 알 수 있을 것 같았다.

"어떻게 생각해?"

피터가 다시 물었다. 나는 그의 이야기를 들으며 많은 부분에 동감했지만, 창작욕을 쓸모없는 일에 낭비하고 있다는 생각을 멈출 수가 없었다.

폭염과 절전으로 인해 도서관을 임시로 폐쇄한다는 말이 건물 밖 스피커를 통해 흘러나왔다. 피터의 가슴팍과 겨드랑이가 땀에 젖어 흥건했다. 도서관에 있던 노숙자들이 건물 밖으로 하나둘 빠져나왔다. 어떤 노숙자는 이미 그늘이 드리워진 건물 밖 바닥에 침낭을 펼쳤다. 그 자리도 오후가 되면 사람들로 바글거릴 것이다.

"어디로 가지?"

그늘을 벗어나자 햇볕이 뜨거운 물처럼 머리 위로 흘러내렸다. 나는 이미 땀으로 흥건한 머리를 쓸어 올리며 피터에게 물었다. 눈이 따갑고 머리가 지끈거렸다. 길 건너 유리 외벽에서 반사된 빛이 맹렬했다. 수십 개의 태양이 이글거리고 있는 것만 같았다.

식당과 커피숍 그리고 사무실들도 일찍 문을 닫았는지 거리에 사람들이 점점 많아졌다.

그는 버스를 타는 게 가장 시원하다고 말했다.

만원 버스들은 밀려드는 노숙자로 인해 정류장에 멈추지도 않고 지나쳤다. 어느 노숙자가 자동차를 세우려고 길에 뛰어들었다. 요란한 경적 소리를 내며 운전자가 가운데 손가락을 세웠다. 뒷좌석에 타고 있던 어린 여자아이가 차문이 닫혔는지 다시 확인하곤 안심하는 표정을 지었다.

사람들은 더위에 지쳐 더 이상 버스를 세울 생각조차 하지 못했다. 그때 누군가가 보리수가 있는 이올라니 궁을 가리켰다.

"나는 남겠어."

피터는 버스를 기다리겠다며 백팩을 내려놓고 앉았다.

나는 보리수 그늘을 떠올리며 지글거리는 아스팔트의 열기를 참고 걸었다. 도서관에서 곧장 그곳으로 가지 않은 게 후회되었다.

사람들은 그늘 아래 눕거나 앉거나 나무에 몸을 기대고 있었다. 어떤 이는 나무를 타고 기어 올라갔다. 보리수잎과 붉은 열매는 더욱 진하게 빛을 발했고 태양이 강렬해질수록 그늘은 더욱 넓어지고 관대해지는 것 같았다. 사람들이 점점 더 보리수 아래로 모여들었다.

넥타이를 풀어 헤친 남자, 스타킹을 벗어 둘둘 말아 던져버리는 여자, 엄마 손을 잡고 걸어와 지쳐 징징대는 아이, 무릎까지 내려오는 긴 티셔츠만 달랑 걸친 중년의 여자, 팔과 다리에 문신이 새겨진 머리가 짧은 젊은 남자, 얼굴이 검은 사람, 피부가 벌겋게 익은 백인 노부부, 신혼부부로 보이는 동양인 관광객들, 남의 시선은 아랑곳 않고 달랑 속옷만 입고 눈을 꾹 감고 앉아 있는 노인. 보리수는 거대한 품을 열어 이 모든 사람을 둥글게 보듬고 있었다. 푸르고 둥근 거대한 공. 멀리서 보면 작은 지구본같이 보였다.

나는 보리수가 이상하게도 거대한 책처럼 느껴졌다. 푸른 종이로 만든 거대한 책. 결국 사람들은 이곳에서 위안을 받는구나. 결국 여기에서 걸음을 멈추는구나!

어느 원주민 여자가 굵고 뭉툭한 손가락으로 우쿨렐레를 켜며 노래를 부르기 시작했다. 애절하고 가녀린 음색이 소녀 같았다. 사람들은 마술에라도 걸린 것처럼 나른해 보였고 내 눈꺼풀도 무겁게 느껴졌다. 여자는 지치지도 않고 노래를 불렀다. 피터는 어디로 갔을까. 원하는 대로 버스에 탔을까. 지금쯤 그는 섬 어느 곳을 지나고 있을까.

태양이 조금씩 빛을 잃어가며 순해졌다. 더위를 식히고 기운을 얻은 사람들이 하나둘 일어서서 다시 세상 속으로 걸어 들어갔다. 노랫소리가 점점 멀리서 들려오는 것 같았다. 참을 수 없을 만큼 졸음이 쏟아졌다.

잃어버린
개를 위한
54일

성당에서 만났던 발비나에게서 온 전화였다. 그녀가 간곡한 기도를 부탁하는 모양이었다.

"그래, 발비나. 응. 응. 부활절 손님은 아직 안 가셨어. 무슨 복을 주려는지. 그래. 그래. 개를 잃어버렸다고? 어떡해? 그래서? 응. 응. 기도? 내가 무슨 기도발이 세? 응. 응. 그래. 그럼, 그럼. 안토니오 성인께 기도해야지. 잃어버린 거 있으면 안토니오 성인이 다 찾아줘. 내가 전에 현관문 열쇠 잃어버렸을 때도 안토니오 성인에게 기도하고 나서 사흘 만에 찾았어. 기도해줄게."

나는 선배 어머니가 아들을 위해 얼마나 오랫동안 간곡히 기도를 했을까 상상하며 둘의 대화를 엿들었다.

내가 커피를 준비했고 그녀는 토스트를 구웠다. 그리고 삶은 달걀 두 개. 반으로 자른 아보카도. 아침 식단은 간소하고 입에 맞았다. 문득 내가 너무 오래 머무는 것은 아닐까. 잠시 그런 생각이 들었다.

방금 삶은 달걀은 따뜻했고 껍질은 잘 벗겨졌다. 양치질을 끝낸 섬세한 혀의 돌기가 미끄러운 달걀의 표피에 닿으며 조금 무뎌지는 느낌이 들었다. 한국 시간을 보니 새벽 세시를 넘어서고 있었다. 좀 이른 아침이구나 싶었다. 더군다나 이런 시각에 삶은 달걀을 먹어본 기억이 없었다. 삶은 이토록 새롭고 진부한 것들의 연속이었다.

"오늘부터 9일기도를 시작하려고."

무심하면서도 결연한 목소리였다. 시험 일정을 알려주는 선생님 같기도 하고 험준한 암벽등반을 앞에 둔 산악인 같았다. 나는 커피를 마시며 가만히 듣고 있었다. 묽게 내린 커피 향이 은은했다.

"구 일 동안이면 쉽지 않은 일이네요."

"이 사람아, 9일기도는, 구 일이 육 주 동안 이어지는, 총 오십사 일이나 걸리는 기도일세."

"아……. 그렇게 길어요? 오십사 일 동안 한 마리의 개를 위해 기도한다고요?"

그녀는 잠시 정신을 딴 데 놓고 있는 사람처럼 보였다. 내 질문에 놀란 사람처럼 무슨 말이냐고 눈으로 되묻더니 천천히 입을 떼었다.

"꼭…… 그 개를 위한 것은 아니고. 개도 위하고……. 그래, 모두를 위한 기도지. 집 없는 사람, 가난한 사람, 떠도는 사람……."

그녀는 그렇게 말하더니 내게 커피를 더 줄까 물었다. 나는 아직 커피가 반이나 남은 머그잔을 내밀었다.

"지향을 두고 기도를 한다는 것은 아름다운 일인 것 같아요."

나는 진심으로 말했다. 내 말에 그녀의 눈동자에 살짝 물기가 어리는 것 같더니 골 깊은 주름살이 꿈틀거렸다. 내가 괜한 말을 한 것일까. 성모상 앞에 놓인 사진이 떠올랐다.

"자네도 지향을 두고 글을 쓰나?"

뜬금없는 질문이었다. 그런 생각을 해본 적이 없는 것 같았다.

"글쎄요……."

"그러니 기도보다 못해. 내가 늘 동수한테 하는 말이 그거야. 사람이 뭘 하든 지향을 두고 해야지."

"듣고 보니 맞는 말씀이네요, 어머니."

나는 진심으로 그렇게 말했다.

"지향 없이 하는 일들은 늘 중간쯤에 흔들려."

그녀는 어항 옆에 있는 콜라병 크기만 한 조각품을 가리켰다. 안토니오 성인이라고 했다. 덥수룩한 머리, 짙은 갈색 가운, 방울 달린 지팡이를 들고 구부정하게 서 있는. 기계로 대량 찍어낸 것처럼 조악해 보였다.

"이번엔 특별히 저, 안토니오 성인을 위한 기도를 할 거야. 그 양반이 부잣집에서 태어났는데 스무 살에 사막으로 떠났지. 젊었을 때는 아주 미남이었대. 사막에서 등불을 들고 어둠을 밝히는 성인인데, 길 잃은 자가 그 불빛을 보며 걸었대. 잃어버린 게 있으면, 자네도 그 성인에게 간구하게나. 언젠가 찾아주실 거야."

"그런데 어머니, 동수 선배는 무슨 일을 하나요?"

화제를 돌리고 싶었다. 내 말에 그녀가 오히려 나를 빤히 쳐다보았다. 정작 자신이 알고 싶은 게 그거라는 듯.

선배는 아침이면 어딘가 훌쩍 나갔다가 서너 시간이 흐른 뒤에 돌아오곤 했다. 땀에 젖은 티셔츠를 보니 운동하는 것 같았는데 며칠을 지켜보니 그것도 아닌 것 같았다. 그럼 뭘까. 가끔 오후에도 나가지 않던가. 멀리서 온 나를 두고 가서 하는 일이니 생업이라는 생각이 들었다.

"잘도 싸돌아다니는데⋯⋯."

나는 모자의 생활을 상상해보았다.

"그 녀석이 뭔가 하긴 하는 모양이야. 빵도 사 오고 고기도 사 오고 하는 날이 있어. 나 용돈도 가끔 줘."

선배에게 무슨 일을 하며 먹고사는지 묻고 싶었다. '먹는다'와 '산다'. 소설 앞에 오는 피할 수 없는 질문들.

"그런데 어머니, 벽에 걸어놓은 상본들⋯⋯ 너무 많지 않아요?"

나는 사방을 둘러보며 조심스럽게 말했다. 이미 빛이 바래 누렇게 변하여 오래된 비늘처럼 벽에 들러붙어 있었다. 너무 많아서 숨이 막혀요. 정작 하고 싶은 그 말이었는데 애써 참았다.

그녀는 나를 힐끗 쳐다보며 별소릴 다 한다는 눈빛을 보냈다.

"그럼, 많아야지. 공짜가 어딨어? 그 많은 기도를 하는데 상본 하나만 걸어놓으면 기도가 먹히나, 이 사람아?"

"일리 있는 말씀이지만……. 그런데 어머니, 저처럼 글을 쓰는 사람도 같은 소재를 하나 놓고 여러 개 쓰지는 않거든요. 그러니까, 제 말은…… 하나로 모아 지성으로 쓰면 더 잘 쓴다는 말이지요. 제가 예전에 습작으로 썼던 수십 개의 작품들을 몽땅 다 태워버리고 정리했더니, 그때부터 더 잘 써지더라고요."

그녀는 내 말에 잠시 깊은 생각에 빠진 표정을 지었다.

"그럼…… 자네 말은…… 상본을 다 떼고 가장 좋아하는 걸 하나만 골라 걸어놓고 기도하면 기도가 더 세게 먹힌다는 말이지?"

"네? 아…… 네. 그렇죠. 그러니까…… 제 말은…… 그런 셈이네요. 그러니까…… 비유가 적절할지는 모르겠지만…… 정화수도 한 그릇 올리잖아요. 깨끗한 벽에 가장 마음이 가는 상본 하나를 거는 마음으로……. 그러니까……제 말은. 표를 한 곳에 몰아주자……. 뭐, 그런 셈이지요. 기도빨이라고 들어보셨죠? 아……. 죄송합니다, 기도의 힘……."

그녀는 일리 있다는 표정을 짓는 것도 잠깐, 이내 다시 고개를 흔들었다.

"그럼…… 저걸 다 떼어내면…… 기도가…… 아니야. 안……돼. 그건 안 돼."

그녀가 세게 도리질을 쳤다.

"어머니, 부활 전에 거쳐야 할 단계가 뭐라고 생각하세요?"

"응……. 부활…… 전?"

"네. 부활 전."

"죽어야지……. 죽음?"

"제 생각도 그래요 어머니. 죽어야 다시 와요."

그녀가 내 말을 천천히 곱씹더니 천천히 커피 잔을 들어 올렸다. 눈가가 천천히 붉어졌다.

부활. 죽음 뒤에 오는 것. 그렇게 곱씹고 있는 눈빛이었다.

햄버거와
푸른 등

한인타운으로 가는 버스라고 했다. 그가 일하고 있는 곳이라도 보여주려는 걸까. 궁금증이 일었다. 선배는 자주 버스를 애용하는지 버스 패스를 목에 걸고 있었다. 버스에 오르기 전에 우리는 한쪽으로 비켜섰다. 버스와 도로 난간에 장애인을 위한 접이식 다리가 놓였고 휠체어를 탄 육중한 여자가 천천히 내려왔다.

우리는 버스 깊숙이 들어가 빈자리를 찾아 앉았다. 땀에 젖었던 등짝이 서늘해졌다. 버스에 부착된 실내 온도계를 보니 20도. 앞에 앉은 중년 여자가 겨울 털스웨터를 어깨에 걸치고 눈을 꾹 감고 있었다. 나는 버스 안을 둘러보던 시선을 밖으로 돌렸다. 자전거를 탄 노인, 인라인스케이트를 타고 가는 엉덩이가 동그란 소녀, 주체할 수 없는 살 때문에 길에 퍼질러 앉은 여자, 햄버거를 우걱우걱 씹으며 횡단보도를 건너는 금발의 소년, 빨강 머리에 빨강 구두를 신은 여자. 그리고 이름을 알 수 없는 노란 꽃 또 보라 꽃, 두 손을 하늘을 향해 높이 펼쳐드는 조각상. 그리고 이 모든 사물 사이에 놓여 있는 노숙자들. 그들의 번득이는 눈동자. 모두 차창 밖으로 스쳐 지나가고 있었다. 그 어느 것에서도 선배가 밥을 벌어먹고 살 만한 것들이 없는 것만 같았다.

"저 나무 이름이 샤워트리래. 바람 불면 비 오듯 꽃잎들이 떨어져서 붙여진 이름이라네. 어울리지?"

아카시아와 흡사한 나무를 가리키며 선배가 말했다.

"샤워트리? 느낌이 없네. 이해는 되는데."

내가 무슨 말을 하려는지 이해한다는 듯이 그가 웃었다. 아카시아라는 말에 더 익숙해진 우리의 눈과 혀와 귀 때문이라는 것을 알고 있다는 듯.

"피터에게 들었어."

"자주 만나?"

"우연히 자주 봐."

나도 그를 우연히 도서관에서 만났다고 말했다.

"이 섬이 그렇게 좁아."

사실 나는 피터에 관해 많은 게 궁금했다. 그를 처음 만났을 때 그가 10달러를 가지고 사라졌던 일과 그가 노숙자로 살아가는 이유까지도. 그것은 좋고 나쁨의 문제가 아니었다. 그리고 선택의 문제는 더욱 아닌 것 같았다. 선택이라는 과정조차도 거치지 않은 일. 어쩌다 그렇게 되어버린 결과물처럼.

"검색해봤더니 놀랍게도 피터는 블로그도 운영하고 있고, 팔로워도 꽤 많아. 특히 유럽과 일본에. 출판된 책도 정말 있더라고. 젊었을 때는 글발깨나 날렸던 사람이었나 봐. 오래전 일이지만, 『뉴욕타임스』 신문에 기고한 글이 있어 봤더니, 같이 실린 사진이 있더라. 지금보다 훨씬 멋있더라, 반듯하고. 사실 언제부터 피터가 노숙자로 전락했는지는 몰라. 자기 창작이 누군가에게 도용당하고 있다는 강박에 시달리다 자신이 쓴 문장을 몸에 새기고 살고 있다는 것만 알 뿐이야. 그것도 지어낸 이야기일 수도 있겠지만."

피터가 정말 소설가였다는 사실에 이상한 연민 같은 것이 느껴졌다. 어쩌면 미래의 내 모습이 될 한 부분을 미리 본 것처럼. 그의 팔에 어지럽게 새겨져 있는 푸른 선들이 눈앞에 다시 펼쳐지는 것 같았다.

우리는 버스에서 내리자마자 선글라스를 꺼내 썼다. 정수리가 따가울 정도로 햇볕이 강렬했다. 어느새 한글 간판이 제법 많이 띄었다.

고향식당, 서울미장원, 우리커피숍, 한국마트, 이씨네옷수선집.

나는 너무도 친근한 한글 간판을 눈으로 읽으며 걸었다. 칠팔십년대 서울의 어느 골목을 그대로 옮겨놓은 듯했다.

"근무시간은 거의 자유고……. 그냥 용돈 버는 수준이야."

선배가 '사무실'이라고 부른 곳은 한국식당 위층에 자리했다. 피아노 학원과 SAT 준비반 학원, 그리고 바로 옆은 대형 유리창으로 안이 훤히 들여다보이는 태권도장이었다. 모두 낯익은 조합이었다. 아이들 교육 때문에 한국을 떠났다는 사람들이 한국식 교육 방법을 여전히 택하고 있는 모습처럼 느껴져 조금 의아했다.

"태, 권, 도." 정확한 한국어 발음이 문밖까지 들려왔다. 선배의 사무실은 바로 옆에 있었다. 간판도 없는 사무실 철문은 굳게 닫혀 있었다. 페인트칠이 군데군데 벗겨졌고 손잡이 부근은 사람들의 손이 많이 닿아서인지 검고 둥근 반원이 어린아이 머리만 했다. 선배는 주머니에서 열쇠를 꺼내 들었고 문을 열었다.

습하고 오래된 나무 냄새, 열 명 정도 앉을 수 있는 책상과 의자, 아무렇게나 벽에 걸려 있는 티셔츠, 한쪽에 쌓여 있는 책, 50인치 텔레비전 크기의 칠판, 소형 냉장고, 읽다 만 신문들 그리고 아래층 식당에서 올라오는 매큼한 한국음식 냄새.

선배가 내게 물이라도 마시겠냐고 묻더니 냉장고 문을 열었다. 나는 대답 대신 책이 쌓여 있는 곳으로 걸어가 제목들을 눈으로 읽었다. 『살아온 날들이 모두 눈물이었네』, 『당당하고 씩씩하게 걸어온 내 삶』, 『그래도 너희들만은』, 『내가 살아온 삶 너희가 살아갈 하루』.

간증이나 아침 드라마를 연상시키기에 모자람이 없는 제목의 책들이었다.

"뭐야? 자서전 전문 출판사야?"

책 더미 앞에 서서 그것들을 물끄러미 쳐다보며 물었다. 대필했냐는 질문은 차마 나오지 않았다. 선배 어머니가 말한 '지 버릇 개 못 준다'는 말이 무슨 뜻인지 알 것도 같았다. 소설 '따위'는 때려

치웠다는 사람답게 그는 소설을 쓰고 있지는 않았지만 다른 장르의 글쓰기를 하고 있는 것 같았다. 어떤 식으로든지 글을 놓지 않고 있었구나. 그런 마음이 들었지만 차라리 모두 완벽하게 놓지 못한 그가 조금 안쓰러웠고 실망스러웠다.

"글쓰기 교실이야."

"밥이 돼? 외국에서 한국문학을 배우겠다는 사람이 있다고?"

"대필작가보다 못해."

"수입이?"

"아니, 글을 정말 쓰지는 않는다는 점에서."

나는 선배의 말을 들으며 브로슈어 한 장을 집어 들었다.

〈한동수의 글쓰기 교실: 창작에서 출간까지!〉

1. 자서전 쓰기반:

   유명인만 자서전을 쓰던 시대는 지났습니다.

   당신의 삶을 한 권의 책으로 묶어드립니다.

2. 수필반:

   이민 생활의 희로애락을 글로 남겨두고 싶은 분.

3. 등단준비반:

   당신도 작가가 될 수 있습니다. 창작 기초부터 등단까지.

그리고 동수 선배의 약력과 전화번호.

브로슈어를 내려놓는데 왜 아버지가 불쑥 떠올랐는지 모를 일이었다. 아버지는 이사를 잘 하셨을까. 고향에 내려가서 행복할까. 한국으로 돌아가면 잘해드려야지. 그런 상념들.

"참 이상하지. 소설을 버렸는데 그때부터 글이 새롭게 다가오더라. 소박한 섬마을 선생님이 되고서야 느끼는 가치야. 이거라도 얼마나 감사한데."

나는 건너편 거리를 내다보았다. 자동차 몇 대가 지나가고 있었다. 알파벳 번호판이 붙은 차량들을 보고서야 내가 있는 곳이 외국이라는 사실이 실감 났다. 맥도날드가 바로 길 건너편에 있었다. 지름 1미터 크기의 대형 햄버거가 그려진 입간판이 눈에 들어왔다. 물방울이 맺혀 있는 토마토와 상추, 지글거리는 소리가 들릴 것만 같은 육즙이 흐르고 있는 패티, 그 위에 흐물흐물 반쯤 녹아 흘러내릴 것 같은 노란 치즈. 붉은색으로 적혀 있는 세일 가격은 'Only 99¢'.

선배의 얼굴이 또는 나의 얼굴이 지름 1미터 햄버거 위로 겹쳐지다 사라졌다. 우리 모두 뭐 하나 제대로 값을 받고 살아본 적이 없는 사람 같았다. 소설을 써도 소설 쓰는 걸 가르쳐도. 버는 돈은 겨우 99센트.

"그래도 학생이 꽤 돼. 대부분 할머니지만. 하하. 작년에도 벌써 세 분이 칠순 기념으로 자서전 출간했어. 편집해줘서 고맙다고 용돈도 집어 주시더라. 모니카도 마음으로 응원한다고 렌트비도 가끔 보태준다. 문학 애호가라나, 문화 애호가라나."

"글 쓰는 건 가르치는 게 아니라고 큰소리칠 땐 언제고?"

"하하. 그 생각엔 아직 동의해. 나는 다만 그들을 자극할 뿐이야. 책상에 가서 앉게끔."

"그런데 새벽엔 어디를 갔다 오는 거야?"

"바 청소!"

"뭐?"

"근육 쓰는 일 한다고!"

선배는 사무실 문이 닫혔는지 다시 확인하고 열쇠를 주머니에 넣었다. '태, 퀀, 도' 기합 소리가 상가 건물에 생기를 불어넣었다.

계단을 내려가는 선배의 등이 고스란히 내 눈에 들어왔다. 그때, 그러니까 계단을 다 내려간 선배가 몸을 돌리며 내 시야에서 막 사라졌을 때, 눈앞에서 뭔가 꿈틀거리다 사라지는 푸른 등을 본 것만 같았는데, 그런 착각 때문이었는지 그 모습에서 거대한 물고기가 연상되었고, 비늘 조각들이 그의 등에 비밀스럽게 다닥다닥 붙어 있을 것만 같았고, 가끔 그가 어둠 속에 홀로 앉아 비늘을 떼어내 오래 들여다보며 깊은 생각에 잠겨 있을지도 모르겠다는 엉뚱한 생각이 들었다.

야외 수업이라고 말했지만 알고 보니 식당에서 수강생들과 같이 식사나 하자는 게 취지였다. 점심을 초대한 수강생들은 중년의 남자 한 명과 두 명의 여자였다. 중년의 남자는 스티븐이라는 미국 이름을 갖고 있었다. 눈이 작고 입술이 얇게 저민 사과 조각처럼 보였는데 '스티븐'이라는 어감과 잘 들어맞았다. 대학에서 국

문학과를 전공했고 중학교 교사를 몇 년 했다고 했다. 지금은 샌드위치가게를 운영하며 글을 쓴다고 했다.

"한국에서 작가분이 오셨다길래 직원들에게 가게를 맡기고 왔죠."

내 작품을 읽어보지도 않았을 텐데 생업까지 맡기고 왔다니 어색하고 난감한 자리였다. 남자는 내가 어떤 소설을 써도 상관없는 듯이 보였다. '작가'라는 타이틀에 더 매력을 느끼고 온 것 같았다. 그래서일까. 소설에 대한 이야기는 없었다.

그런데 두 여자는 달랐다. 필승 등단. 마치 붉은 글씨로 쓴 머리띠를 두른 사람처럼 결연해 보였다. 질문 사항도 전략적이고 치밀했다. 정해진 시간 안에 최대한의 정보를 수집하려는 의욕이 느껴졌다.

"문예지는 끼리끼리 뽑는다면서요?"

"편집위원들을 좀 아는 곳 있으세요?"

"나이가 좀 있는 사람은 신춘문예가 유리하다면서요?"

"얼마나 계실 건가요? 혹시 계시는 동안 제 작품을 읽어보시고 작품 성향에 맞는 문예지를 선정해주실 수 있나요?"

"요즘 소설의 경향에 대해 말해주세요. 어떤 소재로 써야 심사위원 눈에 들까요? 해마다 뜨는 소재가 있다면서요?"

"저는 시를 쓰는데요……. 물론 선생님은 소설가지만, 그래도…… 글은 다 같은 글이니까……. 요즘은 소설 같은 시, 이야기가 있는 시가 좀 있어 보이는 것 같더라고요."

"특별한 직업군을 가진 화자가 좋다던데, 어떤 새로운 직업들이 있나요? 인터넷 검색도 한계가 있어서……."

"고백 투의 문체는 요즘 좀 낡았죠?"

"강렬한 주제는 오히려 좀 촌스럽게 여긴다면서요?"

"서사가 강렬해도 촌스럽고……? 그럼 문장력을 주로 보나요?"

나는 이 모든 질문을 LA갈비 3인분, 병어조림, 청국장, 오징어무침이 차려진 테이블을 마주하고 들었다. 등단에 갈급한 사람들 같았다. 나도 그런 때가 있었으니 그 심정을 모르는 건 아니었다. 테이블에 놓인 음식들이 빠르게 식어가는데도 그들은 시험문제를 달달 외운 사람처럼 속사포로 쏟아냈다. LA갈비 3인분은 정말 건장한 사내의 '3인분'처럼 크고 푸짐했다. 처음부터 다섯 명이 먹기에 너무 많은 음식이었다. 질문이 길어질수록 밥값이라도 해야 할 텐데, 하는 생각이 들었다. 식욕은 어느새 난감함으로 바뀌었다. 선배는 도와주지도 않고 천천히 맛있게 갈비를 뜯고 있었다. 샌드위치가게 남자가 나보고 먹으면서 얘기하라고 은근히 격정의 눈길을 보냈다. 나 역시 답을 모르는 질문들이어서 묵묵히 듣기만 하고 대답을 못 했다. 그런 내가 마음에 걸렸는지 두 여자는 잠시 조용해졌다. 이제 내 차례다. 정말 뭐라도 대답을 해야 할 것만 같았다. 나는 먼저 갈비를 한 점 뜯었다. 달짝지근했다. 설탕을 쳐 발랐군. 나도 모르게 그런 말이 튀어나올 맛이었다.

"뭐든 한 가지는 강렬해야 하지 않을까요. 소재라든지, 문체라든지, 직업이라든지, 아니면 주인공의 이름이라도."

나는 누군가에게 들었던 말을 그대로 옮기고 있었다.

"이름이라고요? 아, 그건 생각해보지 않았다."

"아무래도 많은 작품들을 짧은 시간 안에 심사할 터이니……."

앞머리를 약간 길게 늘어트린 여자가 마치 자신의 작품이 선정되지 않은 이유를 그제야 알았다는 표정으로 고개를 끄덕였다. 동수 선배를 힐끗 보는 눈빛이 왜 이런 중요한 것을 안 가르쳐줬냐며 탓하는 표정이었다. 그리고 곧 자신감을 찾는 듯했다. 아직 자신의 작품도 희망이 있다는 말처럼 여기는 것 같았다. 나는 다시 LA갈비 한 점을 집어 들었다. 달짝지근한 맛이 은근히 중독성이 있었다. 여자에게 괜한 희망을 준 것은 아닌지 모를 일이었다.

"등단하시려는 거죠?"

"당연하죠, 선생님. 그럼, 몇 년을 공들였는데, 버려요? 선생님 같으면 버릴 수 있어요? 뭐든 결과를 얻어야지요."

선생님이라니. 민망했다. 적어도 나는 여자보다 십 년은 젊은 사람 같았다.

"그러고 나서는요?"

"그러고 나서라뇨? 책 내야죠. 책 내고…… 쓰고…… 책…….."

여자의 목소리가 점점 줄어들었다.

"책 내면…… 얼마 버는 줄 아세요?"

"그야…… 모르죠. 그게 뭐 중요하나요?"

"중요하죠. 노동인데."

"노동이라고요?"

"중노동이죠. 소설책 하나 묶으려면……."

"재경 작가, 뭐 그런 얘기를……. 아직 등단도 하지 않은 분들한 테……."

"그러니까 그런 것도 아셔야 된다는 말이지."

내 목소리가 좀 컸는지 식당에 앉아 있던 사람들이 힐끗거리며 쳐다보았다. 선배는 나에게 밥이나 먹으라는 시늉을 했다. 나는 거품이 막 가라앉은 맥주를 들이켜며 애써 감정을 눌렀다.

이메일 주소를 적어 여자에게 건네주었다.

"작품이 있으면 보내주세요. 꼼꼼히 읽어보고 제 의견을 말씀드 릴게요. 혹시 도움이 된다면요."

여자는 내가 내민 종이쪽지를 한참 들여다보며 골똘히 생각에 잠긴 눈치였다.

"왜가 어디 있어요? 그냥 계속 쓰면 되죠."

옆에 앉아 있는 시 쓴다는 여자가 말했다.

"선생님도…… 쓰세요?"

샌드위치가게 남자에게 내가 물었다. 우리 대화만 듣고 있던 모 습이 조금 마음에 걸려 물은 거였다.

"아, 저요? 아……. 그냥……. 소설도 쓰고 수필도 쓰고 시도 좀 써놓은 게 있는데, 책으로 묶기에는 좀 분량이 적고……. 이민 와 서 고생했던 이야기를 논픽션으로 써놓은 것도 있고……. 다 어 찌해야 좋을지. 내 분신들처럼 소중해서 버리기도 그렇고. 한국에 출판사를 좀 알아봐야 하는데……. 요즘 출판업계가 다 힘들다고 하니……. 자비로 출판하기는 자존심이 상하고……. 하하."

남자는 질문을 건네줘서 고맙다는 표정으로 상기된 채 말했다. 하고 싶었던 말이 많은 모양이었다. 그러니까 그는 모든 장르의 글을 쓰는, 제일 무서운 사람이었다.

"참 쓸 게 많죠? 쓸 게 많다는 것은 느끼는 게 많다는 거고, 늘 깨어 있는 의식의 소유자라는 거나 마찬가지죠."

샌드위치가게 남자는 내 말에 오랜만에 대화할 상대를 만난 사람처럼 반가운 눈빛을 보냈다.

"이번에 한국에서 베스트셀러로 소개된 소설을 구입해 읽었는데 정말 실망했어요. 뭐라 그럴까, 꽃이 피다 만 나무를 봤다고나 할까요. 가지만 앙상하게 있다고나 할까요."

"한 작가에게 우주 전체를 기대하다니, 가혹해요."

시를 쓴다는 여자가 끼어들었다. 새침한 표정이 사뭇 진지해 보였다.

"우주라뇨? 기대 안 해요. 내 말은 나무 한 그루라도 제대로 보여줘야지, 뭐 그런 말인 셈이죠."

남자는 뭔가 자존심이 잔뜩 상한 표정을 지었다.

나는 식어가는 청국장을 한 숟가락 떴다. 몹시 짰다.

"그러니까…… 제 말은 어떤 목사님은 설교를 잘하시고, 어떤 목사님은 성품이 좋으시고, 어떤 목사님은 표정이 온화하시고……. 그러니까 그 목사님들을 다 합하면 하나님이 되지 않을까. 그런 말인 거죠. 세상에 여러 작가의 작품과 사상을 다 모아 붙이면 한 우주가 되겠죠. 그래서 여러 시각을 가진 여러 작가가 필요한 거고요. 안 그래요, 작가님?"

시를 쓰는 여자가 나를 쳐다보았다. 세상에 여러 작가가 필요하니 나 같은 작가도 희망을 갖고 쓰라는 말처럼 들렸다. 나는 고개를 끄덕였다. 좋은 가르침이었다. 밥값은 정말 내가 내야 할 것 같았다.

식당을 나왔다. 선배가 그들에게 다음에 제출할 과제에 대해 설명하는 것 같아서 나는 조금 떨어져 담배를 한 대 피웠다. 샌드위치가게 사장이 곁으로 다가왔다. 다음에 오면 꼭 자기 집에 머물다 가라고 말했다.

"집 참 넓고 좋아."

동수 선배도 옆에 서서 거들었다. 남자는 우리를 남겨두고 제일 먼저 주차장을 향해 저벅저벅 걸어갔다. 임시 번호판을 단 검정색 BMW525I의 미등에서 불이 깜박였다. 넓고 좋은 집에 산다는 선배의 말이 사실인 듯했다.

여자 둘은 쉽게 돌아서지 못했다. 차라도 대접하겠다고 말했다. 뭔가 아쉬움이 남은 표정들이었다. 어떤 목마름으로 그들은 글이라도 잡고 있는 것일까. 적어도 나보다 뭔가 더 절실한 마음으로 한줄 한줄 써 내려가고 있는 사람들인 것 같았다. 그래도 나는 차 마시자는 청을 사양했다. 저녁도 과분한 자리였다.

최초의
기억

"장 르누아루 감독이 말했지. 인생에서 가장 중요한 건 당신이 기억하는 것들이라고. 나는 살아갈수록 그의 말에 정말 공감해."

피터는 제법 진지한 표정이었다. 선배가 에밀 졸라의 소설 〈나나〉를 무성영화로 만든 감독이 장 르누아루라고 부연 설명을 해줬다. 나는 오래전 서울아트시네마에서 그 감독의 다큐를 본 기억이 났다. 그제야 피터가 하는 말을 이해하며 고개를 끄덕였다.

보리수 그늘 밖은 여전히 눈부신 햇살이 쏟아져 내렸고 대화를 빨아들일 정도로 그늘은 깊고 고요했다. 공공장소에서 음주는 허락되지 않는다는 말에 우리는 캔 맥주를 종이에 싸서 생수병처럼 움켜쥐고 있었다. 손에 오래 쥐고 있을수록 종이가 물에 젖어 눅눅해졌다.

"잠자리 날개를 손가락으로 잡았던 순간이 또렷이 기억이 나.

이건 분명 내 첫 기억이야."

"잠자리?"

내가 선배를 보며 피터의 이야기를 제대로 들은 게 맞느냐는 듯 물었다.

피터가 주머니에서 펜을 꺼냈다. 캔을 감싸고 있던 종이를 펼쳐 뭔가를 그리기 시작했다. 눅눅한 종이가 자꾸 찢어지는데도 피터는 멈추지 않고 뭔가 작게 그렸다. 잠자리였다. 유난히 날개가 긴. 아마도 그의 기억에 새겨진 이미지 같았다.

"잠자리 날개가 손끝에 닿았을 때의 느낌이 기억나."

피터가 두 손가락 끝을 살짝 비비며 몽롱한 표정을 지었다. 그가 하도 진지한 표정으로 말하기에 웃을 수도 없는 상황이었다. 나는 어느새 어린 피터의 모습으로 돌아가 잠자리 날개를 잡으려고 조심스럽게 다가가는 상상을 해보았다. 호기심과 약간의 두려움이 서린 눈동자. 얇고 부드러운, 공기의 막처럼 투명한 잠자리 날개를 향해 손가락을 내미는.

"어땠어? 만져봤을 때?"

선배가 피터에게 물었다.

"투명한 것이 곧 부드러운 거라고 느꼈어. 투명한 것을 보면 부드러움을 떠올리게 돼. 물, 햇빛, 공기, 바람. 그런데 그런 이미지를 깬 것이 내게는 유리였어. 아니러니하게도 실은 유리가 유년의 기억을 불러오게 해주었지."

피터가 내게 생애 첫 기억이 뭐냐고 물었다. 동수 선배와도 오래전에 이와 비슷한 이야기를 나눈 적이 있었다.

　지루할 정도로 길고 끝나지 않을 것 같은 더위가 이어지던 여름이었다. 그가 같이 밥이나 먹자고 했다. 골목 끝에 있던 허름한 중국집으로 들어갔다. 에어컨 바람도 식탁도 모든 게 끈적끈적하게 느껴졌다. 반주로 마시던 술이 거의 바닥을 드러낼 때쯤 우리는 무료해지기 시작했다. 밖은 더 더울 터였다. 선배는 무심히 밖을 내다보다 뜬금없이 "네게 가장 오래된 기억은 뭐니?" 하고 물었다. 어느 먼 곳에서 툭 떨어진 질문 같았다. 그의 질문은 질문 자체로 내게 오래 각인되었다. 나는 그와의 대화 속에서 아주 어렸을 때의 내 기억과 마주했다. 생각해보니 그 기억은 내게 오래전부터 있었던 것 같은데, 구체적으로 누군가에게 들려주었던 것은 처음인 것 같았다. 꿈인지 기억인지 분명하지는 않지만, 이라고 서술한 나의 기억은 사실 좀 길고 선명했다. 두서없는 내 얘기를 다 듣더니, 그는 그 기억을 '김재경의 최초의 기억'이라고 명명해주었다. 내 소소한 기억에 이름을 붙여준 것이다. 어두운 방에 전등불이 환하게 들어온 기분이었다. 그리고 그날 밤 아버지에게 내 기억을 대충 들려주었고, 그건 엄마와의 마지막 기억 같았는데, 아버지는 놀랍게도 그 기억 속의 내가 네 살이나 다섯 살 때라고 말했으니 선배가 첫 기억이라고 명명한 것에 의문의 여지가 없었다. 생의 한 부분이 생생하게 복원된 느낌이 들었다. 기억은 이랬다.

머리에 물기가 느껴질 정도였으니 목욕을 한 지 얼마 되지 않은 것 같았다. 나는 철로 주변에 앉아 있었다. 주변엔 풀이 무성하고 꽃들이 화사했다. 나는 새로 산 옷처럼 깨끗한 셔츠와 체크무늬가 선명한 반바지를 입고 있었다. 철로변에 발을 늘어트리고 앉아 있던 나는 지루함을 참지 못하고 다리를 툭툭 허공에 치며 놀았다. 다리가 접혔다 펴질 때마다 도톰한 무릎에 가느다란 주름들이 굵어지다 얇아지기를 반복하는 걸 지켜보았다. 발아래 시냇물이 흐르고 있었다. 자갈돌들이 보였고 물살이 지나가며 남긴 무늬가 울퉁불퉁했다. 내 등 뒤에서 엄마의 목소리가 들렸다. 엄마라고 여겨지는 목소리였다. 다른 여자들의 목소리도 들렸다. 그들은 유쾌했다. 매캐한 연기 냄새가 났다. 맛있는 음식 냄새도 났다. 나는 앉아 있던 주변의 풀을 뜯으며 소리를 듣고 냄새를 맡고 계속 다리를 접었다 폈다 하며 놀았다. 그러다 지루함을 참지 못하고 일어서서 철로 주변을 서성거렸다. "재경아 멀리 가지 마." 엄마목소리가 잊을 만하면 들려왔다. 어떨 땐 선명하게 어떨 땐 희미하게. 그 차이가 주는 미묘한 느낌이 좋았다. 나는 엄마의 목소리가 잘 들리는 철로 주변에서 엄마로부터 멀어졌다 가까워졌다를 반복하며 놀았다. 엄마의 목소리가 들리는 나의 행동반경은 아늑하고 안전했다. 그러다 나는 멀리 갔다. 어느 길고 거대한 터널 앞에 닿았다. 맹수의 거대한 입이 떠오를 만큼 섬뜩했다. 초여름의 햇살이 무색하리만치 터널 안은 어둡고 서늘해 보였다. 나는 깊은 어둠이 자리한 터널 속을 눈으로 따라가다 멀리 있는 거대한 빛의 동그라미와 맞닥트렸다. 동그라미는 터널 끝에 있었다. 안으로 걸어 들어가면 엄마의 목소리가 영영 들리지 않을 거였다. 두려움과 흥분을 동시에 느낄 만큼 터널 속 어둠은 거부할 수 없는 매력을 뿜어내고 있었다. 무서웠지만 경험해보지 않았으니 강렬한 유혹이었다. 엄마의 목소리가 들리지 않는 곳은 어둠 속이고, 그 어둠 속은 안전한 곳이 아니라는 것을 알았을까. 나는 어둠 끝에 있던 빛의 동그라미를 가끔 힐끗거리면서도 안으로 들어가지 못하고 터널 주변을 오래 맴돌았다.

동수 선배는 피터에게 내 이야기를 전달하기 위해 무진 애를 썼다. 내 이야기가 끝날 때쯤 피터의 얼굴에 황홀한 빛이 드리워졌다. 너무도 아름답다는 것이다. 그는 뭔가를 조금 생각하는 눈치더니 내가 그 터널 안을 그냥 지켜보는 것에 머무르지 않고 어둠 속을 걸어 들어가 터널을 통과했었다면 아마도 나는 이십대에 세상을 놀래킬 만한 위대한 작가가 될 수도 있었을 거라고 말했다. 나는 웃음을 터뜨리고 말았다. 그건 내가 생각해보지도 않은 해석이었다.

"좀 엉뚱하지만, 일리 있는 말 같다."

선배도 거들었다.

"나는 네가 어두운 터널 속으로 기어들어가지 않은 것이 네 운명을 결정했다고 생각해. 네가 글이라도 쓰는 이유는 그때, 들어가보지 않은 어두운 터널에 대한 유혹 때문이었어. 유혹을 느끼면서도 차마 발을 떼지 못했던 순간의 감정이 너로 하여금 자꾸 다른 세계를 기웃거리게 하는 거야. 그게 네게는 소설이겠지."

"정말 그럴까?"

"통과한 사람과 기웃거린 사람은 확실히 달라."

"그럼 선배는?"

"나? 난 둘 다 해봤어."

"둘 다라고?"

"그러니 안 쓰지. 못 쓰기도 하고."

우리가 얘기를 나누는 모습을 지켜보던 피터는 약간 취한 것 같았다. 그가 『피터 팬』의 작가 제임스 매슈 배리의 이야기를 들려주었다. 그러니까 작가에게 기억이란 얼마나 중요한 것인가의 연장선인 셈이었다. 이야기의 요지는 제임스에겐 한 번도 얼굴을 보지 못하고 죽은 형이 있었는데 그의 이름도 제임스였다는 것. 부모가 죽은 큰아들을 애도하는 뜻으로 작은아들에게 같은 이름을 지어줬다는 것. 동생 제임스는 살아가면서 늘 형의 존재를 의식한다는 것. 죽은 형은 어디로 간 것일까 의문을 갖게 되고, 어린 나이에 죽은 형이 영원한 동심을 품고 네버랜드에 살아가고 있을지도 모른다는 생각에 이르렀다는 것. 『피터 팬』은 그렇게 설정된 상황 속에서 나온 이야기라는 것. 즉 애도가 소설의 발단이라는 말이다.

"흠……. 그럴듯한데, 피터. 그러니까, 죽은 형에게 없는 것은 무엇일까 생각하면 답이 나오잖아. 엄마지. 모성애. 그 역할을 하는 게 그 이야기 속의 인물 웬디 아닐까?"

선배가 피터를 보고 고개를 끄덕이며 말했다. 그때 피터는 잠시 동수 선배를 물끄러미 바라보았는데, 나는 그 순간 혹시 피터가 선배에게 다시 글을 써보라고 용기를 주기 위해 일부러 들려주는 이야기일지도 모른다는 생각이 들었다. 그것도 아니라면 '피터'라고 이름 지은 자신의 얘기를 하고 있는지도.

"『피터 팬』에 관해서는 워낙 많은 설이 있어서"

내가 말했다.

"작가에게 상처나 결핍이 창작의 원천이라는 말을 하고 싶은 것이겠지."

"그러는 선배는?"

"오늘은 너를 위한 자리야."

피터가 들고 있던 맥주를 마저 비우고 일어섰다. 그의 등 뒤로 조금씩 빛을 잃어가는 다운타운 건물들이 모습을 드러냈다.

"왜, 가려고?"

선배가 물었다.

"텐 달러?"

피터가 가서 맥주라도 사 오겠다며 손을 내밀었다. 금방 돌아오겠다며 선배가 건넨 돈을 주머니에 찔러 넣었다. 나는 그가 보리수 그늘 밖을 벗어나 조금씩 멀어지는 모습을 바라보았다. 10달러로 살 수 있는 것들과 그것들이 선사하는 위안이나 도피는 어떤 것들일까 상상하며.

우리는 이미 그가 돌아오지 않을 거라는 것을 알고 있었다.

"그런데 선배는 첫 기억에 대해 한 번도 말을 안 했네. 이거 뭐야, 나만 늘 털어놓고. 선배 만나면 난 늘 털린 기분이야. 순결한 사기꾼 같으니라고."

선배가 내 말에 키득거렸다.

"내 첫 기억은 생후 오 개월쯤이야."

"뭐, 오 개월?"

나는 마시던 맥주를 뿜어낼 정도로 웃고 말았다. 오 개월 때 일을 기억하는 남자라니.

"그래? 그럼 얘기해줘. 정말 듣고 싶다."

"내 기억도 구체적이야."

"기억의 재구성이라며?"

"내가 누워 있는데…… 당연히 누워 있겠지, 오 개월 때였으니."

"기억이라고? 믿으라고, 그걸?"

"작은 방이었어. 곁에는 형과 엄마가 누워 자고 있었고. 그때 우리 엄마는 동네에서 작은 슈퍼를 하고 있었을 때였대, 내가 후에 확인한 바로는."

"그래? 그럼 정말 어머니에게 그 기억에 대해 얘기했어?"

"그럼. 나도 너처럼 기억인지 꿈인지 확인하고 싶었지."

"혹시 선배 전생 아니야?"

내가 웃음을 터트리며 물었다. 내 말과 상관없이 그는 꽤 진지하게 오 개월 때의 기억이라고 고집했다.

"누군가, 아니, 남자 어른이 가게 안으로 들어오는 거야. 나는 누워서 남자의 움직임을 지켜봤지. 그런데 남자가 가게 안을 둘러보다 문득 우리가 누워 있는 방 앞에서 뚝 멈춰 서는 거야. 나는 두려운 생각에 휩싸였어. 남자가 뭔가 나쁜 일을 저지를 것만 같은 공포감이라고나 할까?"

"정말? 그게 다 기억나? 지금 나보고 그걸 믿으라는 거야?"

"못 믿겠지? 정말 기억나. 몸을 내 맘대로 뒤집지 못할 정도로 어린 나와 곤히 낮잠에 빠져 있던 엄마와 형이 옆에 있었어. 나는 어떻게든 몸을 움직여보려고 안간힘을 썼어. 남자로부터 엄마를 보호해야겠다는 심정 같은 거라고 할까?"

"오 개월 때니까 당연히 몸을 맘대로 뒤집지 못하지. 뭐야, 나넘어간 거야?"

"맞아. 이제 내 말 믿겠지? 난 그 남자의 옷도 기억나. 예비군복. 그래. 예비군복이었어. 머리는 좀 길고 군복을 입고 있었으니. 군인이라고 기억하지 않고 예비군복이라고 지금 정확히 말할 수 있는 것은 기억의 확인을 거쳐 얻은 정보야. 이건 기억의 재구성과 다른 거야."

"그래서 어떻게 됐는데?"

믿자고 작정했더니 정말 믿어졌다.

"그때 기억을 더듬어보면 참 신비해. 나의 다급한 마음이 엄마에게 전해졌는지 엄마가 갑자기 부스럭거리며 깨는 거야."

"남자는 뛰쳐나가고?"

"아니, 엄마에게 뭘 묻더니 뭘 사가지고 갔던 것 같아."

선배가 나를 쳐다보았다. 우리는 누가 먼저라고 할 것 없이 웃음을 터트리며 허리를 젖혔다.

"뭐야? 손님이었던 거야, 슈퍼에 온?"

"그래도 그 남자가 뿜어냈던 불온한 기운을 나는 느꼈어. 내 얼굴을 빤히 쳐다보던."

"사기네. 완전히."

"진짜라니까. 오 개월 때의 기억."

"그래서 어머니 곁을 못 떠나는 거야?"

슬쩍 찔렀다.

"꿈이야."

"기억이라며?"

우리는 마지막 남은 맥주를 들이켰다.

선배가 '통과한 사람'과 '기웃거린 사람'은 확실히 서로 다르다고 말했던 것이 무엇인지 조금 알 것 같았다. 고백하자면, 나는 기웃거리는 사람이었다. 뭔가를 온전히 몸으로 통과해본 적이 없는 것 같았다. 슬픔도 분노도 늘 언저리에서 머물다 스스로 타협하고 말았다. 뭐가 두려웠던 것일까. 소설도 삶도 심지어 연애까지도 제대로 뛰어들고 피 흘린 적이 없었다. 끝까지 가본 적이 없다는 말이었다. 그러니 나는 용기 없는 사람이라고 말해도 좋았다. 영조가 내게 실망한 것도 그 때문인 것만 같았다. 피 터지게, 원 없이 싸워보고 느껴보라고 세상 속으로 내 등을 떠민 것 같았다. 이제야 무언가 조금 이해되는 느낌이 들었다. 그녀가 책들을 팔아치우라고 고집 피웠던 이유까지도.

"소설이 선배의 영혼이 닿아 있던 영토라고 했던 말. 내 주변에 소설을 그렇게 가깝게 느끼며 살았던 사람은 선배 말고는 없었어."

"정말야? 내가 그 정도로 사기 친 거였어? 진짜 낯간지럽다. 그래. 맞다. 영혼이 닿아 있었지. 그래서 포기도 빨랐고. 순수했으니까."

"다시 쓰고 싶지는 않아?"

소설을 의미하는 것만은 아니었다. 살면서 뭔가를 포기하는 일은 누구에게나 있는 일이었다.

"놀랍게도 뭔가 홀가분해졌으니 비긴 셈이지. 가장 아름다운 치기의 순간들과 굿바이 했다고. 그 빈자리에 다른 게 찾아와 담길 거야. 그러니 살 만한 세상 아닌가?"

이올라니 궁 옆 야자수잎이 바람에 흔들리고 있었다. 보랏빛과 주홍빛 노을이 서로 겹치더니 신비한 빛을 쏟아냈다. 선배 말대로 피터는 돌아오지 않았다. 그는 10달러를 가지고 지금쯤 뭘 하고 있을까. 시간이 흐를수록 그가 와도 좋고 오지 않아도 좋다는 생

각으로 바뀌었다. 아무도 오지 않는 상태. 이대로도 충분히 만족
스러웠다.

"잊어선 안 될 일을 잊는다는 것은 정말 슬픈 일이야. 마땅히 잊
어도 될 일을 기억이라는 덫에 가둬놓고 사는 것은 더 슬픈 일이
고. 난 이제 어두운 기억들은 버리려고 해."

선배의 목소리가 보리수 나뭇잎들을 건드리며 흩어졌다.

모두에게
붉은 화분
하나

선배가 나를 데리고 갈 곳은 'Heaven'. 다운타운 어느 골목 지하에 있는 작은 바라고 했다. 선배의 노트에 적힌 곳이었다.

퇴근 시간에 맞춰 선배와 나는 모니카의 사무실에 들렀다. 우리가 들어서자 그녀는 급히 업무를 정리했다. 한국으로 돌아가는 나를 위한 송별회 같은 것을 해준다며 부산을 떨었다. 백 년이 넘었다는 건물 외벽은 스산한 분위기를 풍겼는데 사무실 내부는 달랐다. 은빛 벽지에 검정과 회색빛 몰딩이 어우러진 실내가 세련미를 물씬 풍겼다. 일본 사무라이나 중국의 무사를 연상시키는 청동 조각들이 구석구석 놓여 있었다. 그것들은 오래된 무덤에서 걸어 나온 것처럼 음울한 표정을 짓고 있었다. 작은 역사박물관에 들어선 것 같았다. 처음에는 회계사 사무실치고는 독특한 장식품이라는 생각이 들었는데 이상하게도 가장 적격이라는 생각으로 바뀌었다. 모니카는 산더미처럼 쌓아놓은 서류들을 뒤로하고 머리를 흔들며 일어섰다. 바는 그녀의 사무실에서 멀지 않은 곳이었다.

거의 장식이 없는 게 특징인 바의 내부는 정갈하고 소박했다. 요가학원처럼 단순하고 정적인 분위기를 풍기는 공간처럼. 샐러리맨처럼 보이는 젊은 남자 몇이 가벼운 칵테일을 시켜놓고 바에 앉아 있었다.

"이제 난 숫자놀이에 지쳤어."

모니카는 마티니를 한 잔 시키며 말했다. 그녀는 어느 회사의 회계 업무를 총괄하는 제법 능력 있는 공인회계사였다. 선배가 우스갯소리로 그녀의 연봉을 말했을 때 몹시 놀랐다. 해마다 유럽과 동남아를 번갈아가며 여행한다는 말을 들었을 때는 부럽기까지 했다. 그녀의 당당함은 높은 연봉과 비례하는 것인지도 몰랐다.

"난 은유를 믿지 않으니까요."

왜 회계사가 되었느냐고 묻자 그녀가 한 대답이었다. 나는 숫자가 세상에서 가장 큰 은유라고 말했다. 그녀가 내 말에 눈을 동그랗게 뜨더니 갸우뚱한 표정을 지었지만 끄덕이지는 않았다.

"우리는 딱 마흔, 아니 마흔다섯 살까지 일하기로 했어."

"거봐, 은유의 극치다. 마흔이나 마흔다섯이 안겨주는 생의 성취감이라는 은유. 그건 네가 숫자놀이를 잘해서 얻은 결과니까 혐오하지는 말아라."

선배가 롱보드 하와이 맥주를 시켰다. 원산지에서 마시는 기분이 색달랐다. 라벨에 해변에서 서핑을 즐기는 모습이 프린팅되어 있었고 약간의 과일 향이 느껴졌고 맛있는 맥주라는 생각이 다시 들었다.

"아냐. 정말 지긋지긋해. 샤론도 연말정산 때면 부쩍 외로워해. 내가 일에 치여 살잖아."

나는 바 내부를 둘러보며 그들이 나누는 대화를 듣고 있었다. 크고 작은 사진 액자들이 한쪽 벽면을 가득 채웠다. 무희들의 강렬하고 독특한 춤사위를 포착한 총천연색 사진들이었다. 내 시선이 중앙에서 멈췄다. 연필로 그린 것 같은 작은 초상화. 어디서나 흔히 볼 수 있는 '한국 할머니' 같은 여자의 주름진 표정이 스산해 보였다. 사진인가 그림인가. 자세히 들여다보니 사진처럼 정교해 보이는 그림이었다. 바와 전혀 어울리지 않으면서도 꼭 거기에 걸려 있어야 가장 어울릴 것 같았다.

여자가 우리에게 다가왔다. 동양인과 흑인의 혼혈이라고 느껴지는 외모였다. 바 주인이라고 했다. 긴 머리를 틀어 올린 모습이 고혹적이었다. 그녀는 먼저 선배 뺨에 입을 맞췄고 모니카와도 가벼운 포옹을 나누었다. 선배가 나를 소개했고 그녀는 약간 서툰 한국어로 "반갑습니다"라고 말했다.

혹시 희수?

나는 속으로 선배 노트에 써 있던 이름을 떠올렸다. 나는 여자에게 벽에 걸려 있는 그림을 가리키며 누구냐고 물었다.

"여기 봐요."

여자는 대답 대신 뒷머리를 손으로 쓸어 올리며 몸을 돌렸다.

잔털이 소복한 그녀의 긴 뒷목, 목이 시작되는 부근, 숲 속에 파묻힌 꽃처럼 작은 글씨가 새겨져 있었다. '할머니'와 '天'.

"우리 할머니는 한국사람이어요. 나 키웠죠. 할머니 죽었어요. 천국으로 이사 갔어요. 그리고 나 미국 왔어요. 할머니 얼굴 아직 기억나요. 한국 생각하면 할머니 제일 먼저 기억나요."

그녀가 그렇게 말했을 때 선배는 그녀의 허리를 한 팔로 가만히 껴안고 쓰다듬었다.

"할머니 얘긴 그만해."

그녀가 다시 선배의 뺨에 제 뺨을 살짝 비비며 눈을 감았다. 인사를 나눌 때와는 달리 조금 오래 그리고 애정이 담겨 있는 몸짓이었다.

"할머니를 꼭 할머니라고 불러야만 할머니인 줄 아는 사람이야. 친할머니도 아닌데."

나는 희수를 바라보았다. 짙은 눈썹에 뚜렷한 입술 윤곽이 도드라진 그녀의 얼굴이 주먹처럼 작고 동그란 새 같았다. 그녀가 선배의 뺨에 얼굴을 대고 비빌 때 두 마리의 새가 연상된 것도 그 때문이었다.

한 무리의 손님들이 들어서고 희수는 주방으로 향했다. 요리를 하면서 카운터를 보는 모양이었다. 우리는 다시 술을 주문하고 이야기를 나눴다. 주문하지도 않은 왕새우소금구이가 나왔고 모니카가 주방을 향해 엄지손가락을 추켜세웠다.

"그런데 참 이상해. 우리 사회가 말이야. 남자로 태어나 여자로

커밍아웃하는 건 환영하는 눈친데, 여자로 태어나 남자로 커밍아
웃하는 건 좀 뜨악하게 바라본다는 생각 안 들어?"

선배가 물었다. 나를 보면서 '혹시 그 이유에 대해 생각해봤어?'
라는 눈빛을 보냈다.

"듣고 보니 그런데."

내가 맞장구쳤다. 그래도 이유까지 고민해본 적은 없었다. 나와
선배는 모니카를 바라보았다. 그녀라면 뭔가 깊이 있게 이 문제를
고민했을 거란 생각이 들었다. 내 걱정과는 달리 그녀는 이런 대
화에 익숙한 사람처럼 보였다.

"잘 본 거야. 정확해."

모니카가 명쾌하게 대답했다.

"이유는?"

"여전히 남성중심주의 사회니까 그래. 아무리 오래전에 여성해
방이 이루어졌다고 해도 아직 남성이 권력을 가진 세계에 우리가
살고 있는 건 사실이거든. 다시 말해서, 한 명의 여자가 더 생기는
건 그만큼 남자에게 경쟁의 상대가 줄어든다는 의미니까 환영하
지만, 한 명의 남자가 더 생긴다는 것은 한 명의 경쟁자가 더 느는
거니까 싫겠지."

모니카의 말에 선배와 나는 서로 덤덤한 표정으로 바라보았다.
우리 둘 다 약육강식의 논리에 걸맞은 남자는 아니었다. 모니카의
말에 수긍하면서도 '짝짓기'의 심리로만 바라보는 시각이 옳은 건
지는 알 수 없었다. 성별이 사회적 권력의 유무에 영향을 끼치는

중대한 요소 가운데 하나라는 사실이 새삼스러웠다.

"넌 은유가 싫다며 여전히 숫자를 은유로 빗대어 우리에게 들려주고 있어."

선배가 가볍게 모니카의 어깨를 치며 웃었다. 나는 모니카가 없었다면 샤론의 상대가 될 남자들의 확률이 조금 높아진다는 비유에 대해, 그 숫자들의 힘에 대해 생각해보았다. 여전히 숫자는 내게 이해하기 어려운 가장 강렬한 은유인 것 같았다.

당당하게만 보였던 모니카의 얼굴에 어두운 그늘이 빠르게 자리 잡았다. 말로 다 할 수 없는 것들이 남긴 흔적 같았다. 조금 어색한 분위기가 짧게 흘렀다. 우려와는 달리 모니카는 금방 평정을 되찾았다. 그녀는 이미 어떤 경계 지점을 통과해 나온 사람 같았다. 터널 끝에 환한 동그라미를 보고 주저없이 어둠을 찢고 터널을 통과해 걸어 나온 것이다. 그사이에 아픔이 없었다면 오늘의 모니카도 없었을 것이다.

"좀 의식적으로 미개하지 않아, 우리 사회?"

모니카는 집요하게 문제를 탐색하는 사람처럼 물러서지 않았다.

"미개 정도야? 그런데 나는 요즘 그 '미개'가 좋더라. 오히려 더 미개하고 싶어. 이건 퇴행이랑 달라. 거기엔 오히려 의식을 거부하는 거친 생명력이 있어."

선배가 모니카의 말을 받아넘기며 면도하지 않은 까칠한 턱을 만지작거렸다. 마치 그의 생명력의 원천이 턱수염이라고 생각하는 것처럼.

"아니 내 말은, 애가 태어났을 때 아랫도리만 보고 남자아이에 겐 파란색, 여자아이에겐 분홍색 용품을 입히려 만들어 사고 파는 행위들 말이야. 그 밖의 것들은 고려하지 않는 행동들 말이야. 미개해."

모니카가 자조적인 목소리로 말했다. 그리고 그제야 뭔가 생각난 사람처럼 나를 보며 물었다.

"언제 떠나요?"

"낼모레요."

"아직 와이키키 해변에 안 가봤죠? 이런 위인이 데려갈 리가 있나."

모니카가 선배를 바라보며 조금 한심하다는 듯 말했다.

"그래도 볼 건 다 봤어요."

"손님 대접도 안 해? 내가 진작 관리했어야 하는데."

"그냥 일정이 그렇게 흘러갔어."

"내가 아주 프라이빗한 비치를 알거든. 나랑 샤론이랑 가끔 가는데. 요새처럼 은밀하고 동화처럼 신비한 곳이야."

"바비큐라도 하자고?"

"웬 먹는 타령? 의식의 출발점이 이렇게 달라서야. 햇빛이 소나기처럼 쏟아져 내리는 곳에서 실오라기 하나 걸치지 않고 선탠해본 적 있어? 없지? 불쌍해."

"완전 다 벗은 거? 글쎄. 없어, 없다."

"거봐. 그거 한번 해보자고."

"you는?"

"나요?"

'you'라는 단어가 너무도 공격적으로 들렸다. 모니카가 내게 뭔가 따져 묻는 사람처럼 보여 화들짝 놀랐다.

"물론 없죠, 그런 경험은."

"한 번 하기가 힘들지 한 번 하고 나면 가끔 생각이 나서 자꾸 하고 싶어져. '자유'라는 단어가 무슨 의민지 구체적으로 느끼게 돼. 바람과 햇살이 어루만지는 몸을 상상해봐. 바람이 실오라기도 걸치지 않은 내 몸을 훑고 지나간다고 생각해봐. 솜털이 바르르 떠는 게 느껴질 정도라고. 아, 지금 당장 가고 싶다. 나 정말 다시 회사로 돌아가고 싶지 않다고. 세금계산서 발급할 게 쌓여 있어."

모니카가 의자에 몸을 깊숙이 기대며 말했다.

"모니카가 무슨 뜻이죠?"

내가 그제야 생각났다는 듯이 물었다.

"성녀 이름이래요. 아이러니하죠? 모태 신앙이었어요. 3대째 가톨릭 집안이었으니. 내가 선택한 건 아니었고. 뭐 그런 말이에요. 미국에 와 살면서 자연스럽게 세례명을 이름으로 쓰게 되었어요. 선희라는 한국 이름보다 발음하기도 쉽고. 다들 그냥 M이라고 불러요. 모니카이거나 마이클?"

모니카는 그 섬에서 다시 태어난 사람처럼 생기 있어 보였다. 나는 남자 이름으로 바꿀 의향이 없냐고 물으려다 관뒀다. 그녀는 이미 그런 것을 초월한 사람처럼 보였다. M이라는 이니셜로 살아가는 게 그녀의 정체성임을 누구보다 잘 알고 있는.

선배 말대로 다운타운만 맴돌았으나 다른 곳을 가보고 싶다는 생각은 들지 않았다. 이 반경 안에서 충만한 여행이었다고나 할까. 내가 만난 많은 사람은 섬에서 또 하나의 섬으로 존재하는 사람들 같았다. 그렇다고 그들이 외로워 보이거나 무턱대고 뭍을 그리워하는 것 같지는 않았다. 각자의 이야기를 품고 세상과 조금 떨어져 살아내고 있을 뿐이었다. 희수나 모니카도 그 가운데 한 명이라는 생각이 들었다.

"그래도 와이키키 해변에 가서 발은 담그고 가야지?"

"해안도로 드라이브했잖아. 와이키키라고 별거야?"

"어휴, 노인네들이 말하는 것 같아. 흥미 없어."

모니카가 두 귀를 틀어막는 시늉을 했다.

화장실을 가겠다고 일어선 선배는 시간이 꽤 지났는데도 돌아오지 않았다. 모니카와 나는 그사이에 벌써 마티니 몇 잔을 끝내고 이름도 알 수 없는 양주를 마시고 있었다. 검고 쓰고 독했다. 나도 그녀도 조금씩 흐트러졌다. 서로가 조금씩 편해졌고 얘기가 많아졌다. 모니카는 전화를 만지작거리며 "샤론이 온다고 했는데⋯⋯"라는 말을 여러 번 반복했다. 꼭 내게 소개해주고 싶다고 했다. 나도 영조에 대해 주절주절 뭐라고 말했던 것 같았다. 모니카가 신혼여행은 자신이 책임지겠다며 호기 있게 말했을 때, 나는 "글쎄요, 글쎄"라고 말하며 웃었다.

"사실 난 소설가들을 별로 존경하지 않아요."

"꼭 존경할 필요는 없겠죠. 그런데 이유를 물어봐도 될까요?"

"글쎄요. 소설가들이 손으로 써 내려가는 것들을 나는 온몸으로 살아냈다는 생각 때문일 거예요. 그래서 그들이 조금 우습게 보여요. 그 어떤 소설보다 내 삶이 더 치열하고 더 피 냄새가 난다고 생각하니까요. 그래서 소설이 싱겁게 느껴져요. 세상엔 문장으로 쓸 수 없는 것들이 분명 존재한다는 생각이 들거든요. 내가 느낀 소외감이나 수치심, 죽음에 대한 끝없는 유혹. 부조리한 것에 대한 분노. 그런 것들을 온전하게 써 내려갈 수 없을 거라는 생각 때문이겠죠. 그래서 시시해요, 소설이."

"몸으로 살아낸 게 가장 위대하죠. 진심이에요. 나는 솔직히, 겨우 소설이에요. 소설을 통해 겨우, 정말 겨우 세상을 봐요. 모니카처럼 직접 몸으로 밀고 나간 사람들 앞에만 서면 주눅이 들어요. 이건 진심이에요."

"어휴, 소설가 앞에서 내가 소설 얘기를……."

모니카가 키득거렸다. 나는 그녀의 말이 하나도 틀리지 않다고 다시 말했다.

"내 얘기를 소설로 쓸 생각은 절대 하지 말아요."

"왜요?"

나는 약간 취기가 도는 목소리로 물었다. 나를 취재 나온 사람 정도로 생각하나. 소설가라고 해서 남의 사연이나 훔쳐 이야기 벽돌로 찍어내는 사람 정도라고 생각하나. 오히려 자신의 얘기를 소설로 써달라고 간청하는 건가. 나는 그녀가 입고 있는 연푸른색

셔츠를 바라보며 생각에 잠겼다. 은은한 조명 불빛 때문인지 색깔이 연보랏빛으로 보이기도 했다. 짧게 자른 머리 때문인지 모니카의 얼굴이 미소년처럼 보였다.

"혹시, 이건 혹시, 만약에, If, 내 이야기를 소설적 소재로 쓰고 싶다면요, 샤론의 이야기도 꼭 같이 넣어줘요. 픽션은 그런 거 아닌가요? 이뤄지길 바라는 어떤 간절함을 현실처럼 재구성해 만들어 보여주는 거? 아, 아닌가? 그건 매직인가? 아무튼. 난 소설 속에서라도 샤론의 완벽한 연인으로 영원히 남고 싶으니까."

모니카가 조금 횡설수설했다. 취한 것 같았다.

"세상 얘기를 다 쓸 필요가 있나요? 그렇지만, 해보죠, 뭐."

모니카가 다 쓰면 보내달라며 명함을 내게 건넸다. 이야기를 사겠다고 했다. 명함은 표면이 매끌매끌한 게 고급스러워 보였다. 농담의 끝치고는 진실이 담겨 있었다.

"얼마를 지불할 건가요?"

"커미션요?"

"커미션이라뇨?"

"예술 작품을 의뢰하고 건네는 비용을 커미션이라고 하죠. 그 단어의 어원이 그렇게 유래된 거예요."

"그러면……. 당신은 내게 예술 작품을 의뢰하는…… 말하자면, 귀족?"

내 말에 모니카가 낄낄거렸다.

"근데 뭘 기준으로 금액을 책정할 거죠?"

"글쎄요. 노동시간을 우선 계산하고, 소설가들의 평균임금으로 곱해서. 이야기의 고유성에 대한 가치를 환산하고……. 흠. 쉽지 않은데요."

"모니카는 지금 내게 계속 숫자의 은유에 대한 얘기를 하고 있는 거예요."

나는 피식 웃음이 나왔다.

"날 처음부터 남자로 설정하면 어떨까요?"

"글쎄요, 그게 의미가 있을까요?"

"그렇죠?"

내 대답을 들은 모니카의 얼굴이 왠지 환해지는 것 같았다. 그녀가 정말 바라는 것은 남자가 된 여자 얘기라는 걸 나는 놓칠 수가 없었다.

"정말 쓸 거죠?"

"내 영혼이 가 닿으면 쓸게요."

그건 진심이었다. 언제부턴가 나는 선배의 어투를 따라 하고 있었다. 영혼이라니, 제길!

모니카는 아까부터 만지작거리던 전화를 꺼내더니 통화 버튼을 눌렀다.

"응……. 이제 들어갈게……. 일, 다 끝났어? 이따 같이 저녁…… 아냐, 내가 갈게. 이따 전화할게. 응. 응. 아이 러브 유 투."

나는 화장실을 가겠다며 천천히 일어섰다. 바닥이 출렁거리는 것처럼 어지러웠다. 손님들이 빠져나간 바는 한산했고 무겁게 가라앉은 재즈의 음률이 바닥에서 찰랑거렸다.

　화장실은 바 뒤쪽에 있었다. 화장실로 가는 복도가 좁고 문이
몇 개 있어 어딘지 헷갈렸다. 복도 끝에 있는 문 앞에 서서 노크를
했다. 아무 응답이 없어 문을 조금 열었다. 작은 창이 보였고 건너
편 상가의 푸른 불빛이 안으로 흘러들어와 있었다. 뭔가 흔들리고
있었다. 격정적이지 않고 서로를 아끼는 조심스러운 몸짓이 보였
다. 두 몸은 긴 소파 위에 하나로 포개져 있었다. 두 마리의 물고
기가 낮게 포개져 있는 작은 수족관을 바라보고 있는 기분이 들
었다. 선배와 희수였다. 두 몸이 가볍게 흐느끼고 있는 것만 같았
다. 나는 얼어붙은 듯 서 있었다. 술기운 탓인지 모든 게 느리고
더딘 느낌이 들었고 의지와 다르게 쉽게 발이 떼어지지 않았다.
희수는 작은 새의 깃털 같은 손으로, 물고기의 부드러운 지느러미
같은 손으로 선배의 목을 꼭 끌어안고 있었다. 나는 문을 닫고 돌
아섰다. 내가 본 것은 아름답지도 추하지도 않았다. 누군가의 평
균치의 삶을 훔쳐본 쓸쓸함이었다.

　버릇처럼 새벽에 눈이 떠졌다. 컴퓨터를 켰을 때 놀랍게도 영조
에게서 긴 이메일이 도착해 있었다. 나는 몇 초간 그녀가 뭐라고
썼을까 긴장하는 바람에 '읽기' 버튼을 바로 누르지 못했다. 제목
을 읽어보니 '안부'라고 적혀 있었다. 나는 마음을 가다듬고 읽기
버튼을 눌렀다.

재경,

안부를 전할 수 있는 가장 짧고 분명한 한 문장을 떠올리기
위해 오랫동안 아침 산책을 했어. 당신이 보았다는 보리수를
상상하다 〈아를 요양원의 정원〉에 있는 나무들이 자연스럽게
떠올랐어. 그리고 그림 속의 붉은 화분도. 나무보다 그 작은
화분들이 뿜어내던 붉은색의 기운이 내겐 더 강렬하게 남아
있어. 요양원에 붉은 화분? 고흐가 다르긴 다르네. 우리가 그
렇게 말했던 거 생각나? 보리수를 보면서 분명 당신도 그 그
림을 한 번쯤 떠올렸을 거야. 결국 우리는 멀리 떨어져 있어
도 같이 있는 거구나. 이런 생각이 불현 듯 들었고, 그러다 나
는 첫 문장을 중얼거렸어.

나는 지금 여기에 있어, 라고.

여기는 어딜까. 지금 내가 당신을 생각하고 있는 여기지.
당신이 내 생각을 하고 있을 여기지. 우리의 여기지.
이곳은 시간이 멈춰져 있는 곳 같아. 멈추면 뒤가 보여, 겨
우. 그래서 좋고 그래서 혼란스러워.
소설은 내 삶의 정원에 놓여 있는 붉은 화분 같다는 생각이
들었어. 떨쳐버릴 수 없는 아름다운 광기처럼 매혹적이었지.
그래서 나는 행복하게 붙잡혀 있었나 봐.

그런데 언제부턴가 내게 질문이 생겼어. 당신도 내게 물었지.

"왜 노인들 얘기만 써? 당신 얘기를 써야지."

내 얘기?

소설이 버거워지기 시작한 건 그때부터였어. 상처공화국의 시민처럼 나는 내가 겪은 상처에 대해 쓰기 시작했어. '상처'라고 부르는 것들에 대해서. '상처'에 상처를 보태서. 더 큰 '상처'에 대해서. 상처가 불러온 '상처'에 대하여. 그 안에는 조부모의 실향과 엄마의 치부와 아버지의 폭력과 인간의 나약함이 과장되고 부풀려 있었지. 나는 더 큰 '상처'를 만들어내기 위하여 밤새 고민했지. 그렇게 쓴 글들을 공모에 내고 품평을 받고 다시 쓰고 고치고 또 내고. '상처'상회를 차려놓고 구걸하는 사람처럼 너덜너덜해졌어.

내 상처는 안 팔렸어.

'상처교'에 모여 울부짖는 광신도처럼 소설에 온갖 '상처'를 갖다 바쳤는데!

나는 점점 더 견딜 수 없는 심정이 되었어. 그런 감정은 생각보다 오래갔어. 책들을 볼 때마다 괴로웠어. 결국 책을 팔아야겠다고 결심했지.

책장에 있던 책을 세다가 나는 오래전에 읽었던 「보라색 커튼」을 다시 만났어. 아버지가 요양원에 계실 때, 아무도 찾아오지 않던 쓸쓸한 요양원에서 읽었던 바로 그 책이었어. 말할수 없이 삶이 쓸쓸하게 느껴져 그 책을 읽다 창가에 서서 조용히 울었던 기억이 나.

책을 세다 말고, 나는 바닥에 주저앉아 그 책을 다시 읽어 내려갔어. 그리고 깨닫게 되었어. 아버지의 사인은 뇌경색이 아니라 외로움이었다는 것을.

당신에게 안부를 전하는 많은 방법에 대해 생각했어. 섬세한 감정의 결을 전하는 데 글보다 더 뛰어난 도구를 나는 아직 알지 못해. 그래서 다시 글이고 우리의 여기야.

영조.

검은 옷을
너무 오래
입고 있었네

가방에 있던 것들을 죄다 바닥에 꺼내놓고 정리했다. 아버지에게
주려고 샀던 면도기와 영조에게 주고 싶어 무심코 집어 들었던
하와이 꽃으로 만든 바디로션, 커피 그리고 얇은 책 한 권 분량의
원고. 선배를 만나면 주려고 가져온 것인데, 예전에 그가 자취방
에 놓고 갔던 습작 원고 뭉치였다. 소설 쓰기를 접었다는 그에게
는 휴지 조각과 다름없을 것이다. 다시 읽어보아도 「오후의 테라
스」는 내 마음을 사로잡았다. 어느 사회에도 완벽하게 속하지 않
는 한 인물의 심리를 집요하게 파고든 내용은 치밀하고 진솔했다.
어쩌면 선배의 이야기일지도 몰랐다. 누구의 이야기든 상관없었
다. 세상의 이야기는 모두 나이거나 당신의 이야기일 테니까.
　동태찌개 냄새가 식욕을 자극했다. 짧은 시간 동안 준비한 음
식이라는 사실이 믿기지 않을 정도로 풍성했다. 이제 곧 한국으로

돌아가는 나를 위해 선배 어머니가 준비한 점심이었다.

"한국에서 겨울에 꽁꽁 언 동태를 뚝뚝 썰어 무 넣고 자글자글 끓이면 맛있는데. 같은 재료를 써도 여기에서 먹는 건 맛이 달라."

"날씨 탓이겠죠?"

"그렇지. 토양도 다르고……. 그나저나, 이 먼 곳까지 여행 왔는데, 허구한 날 이곳에서 맴돌고, 내가 다 미안하네. 부활절에 온 특별한 손님인데."

그녀는 우연히 부활절에 도착한 나를 여전히 특별한 존재로 여기는 듯했다.

"동수 선배 보러 왔어요. 신경 쓰지 마세요. 편히 쉬고 좋은데요 뭐."

여행 일정에 대해 불만을 느껴본 적은 없었다. 나는 오늘도 느긋하게 일어났으며 혼자 아파트 근처를 산책했다. 아무 카페나 들어가 뜻도 모르는 신문과 잡지를 뒤적였다. 거리를 지나는 많은 사람들을 보았고 때로는 골똘히 생각에 잠기곤 했었다. 언어의 장벽. 그리고 혼자라는 느낌을 주는 소소한 외로움이 조금 호사스럽다고 생각했다. 멀리 와서 반추해보는 한국 생활도 내게 많은 걸 느끼게 했다.

여름 나라 섬에서 먹는 동태찌개라니. 식탁 앞에 놓인 동태의 긴 여정을 잠시 생각하다 나는 피식 웃음이 나왔다. 난 왜 이토록 쓸데없는 생각에 집착하는 버릇이 생긴 걸까. 이것도 생에 대한 기웃거림일까.

"어머닌 여기 사는 게 좋으세요?"

나는 밥만 먹는다는 게 어색한 생각이 들어 물었다.

"햇볕이 좋지. 등이 따뜻해. 정부에서 노인이라고 따박따박 통장에 돈 넣어주고. 아들도 있고……. 내 곁에 있고……."

그녀가 숟가락을 슬며시 내려놓았다. 아래턱이 풀린 사람처럼 하관이 맥없이 늘어지는 것이 내 눈에 들어왔다. 표정은 어둡고 얼굴은 길어 보였다. 늙은 어미 곁에 아들을 잡아둔 자신을 질타하는 사람 같았다.

내가 괜한 걸 물었구나. 후회가 일었다. 슬그머니 수저를 내려놓았다.

"소주 한잔 할까? 동수가 알면 난리가 나겠지만. 그 애한텐 말하지 말게."

내가 뭐라고 대답하기도 전에 그녀는 주방으로 가더니 싱크대 깊숙이 숨겨놓은 소주병을 들고 나왔다.

"소설가들은 남 이야기 듣는 거 좋아한다며?"

반주로 시작한 술이 어느새 바닥을 드러내고 있었다. 뭔가 깊고 무거운 이야기가 흘러나올 것만 같았다.

"소설가 앞에서는 입조심해야 해요. 언제 소설로 써먹을지 모르거든요."

웃자고 한 얘기였다. 그녀는 내 말을 듣더니 깔깔 웃었다. 소녀다움이 느껴지는 웃음이었다.

"부활절에 성당에서 만났던 분들은 자주 만나세요?"

베로니카, 발비나, 수산나. 이국적인 이름이 전혀 어울리지 않던 '한국 아줌마'들을 떠올렸다. 그들도 내 기억 속에 오래 남을 사람들이었다.

"성당 가면 봐. 그거면 됐지 뭐."

나는 그녀가 내미는 술잔에 술을 따랐다.

"그 자매님들은 나에 대해 잘 몰라. 나도 그 여자들에 대해 별로 아는 것도 없고. 서로의 불행에 대해 잘 모른다는 얘기야. 알면 서로 불편하고 멀어질 뿐이라는 걸 난 알아. 나이 들수록 불행한 사람들로부터 도망치고 싶다는 것도. 노인들이 서로 위로해주고 다독거리며 살아가고 있을 거라는 편견은 버리게. 더 폐쇄적이고 더 이기적이지. 살아온 세월만큼 상처받고 살았을 테니 더 이상 상처받고 싶지 않은 거겠지. 나는 충분히 이해해."

"알 것 같아요."

"서로 잃어버린 개에 대해 얘기를 나누는 정도가 가장 좋아. 내 나이가 되면 남의 불행도 자신의 행복을 재는 척도에 불과할 뿐이거든. 자신의 불행이 아니어서 감사하는 마음으로 가슴을 쓸어내리거나 다행으로 여기게 돼. 문득 자신이 잘 살아온 것 같은 착각도 들고. 이제 그런 나이가 되어버렸어. 현명하게 나이 든다는 건 비밀스럽게 자신의 상처를 숨기는 법을 터득하는 거야. 그래야 남들과의 관계가 자연스럽게 오래가거든. 일주일에 한 번 보면 딱 좋을 사람들이라는 말이야. 그런 사람들이라도 주변에 있다는 게 감사한 것은 사실이지만."

그녀는 신심이 두터워 보이던 그 여자들과도 깊은 속내를 열어놓고 지내지 못하는 것 같았다. 다시 빈 술잔을 내게 내밀며 술을 청했다. 술기운 때문인지 그녀의 눈언저리가 점점 붉어지고 있었다. 슬픔이랄까, 체념이랄까. 깊고 아린 것들이 눈가에 묻어 있는 것만 같았다.

"어떻게 언제 이민 오신 거예요?"

"동수 고모, 그러니까 동수 아버지 누님이, 지금은 돌아가셨지만, 제일 먼저 미국으로 건너왔거든. 한국에서 학교 선생이었는데, 여기에서 가발 사업으로 크게 성공했어. 자식이 없었으니 조카들 교육에 열성이었지. 동수 형, 영수를……."

그녀가 갑자기 들고 있던 술잔을 탁 소리가 나도록 식탁 위에 던지듯 내려놓더니 헉, 하고 숨을 삼켰다. 입술 주변이 바르르 떨리는 게 보였다. 나는 당황해서 의자에 기대고 있던 몸을 조금 일으켰다. 그녀가 꾹 누르고 있던 슬픔의 뇌관이 터진 것 같았다.

"그놈이, 그 여리고 총명했던 놈이, 아직도 어디에서 죽었는지 살았는지 모르는데 내가 밥을 먹고 치장을 하고 술을 먹고 산다. 그 녀석 무덤이 내 가슴팍, 여기 한복판에 있어. 몸 없는 무덤이지. 몸 없는 무덤이 무슨 말인지 아나?"

나는 뭐라고 대답해야 할지 몰라 듣기만 했다.

"썩지도 않고 마르지도 않는 슬픔이라는 말일세. 평생 가는 슬픔이라는 말이야."

그녀는 손끝을 조금 떨며 다 비운 술잔을 꼭 움켜쥐었다. 나는 슬그머니 병을 한쪽으로 치웠다.

"내가 보는 꽃도 새도 다 몸이 있는데. 그래서 아름답고 그래서 슬픈데. 그 녀석은 몸이 없어. 나도 알아, 죽은 게 틀림없다는 거. 동수가 끝까지 숨기고 있을 거라는 것도. 그런데 죽은 몸은 어디에 있는 걸까. 몸이 있어야 내 슬픔도 달래지지. 내 마음속 무덤에 그 녀석 몸이 와 묻히길 기도해주게."

그녀는 손에 들고 있던 술잔을 마저 비웠다.

내 손을 더듬어 꼭 쥐던 그녀의 온기가 무엇을 애타게 그리워하고 있었는지 선명해졌다.

그녀를 부축해 침대에 뉘었다. 내게 묵주를 가져다달라고 했다. 나무로 만든 묵주 알이 부드럽게 느껴질 정도로 반질반질했다. 그녀는 묵주를 손에 쥐고서야 조금 안정을 취하는 것 같았다. 그리고 다시 말하기 시작했다. 아까보다 한결 목소리가 차분했다.

"처음엔 발을 헛디디다 깊은 곳에 발이 푹 빠진 기분이었어. 앞이 캄캄했다가, 노랬다가. 그러다 이상한 소리가 들리기 시작하는 거야. 아우성. 그래, 모두 나를 원망하는 소리였어. 귀를 막아도 그 소리가 점점 더 커지는 거야."

아들이 영영 돌아오지 않을 수도 있다는 것을 깨닫기 시작하면서 나타난 증상이라고 했다. 불안이 불안을 불러오던 날들에 대한 고백처럼 들렸다.

"언젠가 내가 응급실에 실려갔는데, 동수가 한국에 있을 때였지. 내가 영어도 못하니, 코리안, 코리안, 그렇게만 외쳤어. 통역하는 사람이 왔는데, 증상을 설명하라는데, 한국말도 안 나오고……. 뭐라고 표현해야 할지. 집이 짜그라드는 느낌……. 몸이 바스러지는 느낌. 그 느낌을 내가 도저히 한국말로도 표현할 수가 없었어. 엄살 떠는 어미라고 천벌을 받을 것만 같아 입도 떨어지지 않았어. 어디든 도망가 숨고 싶었어. 인턴하고 의대생들이 내 병실에 왔는데 꼭 내 자식 나이 또래들이었어. 아마도 내가 그 학생들 손을 잡고 징징거렸나 봐. 나보고 하고 싶은 말 있으면 아무거나 하래. 내가 무슨 말을 했을까. 그냥 울었던 기억밖에 없어. 통역하던 사람이 훌쩍대기 시작하는 거야. 학생들도 하나둘 따라 눈물을 훔치기 시작하는 거야. 우리는 그냥 같이 울었어. 같이 오래 울고 나니 속이 뚫린 기분이 들었어. 말이 다른 사람들이 내 고통을 느낀거야. 입술에서 흘러나오는 말이 다 무슨 소용이야. 내 목소리, 내얼굴 표정, 내 숨소리. 그게 더 정확한 거야. 그건 말로 옮길 수도없는 것들이지. 거기엔 말보다 더 깊은 진심이 담겨 있었으니까. 그들이 내 슬픔과 고통을 같이 느껴준 거야. 난 그것에 큰 용기를 얻었어. 함께 울어준 그들 덕에 난 살아났어. 자네도 그런 글을 쓰게나.”

나는 그녀의 흐느낌을 뒤로하고 조용히 문을 닫았다. 짐작했던 것보다 그녀는 더 큰 상실감에 빠져 있는 것 같았다. 그녀의 슬픔이 내게 온전히 전해진 탓일까. 비바람이 세차게 몰아치는 곳에 오래 서 있다 온 사람처럼 나는 문밖에 그대로 멍하니 서 있었다. 그제야 소파에 굳은 표정으로 앉아 있는 선배의 모습이 눈에 들어왔다.

선배는 식탁을 벽에서 멀리 밀어놓고 의자를 디디고 올라섰다. 벽에 걸린 빛바랜 상본들과 먼지 앉은 기도문들을 하나둘 떼어내기 시작했다. 오래된 슬픔의 흔적을 스스로 걷어내고 있는 사람 같았다. 액자들을 떼어낸 빈자리에 연하늘색 벽지가 파리하게 얼굴을 드러냈다. 나는 무언가를 깊이 본 기분이 들었다. 액자 뒤에 가려졌던 단순한 벽지가 아니라 마치 훼손당하지 않은 순정한 시간의 얼굴처럼 간절함을 품고 견딘 기다림의 자리였다.

그는 오래전에 작심했던 일을 해내는 사람처럼 침착하게 액자들을 걷어냈다. 벽에서 떼어낸 상본들을 종류별로 분리해 정리했다. 나는 그것들을 박스에 주워 담았다.

선배 어머니가 어느새 거실에 나와 이 모든 것을 지켜보고 있었다. 그녀는 빈 벽을 물끄러미 바라보더니 소파에 스르르 주저앉았다.

"엄마, 이제 우리 그만해요. 형은 안 와요."

선배가 담담하게 말했다.

"그게…… 다 네 형 얼굴인데, 이놈아……."

그녀가 거의 울 것처럼 말했다.

"형이 아니에요. 그래서 치웠어요. 차라리 형 사진을 걸어요."

선배 목소리가 단호했다.

"이리 오셔서 고르세요. 어머니 맘에 제일 잘 드는 걸로요. 제가 멋진 액자에 넣어 걸어드릴게요."

내가 그녀의 손목을 잡아끌었다. 그녀는 박스 안에 담겨 있던 것들을 일일이 꺼내 눈으로 더듬고 손으로 쓸었다.

"그런데…… 나머지는 어떻게 할 건데?"

"깨끗한 곳에 가져가 태워버리려고요."

선배가 나머지 상본들을 주워 담으며 말했다.

"태워버린다고?"

그녀는 텅 빈 벽을 다시 올려다보았다. 액자가 걸렸던 곳에 옅은 그늘이 길게 드리워져 있었다. 깨끗한 곳이라는 말에 안심이 되었다는 듯 그녀는 고개를 오래 끄덕였다.

카메하메하 동상 앞에 사람들이 모여 있었다. 현수막과 전단지, 마이크와 뉴스 카메라. 시위 집단인 것 같았다. 현수막을 보며 시위의 내용을 유추할 뿐 정확한 건 알 수 없었다. 내가 흥미를 느낀 것은 시위의 내용보다 시위하는 군중이었다. 그들은 너무도 조용하게, 마치 산책하는 사람들처럼 동상 주위를 천천히 걷고 있었다. 선글라스를 끼고 귀에는 이어폰을 끼고, 구호도 없고, 얼굴엔 결연함 대신 웃음이 가득했다.

"뭘 주장하는지 알 수 없군."

나는 느긋한 시위 군중을 지켜보며 중얼거렸다. 관광객들이 시위 군중을 향해 셔터를 눌렀다. 시위 군중은 마치 그 순간을 기다리고 있던 것처럼 카메라를 향해 손을 흔들며 미소까지 지어 보였다.

"마우나케아 산에 천체망원경을 설치하는 것에 반대하는 시위예요."

익숙한 한국어에 나는 고개를 돌렸다. 머리를 하나로 질끈 동여맨 젊은 여자였다. 머리 모양 때문인지 귀가 유난히 크고 도드라져 보였다. 앙증맞은 귀걸이 여러 개가 다닥다닥 걸려 있었다. 'HK관광'이라고 적힌 이름표를 보니 가이드인 모양이었다. 나는 고맙다고 눈인사를 했다. 그녀가 짙은 선글라스를 끼고 있어 어디를 쳐다보고 있는지 알 수 없었다.

마우나케아 산은 나도 알고 있었다. 마우나케아는 '흰 산'이란 뜻이다. 정상에 눈이 자주 쌓여 그렇게 이름 붙여졌다. 하와이제도의 최고봉이다. 수면 위로 드러나지 않은 거대한 산의 몸이 바다 밑바닥에 감추어져 있다는 상상만으로도 그곳은 내게 영원히 신비스러운 미지의 장소다. 원주민들은 그곳을 성지처럼 여기는 듯했다. 성스러운 기운이 감돌고 있는 그곳에서 바라다보는 별은 이 세상 그 어느 보석보다 빛난다고 했다. 천체망원경을 설치하기에 최적의 장소라는 말이었다. 이번 여행길에 꼭 가보고 싶었던 곳 가운데 하나였지만 나는 그 상황을 적극적으로 만들고 싶은 생각은 들지 않았다.

시위 군중을 지켜보고 있는 내 어깨를 누군가 툭툭 쳤다. 무거운 백팩을 짊어지고 붉은 티셔츠에 카키색 반바지를 입은 피터였다. "하이, 채경!" 그는 여전히 내 이름을 '채경'이라고 발음했다. 그가 내 스마트폰을 가리키며 사진을 찍어줄까 물었다. 나는 시위 군중을 뒤로하고 포즈를 잡았다. 피터에게 기념사진이라도 같이 찍자고 말했더니 그가 고개를 저었다. 헝클어진 머리와 슬리퍼를 가리키며 두 손으로 X자를 그으며 웃었다.

딱히 더 할 말이 없었다. 우리가 자유롭게 소통할 언어를 소유했다면 무슨 대화를 나눴을까. 자연에 대해, 별에 대해, 달의 표면에 대해. 그 어느 것도 아니라면, 그의 실패한 인생에 대해 대화를 나눴을까. 차라리 소통되지 않는 이 순간이 어쩌면 가장 평화로울지도 모를 일이었다. 어디로부터 와서 어디로 가고 있는 것인지 묻지 않고 어느 길이든 잘 가길 바라는 이 순간.

그는 왠지 기분이 좋아 보였다.

"피터, 난 곧 한국으로 떠나요."

"벌써?"

그가 진심으로 서운하다는 표정을 지었다. 나는 그를 알게 되어 반가웠다고 말했다.

"선물, 선물을 줘야지, 그럼."

피터는 내게 뭔가 주고 싶은 사람처럼 잠시 생각에 잠긴 표정을 지었다.

우리는 시위대를 뒤로하고 걸었다. 피터는 내 팔을 끌면서 계속 "나이스 플레이스"라는 말만 했다. 내게 보여주고 싶은 곳이 아주 좋은 곳이라는 거였다.

피터가 나를 끌고 간 곳은 도서관 지하주차장이었다. 주변이 어두침침했다. 자동차 매연 냄새가 습한 공기에 섞여 있었다. 콘크

리트 바닥에서 올라오는 서늘한 냉기가 뒷목을 핥고 지나갔다. 도서관은 이미 문이 닫힌 시각이라 주차장은 텅 비어 있었다. 우리는 '직원 전용'이라는 빨간색 조명등이 켜진, 도서관 내부로 들어가는 통로처럼 보이는 곳을 향해 걸어갔다. 발자국 소리가 제법 크게 울렸다. 피터가 나보고 괜찮으냐고 물었다. 가봤자 도서관이라는 생각에 나는 좋다고 고개를 끄덕였다. 그리고 이미 도서관은 여러 번 와봤다고 말했다.

'직원 전용' 푯말이 붙어 있는 문 옆은 아무것도 볼 수 없을 정도로 어두웠다. 피터는 부스럭거리며 백팩을 뒤지더니 손전등을 꺼내 들었다. 이층으로 오르는 계단 아래 커다란 냉장고 크기만 한 철문이 붙어 있었다. 그는 익숙하게 문 옆에 부착된 녹색 버튼을 눌렀다. 잠시 후 끼익하는 소리와 함께 뭔가 육중한 것이 아래로 내려오는 소리가 들렸다. 바닥에 닿는 소리와 함께 철문이 열렸다. 책을 실어 나르는 소형 엘리베이터였다. 피터와 내가 그 안에 들어가 쭈그리고 앉자 공간이 꽉 찼다.

아무도 없는 도서관. 커튼은 내려지고 불은 꺼져 있었다. 적당히 어두웠고 말할 수 없이 고요했다. 텁텁한 책 냄새와 사무기기들이 뿜어내는 냄새가 친근하게 느껴졌다.

피터는 기분이 어떠냐고 내게 물었다. 나는 '베리 굿'을 이미 세 번이나 했다는 것을 알면서도 두 엄지손가락을 높이 쳐들었다. 불 꺼진 도서관은 처음 와봤다. 피터는 나를 끌고 이층으로 올라갔다. 소설 자료실이었다. 그리고 어느 책꽂이를 향해 뚜벅뚜벅 걸어갔다. 그는 망설이지 않고 책 한 권을 꺼내 품에 꼭 끌어안았다. 이미 그곳에 있는 책들을 다 섭렵한 사람처럼 거침이 없었다. 마치 자신의 개인 서재로 나를 데리고 온 사람 같았다. 그리고 그가 벽을 더듬어 불을 켰다. 복도 한쪽이 조금 환해졌다. 나는 그가 꺼내 든 책을 힐끗 보았다. 양쪽 볼이 깊게 패이고 눈빛이 날카로운 작가의 흑백사진 표지가 눈에 먼저 들어왔다. 'Notes from Underground: Dostoyevsky'. 도스토옙스키의 『지하생활자의 수기』. 피터는 그 책을 옆구리에 낀 채 열 손가락을 쫙 폈다. 열 번을 읽었다는 말이거나 백점을 주고 싶다는 말 같았다. 마치 자신의 삶을 대변한 책을 찾아 든 사람 같았다. 삶의 동반자를 찾은 사람의 표정이라고 불러도 어울렸다. 책을 넘기자 밑줄이 그어진 부분이 제법 많이 보였다. 피터는 자신이 밑줄을 그었다고 했다. 아무도 읽지 않은 책이니 자신이 밑줄 정도는 그어도 괜찮지 않으냐고 말했다. 그 책에 공감하고 감동한 독자의 애정 표현이라는 말과 함께. 그리고 환하게 웃었다. 눈가 주름이 활처럼 둥글게 휘어지더니 얼굴에 반원을 그렸다. 소년처럼 환한 웃음이었지만 삶의 지난함을 감추지는 못했다.

그는 더 보여줄 것이 있는지 다음 서가로 나를 데려갔다. 세계명작 시리즈가 빼곡하게 꽂힌 곳이었다. 그는 격정을 못 이기는 사람처럼 무거운 백팩을 벗어 던지고 자줏빛 표지의 책들을 빼어 들었다. 금박을 입힌 제목들을 손으로 쓰다듬었다. 나는 뒷벽에 있는 스위치를 손으로 더듬거리며 켰다. 사서의 책상이 놓여 있는 곳에 환하게 불이 켜졌다. 금박 표지가 불빛에 반짝거렸다. 그것들은 아주 오래된 책들이었고 이제 그 책들과 작가들을 기억하는 사람은 점점 줄어들 것이다.

"내 영혼에 불을 지른 책들이야!"

피터는 그것들을 가슴에 껴안으며 말했다.

"이런 책 열 권이면 인간은 얼마든지 자유롭고 뜨거워질 수 있어! 외롭지 않을 거라고. 세상과 인간을 향해 열릴 수 있다고. 그러니 얼마나 위대해. 물과 공기처럼 필요한 것들이라고."

나는 그가 길게 늘어놓은 말의 요점을 그렇게 정리하며 들었다.

그는 성이 안 찼는지 나를 끌고 청소년문학 서가로 내려갔다. 『톰 아저씨의 오두막』 『올리버 트위스트』 『로빈슨 크루소』 같은 낯익은 책들의 포스터가 벽에 붙어 있었다. 그는 책을 계속 빼서 나를 보여주며 제목을 큰 소리로 읽더니 다시 꽂아놓기를 반복했다. 피터와 내 목소리가 넓은 공간에 메아리처럼 울려 퍼졌다. 피터는 자신이 읽었던 책을 보여주는 것이 나와 가장 빠른 소통의 방법이라고 생각하는 것 같았다. 그가 옳았다. 나는 그가 툭툭 건네는 책들을 보며 그에게 더 친밀감을 느꼈다. 언어는 다르지만 같은 책을 읽었다는 사실만으로도 이미 우리는 많은 대화를 나눴다는 생각이 들었다.

피터가 바닥에 쭈그리고 앉아 백팩을 뒤적거렸다. 뭔가 찾는 것 같았다. 티셔츠가 나오고 작은 담요가 나오고 접이우산과 세면도구 가방이 나왔는데도 그는 계속 뒤적거렸다. 생각보다 많은 것이 들어 있었다. 나는 그를 지켜보다 커튼 틈새로 거리를 내다보았다. 이미 어둠이 내려앉고 있었다.

피터가 꺼내 든 것은 한 묶음의 A4 용지였다. 그는 그것들을 손에 쥐고 중얼거렸다. 나는 피터가 들고 있는 종이 뭉치가 선배가 말했던, 출판사에 보낼 항의 편지라는 생각이 들었다. 그는 나를 보며 종이 뭉치를 허공에 대고 마구 흔들어댔다. 눈이 분노와 광기로 번뜩이는 것만 같아 조금 섬뜩했다. 그의 손에 들린 종이가 하나둘씩 흩어졌다. 종이에는 뭔가 가득 빼곡하게 적혀 있었고, 이미 구겨지고 더러워진 상태였다.

"누군가 해야 될 일이야. 저 책들의 마지막 독자가 될지도 모를 내가 해야 될 일이라고!"

피터가 혼잣말처럼 중얼거렸다.

피터는 커튼 밖을 우두커니 내다보며 앉아 있었다. 불 켜진 고층빌딩들이 커튼 틈으로 하나둘 보였다. 건물들은 세로로 잘려 보였다. 지나가는 차량의 불빛들이 우리가 있는 안쪽으로 새어 들어왔다. 피터의 구부정한 뒷모습이 희미한 실루엣을 만들며 환해졌다 어두워지기를 반복했다. 그의 시선이 닿은 곳은 아주 먼 세상인 것만 같았다.

나는 시계를 힐끔거렸다. 피터에게 이제 나가자고 말했다. 그가 일어서며 백팩을 둘러메더니 내게 악수를 청했다. 이별의 악수인 걸까.

"동수 친구. 내 친구."

그의 한국어 발음이 너무도 정확해 웃었다.

도서관을 벗어나자 도시의 소음이 다시 들려왔다. 나는 등 뒤의 도서관을 가리키며 혹시 당신의 책이 거기에도 없냐고 물었다. 그가 고개를 저었다. 검지로 지그시 입술을 누르며 약간 난감한 표정을 지었다. 나는 미국에 흔하게 발생하는 토네이도나 홍수, 산불 같은 재앙을 떠올렸다. 유실된 많은 책 가운데 그의 것도 있을 것만 같았다.

"피터, 난 당신이 쓴 글을 언젠가 읽어보고 싶어요. 그러니까…… 아까 우리가 들렀던 마우나케아 천문대에서 볼 수 있는 가장 먼 곳에서 빛나는 별들에 관한 글 같은 거 말이에요. 분명 당신에게 그런 얘기가 있을 것만 같아요. 수만 년이 지나 이 지구에 와 닿은 그런 언어로 쓴 이야기 말이에요."

나는 그가 내 말의 뜻을 이해하길 진심으로 원했다. 나에게 들려주는 말이기도 했다. 가장 멀리에서 빛나는 별. 외롭지만 오래 견딘 존재의 기원 같은 글. 그가 그런 글을 쓴다면 상처받은 그의 마음이 조금은 회복될 것 같았다.

"별?"

그가 공허한 눈빛으로 물었다. 그런 생각은 한 번도 해보지 않은 사람 같았다. 세상에 그토록 아름다운 단어가 있었다는 걸 그제야 기억한 사람처럼 그의 눈이 잠깐 반짝였다. 내 말에 담긴 은유를 알아들은 것 같았다.

"글로 상처받은 마음은 글로 써야 치유될 것 같아요. 농사에 실패한 농부가 다시 삽을 들듯이. 그냥 그런 생각이 들었어요. 언제가 될지 모르지만 당신 몸에 새겨진 것들을 모두 읽어보고 싶어요."

그는 약간 심각한 표정을 짓더니 천천히 고개를 끄덕였다. 그리고 자신의 가슴을 손바닥으로 천천히 쓸어내렸다. 아무도 자신에게 그렇게 얘기한 사람은 없다고 말했다. 그리고 내게 진심으로 고맙다고도 했다. 나도 그에게 진심으로 감사하단 말을 전했다. 아무도 없는 도서관에 몰래 들어올 수 있었던 것은 두고두고 생각해도 좋은 추억거리가 될 거라고.

향기와 악취가 같이 묻어 있는 바람이 우리 곁을 스쳐 지나갔다. 꽃향기와 지린내였다. 역시 아름답고 더러운 섬이었다. 나는 피터에게 어디로 갈 거냐고 물었다. 그가 공원으로 갈 생각이라면 같이 걸어갈 마음이었는데 뜻밖의 대답이 돌아왔다.

"에어포트."

나는 그가 혹시 이 섬을 완전히 떠나는 것은 아닐까 궁금했다.

떠나느냐고 물었다. 그가 내 질문을 듣더니 씁쓸하게 웃었다. 노숙자들에게 저렴한 항공권을 제공할 회사는 없다고 말했다. 기회가 되면 비행기를 꼭 다시 타고 싶다고도 했다. 비행기를 타지 않고 하늘을 나는 유일한 방법은 죽음밖에 없을 거라는 말도 덧붙였다. 나는 그가 이 모든 말을 웃으며 얘기해줘서 조금 안심되었다.

"그런데 왜 에어포트?"

피터는 날이 흐린 날은 공항으로 가는 막차를 타고 노숙자들이 그곳으로 이동한다고 말했다. 그러고 보니 밤하늘에 별이 없었다. 공항청사는 지붕이 있고 안전해 비를 피하며 잠들 수 있는 최적의 조건을 갖춘 곳이라고 했다. 그가 건너편 버스 정류장 쪽을 가리켰다. 그곳에는 이미 여러 명의 노숙자가 막차를 기다리고 있었다. 그들의 모습은 고목처럼 뭉툭해 보였고 움직임이 거의 없어 보였다. 나는 그들에게도 삶의 질서가 엄연히 존재한다는 사실을 새삼 깨달았다.

"파이브 달러?"

피터가 손을 내밀었다. 나는 아까 카메하메하 동상 앞에서 보았던 가이드를 떠올렸다. 그녀도 관광객들에게 팁을 받았다. 나는 도서관 관광이 즐거웠다고 말하며 돈을 내밀었다. 피터는 내가 건넨 지폐를 호주머니에 구겨 넣었다. 그리고 그는 그제야 생각났다는 듯이 백팩을 열고 작은 팸플릿을 꺼내 내게 건넸다.

"뭐지요?"

내 말에 그는 어깨를 으쓱해 보이며 웃었다. 다음에 읽어보라는 말과 함께.

"굿 럭."

그가 내 손을 힘주어 잡았다. 그리고 이렇게 덧붙였다.

"언제든 이 거리에 오면 날 추억하게 될 거야. 어느 책의 한 문장처럼 말이야."

나는 멀어져가는 그의 뒷모습을 조금 지켜보다 몸을 돌렸다.

'언젠가 이 거리에 다시 오게 되면 당신이 분명 떠오를 것 같아요.' 나는 속으로 그렇게 중얼거렸다. 그의 등짝에 커다란 혹처럼 붙어 있는 백팩의 무게를 함께 기억하며.

아파트를 향해 걸었다. 내 발자국 소리가 들릴 만큼 사위가 고요했다. 이올라니 궁전은 문이 굳게 닫혀 있었다. 나는 궁전 담벼락을 끼고 천천히 걸었다. 주변에 있는 건물들이 이제 제법 눈에 익숙했다. 겨우 며칠 만에 길눈이 밝아진 것이다. 덥지도 않았고 바람도 불지 않았다. 나는 어느새 이 섬에 스며들어 있었다. 풍경의 한 부분이 되어버린 것처럼 모든 것이 자연스럽게 느껴졌다. 평화로운 이곳이 범죄의 장소가 될 수도 있다는 것을 잊지 말라던 선배 어머니의 말이 문득 떠올랐다. 나는 주변을 두리번거렸다. 사람들은 보이지 않았고 보리수가 어둠 속에 서 있을 뿐이었다. 보리수 곁에 가로등이 있었고 노숙자들이 뒹굴며 자고 있는 모습이 어슴푸레하게 눈에 들어왔다. 어디선가 낮은 교성이 들려왔다. 가지와 뿌리가 하나로 뒤엉킨 나무 곁에 남자와 여자가 뒤엉켜 있었다. 그 둘은 몸만 뒤엉켜 있는 게 아니었다. 하루의 생존과 하루의 죽음까지도 같이 껴안고 뒹굴고 있는 것만 같았다. 간절하고 절실한 목숨이었다. 나도 모르게 발걸음이 조심스러워졌다. 평화롭고 쓸쓸한 밤이었다. 이런 기분을 몇 번 느낀 적이 있었다. 소설 한 편을 끝내고 났을 때의 어느 밤들.

나는 선배와 그의 어머니 그리고 피터와 모니카를 차례로 떠올리며 걸었다. 그들과 나누었던 것들에 대해 쉽게 이름 붙이고 싶지 않았다. 어느 순간부터 나는 내가 써 내려간 소설들을 함께 떠올리며 걷고 있었다. 선배는 내게 많은 것을 보고 느끼게 해주는 방법을 통해 내 소설의 자리를 스스로 되돌아보게 만들어주었다. 그것은 놀라운 작법이었다. 나는 그를 통해 많은 사람들을 보았다. 나와는 조금 다른 곳에서 온 사람들이었다. 그들은 그 어떤 문학 텍스트도 삶을 뛰어넘지는 못한다는 사실을 내게 증명한 것이다. 꿈틀거리는 숨통 자체만으로도 인간은 완전체로 존재할 수 있다는 것을 그들은 온몸으로 내게 말해주었다.

나는 아파트로 돌아와서도 잠을 청하지 못하고 결국 컴퓨터 전원을 켰다.

Samuel Anderson Bradly.

팸플릿에 적혀 있는 이름을 검색창에 넣어보았다. 관련 링크가 여러 개 떴다. 나는 그 가운데 'Now What? - And The Man' 이름의 블로그를 클릭했다. 밤하늘이 연상되는 커버페이지 위로 하얀 곡선들이 물결치듯 나타나더니 부드러운 모래 둔덕을 그려놓고 흩어졌다. 오른쪽 하단에 'A Literature Movement - For The One Last Reader' 배너가 펼쳐져 있었다.

최후의 1인 독자를 위한 문학 운동.

블로그는 활발하게 운영되는 것 같았다. 하루 방문자 수가 300명이 넘었다. 프로필 사진을 클릭했다. 웃통을 벗은 남자가 바다를 보며 등을 보이고 앉아 있었다. 등 한가운데 새겨진 문양이 독특했다. 커다란 알파벳 'I'가 기둥처럼 새겨져 있고 그 문양을

중심으로 가늘고 긴 띠가 회오리바람을 일으키는 것처럼 동그랗게 둘둘 말려 있었다. 모든 문장은 '나'로부터 온다는 말 같았다.

피터. 그에게 소설가의 꿈이 다시 찾아온다면. 어쩌면 행운일지도 모르겠다는 생각이 들었다. 그건 의지의 산물이므로.

마지막 밤이라는 생각 때문이었는지 잠이 오지 않았다. 차라리 비행기 안에서 죽은 듯 잠에 취해 가는 것도 좋겠다는 생각이 들었다.

영조의 페이스북에 새 글이 올라와 있었다. 요양원의 일상. 어느 노인이 수저를 힘겹게 뜨고 있는 삽화와 그녀의 하루를 짐작해볼 수 있는 짧은 글이었다.

서울에 돌아왔구나.

나는 그녀가 무사히 여행을 마치고 일상에 복귀한 것이 고마워서 잠시 눈시울을 붉혔다. 이제는 우리가 함께할 공간도 사라졌지만 함께하고자 하는 의지만 있으면 방은 바로 구할 수 있을 것이다. 문득 203호 노인 생각도 났다. 집 앞의 신문들은 여전히 바닥에 놓여 있는지. 하루의 식량을 구하느라 여전히 긴 팔을 늘어트리고 어딘가를 서성이고 있는지.

그런 일상들을 떠올린다는 것은 너무도 사소한 일이었다. 그래도 그런 일상들이 내게는 하루였다. 며칠 동안 멀어져 있던 것들이 내게 한꺼번에 달려들었다. 멀리 떨어져 있어 그런 걸까. 작고 하찮은 것들조차도 소중하고 귀하게 여겨졌다.

창밖으로 새벽빛이 차오르고 있었다. 뒷목이 뻐근했지만 뭔가 홀가분한 심정이 되었다. 나는 컴퓨터를 끄고 침대를 정리했다. 커튼을 활짝 젖혔다. 거리는 더욱 선명한 모습으로 내게 다가왔다. 나는 야자수와 익숙한 건물들과 장난감처럼 작은 차들이 주차된 곳을 눈으로 훑었다. 언제 또 올지 모를 도시였다.

나는 선배가 예전에 썼던, 그의 습작 원고를 가방에서 꺼내 침대 머리맡에 놓아두었다. 어쩌면 그대로 쓰레기통으로 던져질지도 모를 일이었다. 이제 모두 그의 일이었다. 선배는 소설을 쓰지 않던 긴 시간 동안 마음속으로 보리수를 키우고 있었던 것은 아니었을까. 삶에 대한 많은 의혹이 증폭되어 언젠가 한번 제대로 터질 날이 올 것이다. 그리고 그것이 꼭 소설로 형상화되지 않더라도 상관없다. 소설가의 눈으로 본 세상은 소설이 아니더라도 이미 소설이다. 소설은 순결한 사기성을 띤 가장 아름다운 치기라고 그가 말했던 것처럼 나는 그를 영원히 '소설가'라고 부를 거다.

출국 시간까지 다섯 시간이 남았다. 잠을 조금 청할까 샤워를 할까 생각하다 일어섰다. 창문 너머 아침 햇살에 거리가 반짝이고 있었다. 도로에 차가 점점 많아졌다. 주방에서 인기척이 들려왔다. 문틈으로 식빵 굽는 냄새가 흘러들어왔다.

작가의 말

2015년 가을부터 이 소설을 쓰기 시작했다. 부유하던 몸과 마음을 모아 책상 앞에 앉기까지 오랜 시간이 걸렸다. 엄마네 집에 머물다 온 후 힘을 얻었다.

홀로 계신 엄마의 집은 정갈하고 고요했다. 어린 날의 내 흔적도 드문드문 남아 있었다. 엄마는 내게 뜨거운 밥을 해주었고 아침마다 산책을 함께 갔으며 많은 것을 묻지 않았다. 묻지 않았다는 게 내게 얼마나 위로가 되었는지 엄마에게 말하지 못했다. 창가에 놓인 커다란 어항을 바라보던 그 긴 시간이 이 소설의 시원은 아니었는지. 지느러미는 물결처럼 부드럽게 움직였고 수초는 투명한 녹색이었다. 나는 무엇에 이끌리듯 가끔 어항 속에 손가락을 넣어보기도 했지만 그 부드러운 것들이 내 손끝에 닿지 않고 지나가기를 간절히 바랐다.

아마도 내게 소설이란 염원하면서도 지나가기를 간절히 바란 어떤 이중성에 대한 고백인지도 모르겠다.

소설가는 자신의 일부이거나 전부인 이야기를 쓴다는 다자이 오사무의 말에 나는 언제나 고개를 끄덕인다. 삼 년 전 첫 책을 내고 비로소 소설과 마주하게 되었을 때 내가 쓸 수 있는 것들에 대해 오래 생각하게 되었다. 그리고 소설을 쓰며 사는 삶에 대해서도. 아마도 이 소설은 그 시간들에 대한 내 고뇌와 그리움의 다른 말인지도 모르겠다. 몸살을 앓았던 그 시간을 건너 문학이 혹은 소설이 내게 눈부시게 다가왔던 한 시절을 재경, 영조, 동수 그리고 피터라는 인물들을 불러와 함께 얘기하고 싶었다. 더 재밌게 놀지 못한 게 후회스럽다.

소설을 쓰고 나면 어떤 식으로든지 아쉬움이 원고의 두께처럼 남는다. 이번에도 다르지 않았다. 그 감정을 버리지 않기로 했다. 오래 기억하고 또 다른 작품으로 건너가는 힘으로 여기고 싶었다.

소설가가 소설가에 대한 얘기를 소설로 썼으니 두 번의 반칙을 저지른 느낌이다. 반칙을 허용한 나무옆의자 하지순 주간과 정사라 팀장에게 진심 어린 고마움을 전한다. 그리고 늘 내 의식 속에서 함께 호흡하는 가족과 서툰 내 글의 첫 독자 은선에게도.

2017년 겨울
임재희

비늘

초판 1쇄 발행 2017년 1월 25일
초판 2쇄 발행 2017년 8월 1일

지은이 임재희
펴낸이 이수철
주　간 하지순
디자인 이다은
마케팅 정범용 김지운
관　리 전수연

펴낸곳 나무옆의자
출판등록 제396-2013-000037호
주소 서울시 마포구 성미산로1길 67 다산빌딩 301호
전화 02) 790-6630 팩스 02) 718-5752

페이스북 www.facebook.com/namubench9
인쇄 제본 현문자현 종이 월드페이퍼

© 임재희, 2017
ISBN 979-11-86748-85-5　03810

• 이 도서의 국립중앙도서관 출판예정도서목록(CIP)은 서지정보유통지원시스템
　홈페이지(http://seoji.nl.go.kr)와 국가자료공동목록시스템(http://www.nl.go.kr/kolisnet)에서
　이용하실 수 있습니다. (CIP제어번호 : CIP2016030350)